启 真 照 亮 经 典

启真馆 出品

孩子害怕黑暗，情有可原；
人生真正的悲剧，是成人害怕光明。

启真照亮经典系列

拉封丹寓言

（插图本）

[法]拉封丹　著

[法]让·巴普蒂斯特·乌德里　绘

莫渝　译

ZHEJIANG UNIVERSITY PRESS
浙江大学出版社

莫渝：诗人，本名林良雅，1948年生。莫渝先后毕业于台中师专、淡江大学，1982—1983年间至法国进修。加入过后浪诗社诗人季刊、当代文学史料研究会等。

　　莫渝自20世纪60年代接触文学之后，一直与诗文学为伍，60年代写新诗，70年代翻译法国诗，80年代译第三世界文学诗歌与译诗研究……曾获优秀青年诗人奖(1978)、新诗学会新诗创作奖(1981)、笠诗社诗翻译奖(1984)。

JEAN BAPTISTE OUDRY

Peintre du Roy, et Professeur
en son Académie de Peinture et de Sculpture.

mort le 30. avril 1755. agé de 69. ans.

L'HYMENÉE ET L'AMOUR . Fable CCXXXVIII

A leurs A. S. Mlles de Bourbon et Mgr le Prince de Conty.

LE RENARD ET LA CICOGNE. Fable XVIII. 2.e Pl.

LES LOUPS ET LES BREBIS. Fable LV. 2.ᵉ planche.

LE DRAGON A PLUSIEURS TETES ET LE DRAGON A PLUSIEURS QUEUES. *Fable XII.* 2.*pl.*

DAPHNIS ET ALCIMADURE. Fable CCXL.

PHILEMON ET BAUCIS. À MGR. LE DUC DE VENDOSME. Fable CCXLI.

代译序：拉封丹及其寓言

一、生平简介

1621 年 7 月 8 日，冉·德·拉封丹（Jean de La Fontaine，1621—1695）出生于法国香槟省的夏都纪叶希（Château-Thierry）。他的父亲查理·德·拉封丹，是国王的顾问兼水利林园主管，还担任夏都纪叶希公爵采邑狩猎队队长之职。拉封丹最初在出生地和兰斯上学。20 岁时进入欧哈铎教派所辖的教会学校就读。有空时，则来往于夏都纪叶希、兰斯、巴黎等地，广结朋友，并阅读大量书籍，试写诗篇。1647 年 11 月 10 日，26 岁时，受父母之命，娶了米兰一位名叫玛丽的少女为妻，玛丽那年才 14 岁半，带来一笔颇为丰厚的嫁妆。三年后，拉封丹接掌了他父亲的职务。由于自幼生长在山川水泽间，无形中，养成他观察大自然与爱好大自然的心性，因而时时刻刻梦想做个文艺作家。

拉封丹文学生涯的开始是 33 岁（1654 年）。这一年他出版了剧本《侍人》（L'Eunuque，太监），这是模仿拉丁喜剧诗人戴宏斯（Térence，公元前 194—前 159）而写成的作品。1658 年，他离开家庭，前往巴黎，并定居于此，开始了他真正的写作生涯，偶尔也跟妻子联系。次年二月，因朋友引见，认识路易十四的财政大臣复盖（Nicolas Fouquet，1615—1680）。这时，拉封丹刚完成一部取材于莎士比亚的《维纳斯与阿多尼斯》的诗作《阿多尼斯》（Adonis），也就以这篇诗作为献礼献于复盖，颇得复盖的欢心，拉封丹因此成为这位国王宠臣的入幕之宾。

因为复盖的关系，尽管当时拉封丹的诗名比不上布瓦洛（Nicolas Boileau，1636—1711），他的诗也照样受到社会名流的欢迎。但好景不常，1661 年 9 月 5 日，复盖失宠，被捕并囚禁 19 年，拉封丹也随之倒霉。他讲义气，不但随着复盖到流配的地方,（由于复盖当初的官邸是在伏河畔）还撰写了一首长诗《给伏河女仙的哀歌》，并且匿名出版，以期盼国王路易十四重新起用复盖。

从这时起，到 1673 年期间，他周旋于几位文人及贵族夫人之间。他曾同剧作家拉辛、莫里哀、布瓦洛合组了一个"四友会"，他认识了散文作家拉罗什富科（François de La Rochefoucauld，1613—1680，著有《箴言集》[Maximes]）。他受到几位贵族夫人的招待，如谢维涅夫人（Sévigné，1626—1696）、拉法耶特夫人（La Fayette，1634—1692，作家）、布伊永（Bouillon）公爵夫人。在著作方面，他出版了两部《故事集》（1665，1666）和前六卷的《寓言集》（1668）。1673 年，拉封丹认识拉沙波利叶夫人（Marguerite de La Sablière，1636—1693）；之后，他受到她的热心款待达 20 年之久，直到夫人去世为止。

1684 年，拉封丹当选为法兰西学院院士，5 月 2 日他宣读了就职论文，拉封丹将之献给拉沙波利叶夫人。这时，拉封丹已是 63 岁了，他仍继续写作，题材包括寓言、歌谣、喜剧、歌剧。拉沙波利叶夫人死后，拉封丹投靠艾发尔（Hervart）夫妇，并皈依了宗教。1694 年出版最后一卷《寓言集》（卷十二）。次年 4 月 13 日，他死于艾发尔夫妇的府邸，享年 74 岁不到。

拉封丹一生的文学生涯，几乎全赖贵妇人供给物质生活环境，使他不须奔波忙碌，能够安心地写作。在他尚未获得依靠时，自己也说：

> 我是微尘，到处飘荡——
> 由这朵花，飞至另一朵；由此处，流浪到他处。

事实上，拉封丹一生并未受过什么苦，靠着那些保护人，他没有任何牵挂，诚如《墓志铭》一诗所云：

> 他走了，一如他来过！
> 坐吃本金与收入，
> 取走无用的珠宝，
> 至于时间，他更懂得如何去分配；
> 将之分作两截，以便能够醉醺醺地度过——
> 睡觉时间与无所事事的时间。

二、作品简目

拉封丹的作品，可以分成五大类，其简目及出版年代如下：

1. 诗：《阿多尼斯》（1658）

　　《伏河之梦》（1659）

　　《给伏河女仙的哀歌》（1662）

　　《新寓言与其他诗作》（1671，内有四首悲歌）

　　《圣·玛尔可俘虏的诗篇》（1673）

2. 散文：《利姆詹游记》（1663）

　　　《给予叶的书简》（1687）

3. 小说：《韵文体故事小说集》（三卷，1665，1666，1668）

　　　《薄伽丘与阿里奥斯托诗作改编的小说》（1664）

　　　《莎姬与丘比特的爱情》（1669，神话故事）

　　　《新故事集》（1674，遭禁）

4. 剧本：《诗人》（1654）

　　　《达芙妮》（1674）

　　　《哈哥丹》（1684）

　　　《翡冷翠人》（1685）

　　　《阿西尔》（未完稿）

5. 寓言：《韵文体寓言选集》（卷一至卷六，1668）

　　　《新寓言与其他诗作》（1671，内有八首寓言）

　　　《第二集寓言集》（卷七至卷十一，1678）

　　　《寓言集》（卷十二，1694）

三、寓言介绍

拉封丹的《寓言集》十二卷，代表了他所有作品中不朽的一面。

所谓寓言，法文《拉胡斯辞典》解释为："通常以诗的形式，描叙一篇短文、故事、辩论等，将道德隐藏于背后。"拉封丹这部两百余首的《寓言集》，大部分灵感来自：

1. 国外方面：

①伊索（Ésope）：公元前 7 世纪到公元前 6 世纪的希腊作家，是著名的《伊索寓言》的作者。

②费德（Phédre，公元前30—公元44）：拉丁寓言作家。

③巴布里乌斯（Babrias 或 Babrius）：公元 3 世纪希腊诗人，将《伊索寓言》改用诗体写成。

④阿维亚涅（Avienus）：公元 4 世纪拉丁诗人与哲学家。

⑤霍拉斯（Horace，公元前 64—公元 8）：拉丁诗人。

⑥毕耳培（Pilpay 或 Bidpay）：印度智者，其著作在 16 世纪 40 年代由波斯文转译成法文。

⑦8 世纪的印度寓言故事。

2. 本国方面：

①《狐狸故事》（列那狐故事）：法国中世纪的寓言讽刺诗。

②拉伯雷（Francois Rabelais，1494—1553）：法国的伟大散文作家，其著作中塑造的典型角色，为拉封丹借用。

③马罗（Clément Marot，1496—1544）：著有讽刺短诗。

④民间故事、童话、训诫文等。

有了以上外在的影响，我们还须了解拉封丹在 37 岁才定居巴黎。在此之前，乡居生活的宁静与朴实，一直是他心理成长的范畴。与大自然的和谐接近，足以使他无限欣慰。1658 年，他来到巴黎，都市生活毕竟与乡间迥异，并且当时的文坛思潮是压抑个人感情的古典戏剧时代，无形中要把自己那份恬淡心性收起来，这简直令人难以适应。在此矛盾情境下，他只好借动物语言代替人类语言了。

虽然他描写禽兽，但表现的是人类社会，分析的是人类道德及人性。他自己对寓言的看法是：

> 借用大自然的声调，
>
> 陈述那么多的动物，
>
> 并把一切翻译成上帝的语言。

——《跋》（卷十一）

或者是：

> 一出互不相同的百幕大喜剧，
>
> 却以世界为舞台。

——《樵夫与墨丘利》（卷五）

这出戏的舞台背景是乡间：这是法国外省（巴黎以外的省份）的景色，四时变幻的草原、麦田、麻田、小溪、池塘与道路。出现的角色有狼、狐狸、乌鸦、青蛙、牛、蝉、蚁、狮子、公鸡、驴子、猫、兔子、羊、黄鼠狼等禽兽；至于人类，则有牧师、老头子、智者、卖牛奶的女人、修鞋匠、金融家等。拉封丹赋予每个角色特殊的颜色与形态，作为象征。譬如狮子是王，黄鼠狼的尖鼻，猫的绒毛，狐狸随时会发亮的眼珠，猫头鹰的抑郁，老鼠的轻躁，山羊的痴呆……借各种角色的对话，拉封丹描述现实情境中人类的习俗，甚至影射当代人物。譬如狮子代表路易十四，狐狸代表朝臣（弄臣），母狮的丧仪代表宫廷画面。作者似乎更有意嘲弄现实社会的小人物、僧侣、诉讼人等。

也因为他的笔触尖酸犀利，多多少少得罪了显贵人物，最明显的例子，就是他第一次候选法兰西学院院士的受阻，当时的原因是拉封丹在著作中讽刺了国王路易十四。

所幸，文学史的裁判依然相当公正，拉封丹的寓言已成为法国文学的可贵遗产，也是优秀的儿童读物。

四、结　论

十九世纪法国浪漫主义诗人缪塞在一首《赠拉封丹》诗里如是评价：

不满意意大利的文人，

拉封丹知道得很清楚；

他吸收一切，却不模拟他们；

他越出国境。

让绿色桂叶掩盖坟茔，

他音容宛在。

的确如此，靠着十二卷的寓言诗，拉封丹虽死犹生。法国诗的传统到了16世纪"七星诗社"龙沙、杜·贝莱等人时，发展成诗史上第一次的黄金时代。过了这个时期，17世纪古典主义大盛，要求诗人的不是个性的流露，而是情感的压抑，尽力抑住抒情体裁，符合诗律的限制与规则。因此，纯粹的抒情诗人不多见，大部分的优秀诗人皆集中于戏剧创作方面，如高乃依、莫里哀、拉辛三位伟大剧作家。能够衔接诗史，称得上大诗人的就只有拉封丹一人。而他就以《寓言集》抒发自己的感情，把自己的喜怒爱恨暴露于文词之间，这也是他被称为17世纪法国唯一的抒情诗人的原因。

献　词

谨呈殿下 ①

我来歌颂由伊索领头的这些英雄，
这些半谑半真的故事，
蕴含着提供训示的真理。
万物都在我的笔下呈现，包括鱼类。
它们说的话句句都在向我们请教，
我借着动物来教育人类。
上天眷顾王族显赫的后代，
由此，整个世界现在才有了眼光，
使骄傲的智慧产生怜悯心，
盘算胜利的日子之后，
其他人以昂扬的声音向您叙及
您先祖的事迹与王德。
我将同您谈谈更小的奇遇，
用这些轻描淡写的诗篇引导您；
如您接受，我不在乎是否有奖赏，
至少，我拥有了达成计划的荣耀。

---

① 殿下（Le Dauphin）为路易十四与玛丽亚·特雷丝之子，时年六岁半。

目　　录

卷一

一、蝉与蚂蚁　　　　　　　　　　　　　3

二、乌鸦与狐狸　　　　　　　　　　　　5

三、青蛙想同水牛一样壮　　　　　　　　7

四、两只骡　　　　　　　　　　　　　　11

五、狼与狗　　　　　　　　　　　　　　12

六、牝牛，雌山羊和绵羊与狮子同居　　　15

七、褡　　裢　　　　　　　　　　　　　17

八、燕子与小鸟　　　　　　　　　　　　20

九、城市鼠与乡下鼠　　　　　　　　　　24

一〇、狼与小羊　　　　　　　　　　　　27

一一、人及其影子　　　　　　　　　　　30

一二、多头龙与多尾龙　　　　　　　　　33

一三、小偷与驴　　　　　　　　　　　　36

一四、众神保护的西蒙尼德斯　　　　　　38

一五、死神与穷人　　　　　　　　　　　42

一六、死神与樵夫　　　　　　　　　　　44

一七、介于两种年纪与两位女人间的男子　46

一八、狐狸与鹤　　　　　　　　　　　　49

一九、孩子与小学教师　　　　　　　　　52

二〇、公鸡与珍珠 54

二一、黄蜂与蜜蜂 56

二二、橡树与芦苇 59

卷二

一、反对有挑剔毛病的人 65

二、老鼠开会 69

三、当着猴子面前，野狼控告狐狸 72

四、两头小公牛与一只青蛙 74

五、蝙蝠与两只黄鼠狼 76

六、被箭所伤的鸟 79

七、母猎犬及其同伴 81

八、老鹰与甲虫 83

九、狮子与小蝇 86

一〇、驮棉与驮盐的驴 89

一一、狮子与老鼠 92

一二、鸽子与蚂蚁 94

一三、星相家掉入井底 97

一四、兔子与青蛙 100

一五、公鸡与狐狸 103

一六、学鹰飞的乌鸦 106

一七、孔雀向朱诺抱怨 109

一八、变成女人的雌猫 112

一九、狮子与追赶的驴 115

二〇、伊索解说遗嘱 118

卷三

一、磨坊主人，其子其驴   125

二、四肢与胃   134

三、狼乔装牧羊人   137

四、要求国王的青蛙   140

五、狐狸与雄山羊   143

六、老鹰，母猪与雌猫   146

七、醉鬼和他的女人   149

八、风湿痛与蜘蛛   152

九、狼与鹤   156

一〇、被人打败的狮子   158

一一、狐狸与葡萄   160

一二、天鹅与厨师   162

一三、狼与绵羊   164

一四、狮子老了   166

一五、菲洛美尔与普洛涅   168

一六、溺水的女人   170

一七、走进仓库的黄鼠狼   173

一八、猫与老迈的鼠   175

卷四

一、多情的狮子   181

二、牧羊人与大海   186

三、苍蝇与蚂蚁   189

四、园丁与老爷   192

五、驴与小狗   197

六、老鼠与黄鼠狼战争 199

七、猴子与海豚 202

八、人与木偶 205

九、樫鸟以孔雀羽毛打扮 207

一〇、骆驼与浮木 209

一一、青蛙与老鼠 211

一二、动物送给亚历山大的贡礼 214

一三、马向公鹿报仇 218

一四、狐狸与半身像 221

一五、狼，雌山羊与小羊 223

一六、狼，母与子 225

一七、苏格拉底的话 229

一八、老头及其孩子 231

一九、神的答词与无神论者 235

二〇、丧失财宝的守财奴 237

二一、专家的眼睛 240

二二、百灵鸟和它的小孩及麦田主人 243

卷五

一、樵夫与墨丘利 249

二、土瓶与铁瓶 253

三、小鱼与渔夫 255

四、兔子的耳朵 257

五、断尾的狐狸 259

六、老太婆与两位婢女 261

七、牧神与路人 264

八、马与狼 267

九、农夫和他的孩子 270

一〇、临盆的山　　　　　　272

一一、命运与小孩　　　　　274

一二、医　生　　　　　　　276

一三、生金蛋的母鸡　　　　278

一四、驴子驮运圣物　　　　280

一五、鹿与葡萄　　　　　　282

一六、蛇与锉刀　　　　　　284

一七、兔子与竹鸡　　　　　286

一八、鹰与枭　　　　　　　288

一九、狮子要去战争　　　　291

二〇、熊与两个同伴　　　　293

二一、蒙狮皮的驴子　　　　296

卷六

一、牧人与狮子　　　　　　301

二、狮子与猎人　　　　　　304

三、太阳与北风　　　　　　306

四、朱庇特与佃农　　　　　309

五、小公鸡，猫与小鼹鼠　　312

六、狐狸，猴子与动物们　　315

七、自夸家世的骡　　　　　317

八、老头子与驴　　　　　　319

九、临水自照的鹿　　　　　321

一〇、兔子与乌龟　　　　　323

一一、驴与其几位主人　　　326

一二、太阳与青蛙　　　　　330

一三、村民与蛇　　　　　　332

一四、病狮与狐狸　　　　　335

一五、捕鸟人，雕与百灵鸟　　　　　337

一六、马与驴　　　　　339

一七、因影子而丢掉猎物的狗　　　　341

一八、陷入泥泞的马车　　　　　343

一九、江湖郎中　　　　　346

二〇、挑拨女神　　　　　349

二一、年轻寡妇　　　　　352

跋　　　　　355

卷七

一、因瘟疫致命的动物　　　　　359

二、不幸的新婚者　　　　　363

三、离开世间的老鼠　　　　　366

四、鹭　鸶　　　　　369

五、女　孩　　　　　371

六、愿　望　　　　　375

七、狮子宫廷　　　　　379

八、秃鹰与鸽子　　　　　382

九、马车与苍蝇　　　　　385

一〇、卖牛奶的女人与牛奶罐　　　　　388

一一、教士与死者　　　　　391

一二、跑在命运后面的人与在床上等待的人　　　　　394

一三、两只公鸡　　　　　398

一四、对命运忘恩与非义的人　　　　　401

一五、魔法师　　　　　404

一六、猫，黄鼠狼与小兔　　　　　407

一七、蛇的头与尾　　　　　410

一八、月亮里的动物　　　　　413

卷八

一、死神与将死的人　　　　419

二、修鞋匠与金融家　　　　423

三、狮子，狼与狐狸　　　　426

四、寓言的影响力　　　　429

五、人与跳蚤　　　　433

六、女人与秘密　　　　435

七、用脖子送主人午餐的狗　　　　438

八、善笑的人与鱼　　　　441

九、老鼠与牡蛎　　　　444

一〇、熊与花园爱好者　　　　447

一一、两位朋友　　　　451

一二、猪，雌山羊与绵羊　　　　454

一三、狄尔西斯与阿芒宏特　　　　457

一四、母狮的丧仪　　　　461

一五、老鼠与大象　　　　464

一六、星　相　　　　467

一七、驴与狗　　　　472

一八、总督与商人　　　　475

一九、知识的利益　　　　478

二〇、朱庇特与雷　　　　481

二一、鹰与阉鸡　　　　485

二二、猫与老鼠　　　　488

二三、激流与河流　　　　491

二四、教　育　　　　493

二五、两只狗与死驴　　　　495

二六、德谟克利特与阿波岱人　　　　498

二七、狼与猎人　　　　501

卷九

一、不忠实的受托者　　　　　　　507

二、两只鸽子　　　　　　　　　　512

三、猴子与豹　　　　　　　　　　516

四、橡子与南瓜　　　　　　　　　520

五、小学生，学究与花园主人　　　523

六、雕刻家与朱庇特雕像　　　　　526

七、化身为女孩的鼹鼠　　　　　　529

八、出售智慧的疯子　　　　　　　533

九、牡蛎与诉讼人　　　　　　　　536

一〇、狼与瘦狗　　　　　　　　　539

一一、不矫枉过正　　　　　　　　542

一二、大蜡烛　　　　　　　　　　546

一三、朱庇特与旅客　　　　　　　548

一四、猫与狐狸　　　　　　　　　552

一五、丈夫，妻子与小偷　　　　　555

一六、财宝与两个人　　　　　　　558

一七、猴子与猫　　　　　　　　　561

一八、鸢与黄莺　　　　　　　　　564

一九、牧羊人及其羊群　　　　　　566

二〇、两只老鼠，狐狸与蛋　　　　569

卷十

一、人与蛇　　　　　　　　　　　575

二、乌龟与两只鸭子　　　　　　　580

三、鱼与鸬鹚　　　　　　　　　583

四、掩埋者及其教父　　　　　　　586

五、狼与牧人　　　　　　　　　589

六、蜘蛛与燕子　　　　　　　　592

七、竹鸡与公鸡　　　　　　　　595

八、被割下耳朵的狗　　　　　　　597

九、牧人与国王　　　　　　　　599

一〇、鱼与弄笛的牧人　　　　　　603

一一、两只鹦鹉，国王及其子　　　606

一二、母狮与母熊　　　　　　　　610

一三、两位冒险家与符咒　　　　　612

一四、对拉罗什富科公爵先生的演说　616

一五、商人，贵族，牧人与国王儿子　620

卷十一

一、狮　子　　　　　　　　　625

二、众神想教育朱庇特之子　　　　628

三、佃农，狗与狐狸　　　　　　　631

四、一位蒙古人的梦　　　　　　　635

五、狮子，猴子与两只驴　　　　　638

六、狼与狐狸　　　　　　　　　642

七、多瑙河的乡下人　　　　　　　646

八、老头子与三位青年　　　　　　651

九、鼹鼠与猫头鹰　　　　　　　654

跋　　　　　　　　　　　　　657

卷十二

一、尤利西斯的伙伴们 　　　　　　661

二、猫与两只麻雀 　　　　　　　　667

三、聚财者与猴子 　　　　　　　　670

四、两只雌山羊 　　　　　　　　　673

五、献给勃艮第公爵阁下 　　　　　676

六、老猫与年轻鼹鼠 　　　　　　　677

七、生病的鹿 　　　　　　　　　　679

八、蝙蝠，荆棘与鸭子 　　　　　　681

九、狗与猫，猫与鼹鼠间的争端 　　684

一〇、狼与狐狸 　　　　　　　　　688

一一、虾及其女儿 　　　　　　　　692

一二、鹰与喜鹊 　　　　　　　　　695

一三、鸢，国王和猎人 　　　　　　698

一四、狐狸，苍蝇与刺猬 　　　　　705

一五、爱情与疯狂 　　　　　　　　708

一六、乌鸦，羚羊，乌龟与老鼠 　　711

一七、森林与樵夫 　　　　　　　　719

一八、狐狸，狼与马 　　　　　　　721

一九、狐狸与火鸡 　　　　　　　　724

二〇、猴　子 　　　　　　　　　　726

二一、西狄峨的哲学家 　　　　　　728

二二、大象与朱庇特的猴子 　　　　731

二三、疯子与聪明人 　　　　　　　734

二四、英国狐狸 　　　　　　　　　736

二五、公证人法官，修士与隐士 　　740

补 遗

一、狐狸与松鼠   747

二、太阳与青蛙   749

三、老鼠联盟   751

四、狐狸与苍蝇   753

附 录

一、拉封丹寓言插图画家简介   755

二、拉封丹寓言佳句选   756

译后记   761

拉封丹年谱   765

卷一

一、蝉与蚂蚁

（*La cigale et la fourmi*）

一只蝉，鸣噪了

整个夏季，

当北风来临时

它发现粮食短缺，

没有一丁点儿的

苍蝇或蛆虫。

它饿昏昏地走到

邻居蚂蚁的家，

这位可怜者想乞讨

一点谷粒来充饥

好度过寒冬。

它对蚂蚁说："拜托您帮个忙，

君子说话算话，在八月收成以前，

我会连本带利地奉还给你。"

蚂蚁太太有个小毛病，

不喜欢借东西给别人。

它对这位借贷者说：

"暑热时你都在做些什么事？"

"我夜以继日地朝着路人

引吭高歌，没惹您不高兴吧？"

"你唱歌？我非常高兴呢！

那么，你现在继续跳舞吧！不必吃什么谷粒了。"

LA CIGALE ET LA FOURMI. Fable I.

二、乌鸦与狐狸
（*Le corbeau et le renard*）

乌鸦先生在树上歇息，

嘴里衔着一块乳酪。

被香味引来的狐狸先生

靠近它说道：

"哎！早安，乌鸦先生，

您那么快乐，那么潇洒！

说真的，如果再以您的嗓音

配上羽毛，

您就是林中凤凰了。"

乌鸦听了，得意忘形；

为了展示美妙的歌喉，

于是它张开大嘴，那块乳酪随即掉了下来。

狐狸趋前捡起，说："我的好先生，

记住，所有谄媚者

全赖听信他的人而存在。

毫无疑问，这教训值得一块乳酪。"

乌鸦惭愧万分，

发誓不再受骗，可惜已经迟了一步。

LE CORBEAU ET LE RENARD. Fable II.

三、青蛙想同水牛一样壮

(*La grenouille qui veut faire aussi grosse que le bœuf*)

青蛙看到水牛

那一副庞然的身材。

它，毕竟无法和水牛相比，

就站直起来，羡慕地使劲鼓大它的肚皮，

想跟水牛较量较量。

它说："看看吧！弟兄①；

告诉我，够大了吧；是否还要再大些？"

"还差得远呢！""可以了吧？"

"差多了。""可以了吧？"

"你根本就比不上。"这个小丑

拼命地鼓大它的肚皮，最后终于胀裂了。

这世界充满了不太聪明的人：

所有的老百姓都想建大领主那样的府邸，

所有的小王子都想拥有几位大使，

所有的侯爵都想拥有几位跟班。

---

① 弟兄，原文用姊妹，因为青蛙是阴性名词。

LA GRENOUILLE QUI SE VEUT FAIRE AUSSI GROSSE QUE LE BŒUF. Fable III.

LES DEUX MULETS. Fable IV.

LES DEUX MULETS Fable IV. 2.me planche.

四、两只骡

（*Les deux mulets*）

两只骡行路中，一只驮着燕麦，

另一只载着盐税局的银子。

后头这只，以如此高级的任务为荣，

不露出任何慰问之情。

它趾高气扬地迈步，

小铃铛发着响声。

这时，歹徒出现了，

觊觎那些银子，

一伙人冲向这只载着税款的骡子，

抓住辔头，逼它停下来。

骡子极力地抵抗。

身体被戳伤，它忍痛，叹气。

它说："人们应许我的就是这些？

危险之际，那只驮燕麦的骡子避开了，

而我却倒下，快死了。"

它的同伴对它说："朋友，

上等角色并非永远是好的，

如果你仅在磨坊工人家工作，同我一样，

你就不至于如此痛心。"

五、狼与狗
(*Le loup et le chien*)

一只狼瘦成皮包骨，

而有几只狗却养得肥胖胖的。

这只狼碰到一只漂亮魁梧

却粗心得迷路的猛獒。

狼先生私心揣度

想向它攻击，将它撕成碎片；

但它想应该先惹起争端来作为攻击的理由；

那只大狗

勇敢地防卫着。

因此，狼温顺地靠近，

谈话间，不时恭维狗

发福了，令自己钦羡不已。

狗回答："只要你愿意，英俊先生，

你也可以同我一样魁梧。

离开森林，你会好转的，

你在那儿的同族都是可怜虫，

可怜的穷小子，

在那种情况下你会饿死的。

为什么？因为没有保障，天下没有白吃的东西，

一切都是得来不易。

跟着我，你会有更好的运气。"

狼回答："我应该怎么做？"

狗说："不做什么，只要将猎物送给

贪婪的主人；

讨好主人，

例如利用你的所得，

也许是各种各样的残肴，

鸡骨头，鸽骨头等；

LE LOUP ET LE CHIEN . Fable V.

而且不求更多的抚慰。"

狼幻想幸福的到来

高兴得掉下眼泪。

突然它看到狗秃裸的颈子。

问道："那是什么？""没什么。""是什么？"

没什么？""小事情而已。"

"究竟怎么回事？""那是项圈，你应该

猜得出我被拴住的可能原因。"

狼说："被拴住，那你不能任意

跑动啦？""不常如此，但有何关系呢？"

"这关系着你的三餐，

我不想落到这种地步，

甚至不想要有这种高贵的代价。"

说着，狼先生就一溜烟地跑了。

六、牝牛，雌山羊和绵羊与狮子同居

（ *La génisse, la chèvre et la brebis, en société avec le lion* ）

牝牛，雌山羊和绵羊妹妹，

与骄傲的狮子——这位附近的绅士

同居，它们过的生活是：

有福同享，有难同当。

在雌山羊所设的圈套里逮着了一只鹿，

它即刻送到伙伴面前。

大家到齐了，狮子用爪子数了一数，

说："我们四位分享这只猎物。"

随后它细分这只鹿，

以君主的资格将第一块拿过来，

说："这属于我，理由是

我叫狮子，

从来没有谁不这么称呼我的。

第二块，按照法律，还是归我，

这法律，你们知道的，是最有力的法律。

因为我是最骁勇的，我要求第三块。

假如你们之中，谁敢碰第四块的话，

我马上撕碎它。"

LA GENISSE, LA CHÉVRE ET LA BREBIS, EN SOCIETÉ AVEC LE LION. Fable VI.

七、褡裢 ①
(*La besace*)

一天，朱庇特②说："让所有的生物

都到我崇高的脚下来互相比较，

如果有谁能发现自身构造上的瑕疵，

尽管说出来，

我会奖赏他。

猴子，过来！你就首先发言吧 ③。

你看看其他动物，

你的族类和它们的美丽比较起来，

你满意吗？"猴子说："我，为何不呢？

我的四肢不也跟它们的一样好吗？

直到目前，我的相貌还不至于使我埋怨。

但是我的兄弟'熊'，看起来就显得粗制滥造了；

我想它大概不曾照过相。"

熊来到高处，别人以为它要发牢骚了。

但它却毫不在意地以自己的形貌为荣，

甚至批评大象应该

加长尾巴，割去耳朵；

还表示那么庞大的畸形体格并不美观。

大象听到了，

依然文静地说出同样的话，

它批评鲸夫人的胃口太大。

而蚂蚁夫人也发言嫌微生物太小，

俨然以巨人自居。

朱庇特④略作责难地辞退大家，

---

① 褡裢，指行乞用的背囊。

② 朱庇特（Jupiter），罗马神话中的主神，相当于希腊神话中的宙斯（Zeus）。

③ 因为猴子是动物中最难看的。

④ 此处原文是"Jupin"，为朱庇特简称，并无开玩笑之意。

LA BESACE. Fable VII.

并对自己相当满意。但是在这些笨蛋中

我们人类最为出众，

因为我们

看别人的眼睛如狸猫，看自己的眼睛如鼹鼠，

自己的缺点都可原谅，别人的瑕疵绝不放过，

看自己的眼睛和看邻居的眼睛各不相同。

至高至上的造物主

从古到今

都以同样的方法塑造背着褡裢的和尚：

后面的口袋是为了装我们的缺点，

而前面的口袋却是装别人的缺点。

八、燕子与小鸟
（ *L'hirondelle et les petits oiseaux* ）

一只燕子在旅程中

可以学习很多。看得多的

获得的也多。

这种鸟能预知小风暴的来临，

风暴前它就出现，

通知水手们。

苎麻播种的时候，

它看到一位农人在犁田，

就对小鸟们说："这使我高兴不起来，

我真可怜你们；依我看，此地非常危险，

你们应该懂得避开或者到别个角落去生存。

你们看见农夫那只在空中挥舞的手吗？

不久的将来，有一天，

它会置你们于死地 ①。

此处将出现包围你们的工具，

逮捕你们的圈套，

最后还有许多的陷阱，

在该来的时刻，农夫们会讨论

你们的死期或拘禁你们，

你们应当留神鸟笼或鼎锅。

相信我，这就是

你们吃穗粒的结果。"

小鸟们对它加以嘲讽，

因为它们在田野轻而易举就能获得食物。

当麻田一片碧绿时，

燕子对小鸟说："一棵一棵拔走呀，

---

① 原文意思：它（那只手）将伸入你的凋零。

L'HIRONDELLE ET LES PETITS OYSEAUX. Fable VIII.

它们会长出可怕的穗粒，

可能就会使你们丧生。"

小鸟起哄："多可怜的先知！长舌妇！

你替我们服务得真周到！

我们大家应该

除掉这位行政人员。"①

等到苎麻长高了些，

燕子又说："不妙了；

可怕的坏蛋来得太早。

但是，直到目前没有人相信我，

既然你们见到大地

播过种，也看见人们

尚未收割的麦田

让小鸟们争吵过；

这时细网和陷阱

将网住小鸟；

你们就无法自由飞翔，

安定居所或改变环境，

只好学习像鸭子、鹤、鸡那样了。

但是你们又不像我们

可以飞过沙漠、沼泽，

也无法另寻其他的世界。

这就由于你们仅有一个明确的国度，

也因此使你们永生幽禁于墙角。"

这些小鸟不耐烦听教，

喋喋不休地洋洋得意，

就像特洛伊人一样，

这时可怜的卡珊德拉②只有张嘴。

---

① 这里有翻译上的困难，一会儿是鸟，一会儿是人，但读者们可以意会得到的。

② 卡珊德拉（Cassandre），特洛伊城国王普里阿摩斯（Priams）的女儿，她有预言能力，曾经预言特洛伊城将毁，但
没有人相信。

燕子只好从这里飞到别处，
因为这群小鸟看来如同被俘的奴隶。
我们常只听懂属于自己本能的事，
而无法信任即将来临的不幸。

九、城市鼠与乡下鼠
(*Le rat de ville et le rat des champs*)

从前，城市鼠

邀请乡下鼠，

以非常文明的方式

用蒿雀做成的残肴来宴客。

土耳其地毯上

餐具一应俱全。

我猜想这两位好友

必能共享盛宴。

馔肴非常有名；

像一般宴会上的，应有尽有。

当它俩用餐时，

有人来骚扰这次聚会。

在客厅大门边，

它们听到声音：

城市鼠迅即溜走；

它的伙伴只好跟着跑。

声音停止，人走了。

两只老鼠立刻回来，继续用餐；

城里的那只说：

"吃完所有的烤肉吧。"

那只乡下鼠说："够了，

明天请你到我家来，

我虽不能摆出

LE RAT DE VILLE ET LE RAT DES CHAMPS. Fable IX.

像你这样豪华的宴席，
但不会有任何事物来骚扰。
我们可以随心所欲地吃。
再见。去你的！呸！
让胆怯破坏了我们吃饭的气氛。"

一〇、狼与小羊

(*Le loup et l'agneau*)

最强权的总是最有理：

我们马上可以获得证明。

一只小羊在

清澄的溪边喝水；

一头到处碰运气的饿狼猝然出现，

是饥饿诱引它前来此地的。

这头愤怒的野兽说：

"是谁使你这般大胆地弄浊我的饮水？

你今天可要因为这样鲁莽而受罚。"

小羊回答道："阁下，

请勿如此激怒；

您仔细想想，

我饮的水

在溪流下游

离阁下约有二十步之远；

因此，在任何情况下

我都不可能弄浊您的饮水。"

这头残酷的野兽嚷着："你弄浊了，

而且我知道去年是你在背后骂我。"

小羊答道："怎么会呢？去年我尚未

出生，我还在母亲的肚里呢。"

"如果不是你，一定是你哥哥啰。"

"我没有哥哥。""那该是你的族人之一，

因为你们都不饶过我，

你们、牧羊人与牧羊犬。

有人劝我：我应该报仇。"

LE LOUP ET L'AGNEAU. Fable X.

在上游，森林深处
狼劫走了羊，将它吃掉，
并未经过其他诉讼的程序。

一一、人及其影子

(*L'homme et son image*)

——赠拉罗什富科 [①]

一个自认为是天下无敌手的人，

自以为是世界上最英俊的人。

他总是指控镜子的过错，

以至愈来愈得意于自己深深的谬误。

好管闲事的命运之神，为治好这病，

随时在他面前展现

贵妇人所使用的"哑巴顾问"，

例如：住家的镜子，商人的镜子，

情人口袋里的镜子，

妇人腰间的镜子。

我们的那喀索斯 [②] 做了什么？他自我封闭

在自己想象的最隐秘的地方，

不敢面对镜子。

但是有个河床 [③]，它由清纯的源泉形成，

可以在闪亮的地方找到；

他看到了；他生气；激怒的双眼

沉思于虚幻的空想。

他尽可能地回避这流水；

但无论如何，这河床是如此美好

使得他舍不得离开。

我要对所有人说，这绝对的谬误

是每个人维持快乐的一大痛苦的障碍。

我们的心灵就是热爱自己的这个人；

---

① 拉罗什富科，著有《箴言集》（*Maximes*，1664），此集比拉封丹《寓言集》初版更早问世。

② 那喀索斯，即顾影自怜的水仙（希腊神话）。

③ 河床（Canal），指河流、路途、方法，此诗则指拉罗什富科的《箴言集》。

L'HOMME ET SON IMAGE. POUR M. LE DUC DE LAROCHEFOUCAULT. Fable XI.

那么多的镜子，都是别人的愚蠢言行，
镜子，是合法的画家为我们画出的缺点；
至于河床，每个人都知道，
就是这本《格言集》。

一二、多头龙与多尾龙

(*Le dragon a plusieurs têtes, et le dragon a plusieurs queues*)

据史书记载，有一天，

土耳其大帝的特使在德皇府邸，

说他喜欢自己皇上的权力胜于喜欢德国。

一位德国人马上说：

"我们的君王有许多诸侯，

他们都因世袭权力而势强，

各个拥有一军的实力。"

土耳其大帝的特使，是位聪明人，

就对他说："我知道被任命为

这种选侯 [1] 的人能供应多少兵力；

这叫我想起

一次亲身经历的奇遇。

我在一处可以确定的地方，看到

一只百头龙越过篱笆。

我的血液开始冻寒起来；

至少我是万分惧怕的。

我只是怕，却没有受害。

因为这头动物

不曾侵袭我，也不曾找到出口。

在这次奇遇里，我又看见

另一条龙，仅有一个头，

却有更多的尾巴马上跟着出现。

我一下子被

惊讶与恐惧攫住。

它的头寻到了出路，躯体和尾巴也跟着过去。

---

[1] 选侯（Électeur），指日耳曼（德国）帝国的选侯。

LE DRAGON A PLUSIEURS TÊTES, ET LE DRAGON A PLUSIEURS QUEÜES. Fable XII.

没有谁来阻止，一个挨一个。
我肯定贵皇上与
吾皇正是如此。"

一三、小偷与驴
(*Les voleurs et l'âne*)

为了一只偷来的驴，两个小偷打起架，

一个想把驴留下，另一个希望脱手。

正当他们拳打脚踢扭成一团，

这两个对手自顾防卫时，

来了第三个贼，

偷走了阿里巴宏先生①。

这只驴，犹如一块可怜的领土，

几个偷儿顺理当上某某国王，

就像特兰西瓦尼亚、土耳其、匈牙利。②

我总括来讲：

"他们拥有这块土地。

但没有一个能长期占有，

因为第四位小偷跟随在后头，摆平了他们，

带走了那只驴③。"

---

① 阿里巴宏先生（maître Aliboron），此字原意贤人，后转为书呆子、老学究、傻子。此处指驴。
② 特兰西瓦尼亚（Transylvain），罗马尼亚地区。此三国经常处于冲突状态，下面第四个小偷暗指法国。1664 年法国曾派兵对抗这几个国家。
③ 此处"驴"字系用 baudet。

LES VOLEURS ET L'ÂNE Fable XIII.

一四、众神保护的西蒙尼德斯 ①

（*Simonide préservé par les dieux*）

可以夸赞这三种人物：

众神、恋人及国王。

马雷伯 ② 这么说过；我也同意

这是万古常新的格言。

称赞会讨好与取得智慧；

美女的宠爱往往就是代价。

让我们也看看众神有时的报酬。

西蒙尼德斯替一位运动员

写颂词，才一着笔，

他就觉得题材过于单调无味。

运动员的双亲是无名之辈，

父亲为善良市民，本身条件很差，

没有任何功绩可表彰。

诗人首先叙述这位运动的英雄人物。

说完他所能说的之后，

他将它搁到一旁，着手于孪生兄弟 ③ 的

事迹，他没有忘记描述

光荣战士的例子，

赞扬他们的战果，一再提到

两兄弟超凡出众的地方，

最后，这些神祇的颂词

占了作品的三分之二。

运动员本来答应付款；

但是，当他看过作品以后，这位绅士

---

① 西蒙尼德斯（Simonide），希腊悲歌与抒情的诗人，著作甚多，大部分佚失不传。其生卒年大约是前 556—前 468（有些书谓前 558—前 468 或前 556—前 467）。

② 马雷伯（Malherbe，1555—1628），法国古典诗的先驱。

③ 孪生兄弟（Castor et Pollux），神话中天神朱庇特与丽达所生的儿子，以后成为天上的双女宫星座。

SIMONIDE PRESERVE PAR LES DIEUX. Fable XIV.

只愿付三分之一，还很坦率地说，

其余的应由孪生兄弟支付。

"你很满意于天上的这一对，

不足之数由他们付。

不过我想邀请你到我家用晚餐，

宾客都是上上之选，

有我的双亲与要好的朋友。

请你务必光临。"

西蒙尼德斯答应了。他可能怕

失掉被夸赞的机会。

他来了，人们都大吃大喝。

每位来客的心情都很开朗愉快，

一位仆人跑来通报说，

有两个人急着求见诗人。

西蒙尼德斯离桌前去，

这两个人竟是颂词中的孪生兄弟。

他们二位感激他；为了支付他的诗作款额，

通知他尽快离开，

因为这房子马上就会倒塌。

这则预言千真万确。

因为天花板少了一根柱子，

再也不能支持，

整片掉在筵席上，击破碗盘酒瓶，

声音不亚于斟酒者的吆喝。

这还不算最坏；为了全部满足

赊欠诗人的报复心理，

一根大梁压断了运动员的双腿，

也祸及宾客，

大半跛足瘸腿。

传信女神^① 很详细地公布这个事件。

每个人都惊为奇迹；有人愿为这位

神祇宠信的人的诗作，付双倍薪资。

言归正传，首先要说

人们不会忘记大大地夸赞

众神与其同类；其次，诗人^②

写诗拿酬并不损减他的尊严；

最后，人们该付我们的艺术一些代价。

大人物厚待我们时，他们自己也感到荣耀。

因为奥林匹斯山的神与巴拿斯山的诗人^③

以前都是兄弟与好友。

---

① 传信女神（La Renommée），神话中天神朱庇特的使者，大地之母所生，熟悉众神的罪过。

② 诗人，原文 Melpomène，意即悲剧的诗神。一般通指诗人。

③ 奥林匹斯山的神，泛指大人物。巴拿斯山住了阿波罗与九位缪斯。

一五、死神与穷人

（*La mort et le malheureux*）

一位穷人整天哀求

死神前来帮忙。

他说："死神啊，你多么美！

快来，快来了结我悲惨的命运。"

死神果如其愿，跑着过来。

它敲门，进去，表明身份。

这个穷人喊道："我看到了！

快来帮我除掉这东西；

那是丑陋的！一接触到它，

我就恐惧害怕！

喔！死神，不要靠近我，喔！死神，离开我。"

麦先纳是位正人君子，

因为他说过一席话："让我残废，

断腿，风湿，断臂，只要

我活着，就够了，我就非常满足了。"[①]

不要过来，喔！死神。每个人都这么说。

---

① 此段话是麦先纳（Mécène，罗马诗人）的诗句，由拉丁哲学家塞内卡（Sénèque，约公元 4—65）保存记下，蒙田（Montaigne，1533—1592，法国散文家）《散文集》中（2：37）也有记录。

LA MORT ET LE MALHEUREUX. Fable XV.

一六、死神与樵夫
(*La Mort et le bûcheron*)

一位可怜的樵夫，背荷树枝，

年龄同这捆重担一样，

他一边蹒跚而行，一边弯腰呻吟，

想回到熏黑的茅屋。

最后，全身乏力，痛苦不堪，

樵夫放下这捆重担，想着自己的不幸。

他来到世上有过什么快乐呢？

他是大地上最可怜的人吗？

偶尔还会断炊，却从来没有休息过：

妻儿，义务，捐税，

债权人与杂役，

这些苦难把他塑成一幅可怜的画。

他呼唤死神。死神应声而至，

问樵夫他该如何协助。

樵夫说："再帮我背上这捆木柴，

不要耽搁。"

死神 [①] 一到，万病皆愈；

但请永远不要夺走我们。

好死不如歹活 [②]，

这是人类的名言。

---

① 此处"死神"（le trépas）与前面"死神"（la mort）原字有异。

② 此句原文为"受苦胜于死亡"（Plutôt souffrir que mourir）。

LA MORT ET LE BUCHERON . Fable XVI.

一七、介于两种年纪与两位女人间的男子
(*L'homme entre deux âges, et ses deux maîtresses*)

一位中年男子，

被灰发所困扰，

他觉得该是

结婚的时候了。

他存有几个钱，

便决定

择妻。一切均令他称心满意；

我们这位求偶者并不那么急躁。

好的劝告不是一件小事。

有两位寡妇在他内心占了最重要地位：

一位尚未成熟；另一位已经略嫌过分成熟，

但她却借助技巧，恢复了

自然所破坏的美丽。

这两位寡妇，有时嬉笑，

有时微笑，款待他，

偶尔带他去理发，

也就是打扮他的头。

较老的这位，不断地

拔去这位男子留下来的黑发，

以求情人能如她所愿，使他的外观能与她相配。

轮到年轻的，就拔走他的白发。

如此一来，这个男子的灰头

几乎没留下一根发丝了。

他对她们说："求你们赦免我，

哪一位将我理光好了；

我得到的也比失去的多：

因为结婚并非新鲜之事。

这就是我所感觉到的生活方式——

L'HOMME ENTRE DEUX ÂGES, ET SES DEUX MAÎTRESSES. Fable XVII.

我活着，并不是为了我。
那也不是你们所要的秃头，
漂亮的女人！我非常感激你们这个教训。"

一八、狐狸与鹤
（*Le renard et la cigogne*）

一天，狐狸伯伯破费

挽留鹤妈妈用晚餐。

宴会很小也没啥大菜。

那位绅士 [1] 供应的主食是

清粥稀饭；看起来十分吝啬。

这些清粥稀饭摆在碟子上，

鹤的长喙根本无法啜食；

那位坏蛋 [2] 却一下子舐尽所有的菜。

为了报复这次受骗，

过些时候，鹤邀请了狐狸。

狐狸说："非常乐意，同朋友交往，

我一向不拘礼节的。"

约会当天，狐狸跑到

女主人鹤的闺房，

彬彬有礼地称赞了几句话。

它看见煮得恰到好处的晚餐，

狐狸口水都快流下来了，它的胃口一向很好。

它闻到了切成小块的

肉香，想来是够好吃的。

菜上桌了，为了报复，

女主人用窄口长颈瓶装菜。

鹤喙当然容易取食；

但这位狐狸先生的嘴却是另一种尺寸。

它空着肚子回到家里，

惭愧使得狐狸就像斗败的母鸡，

---

① 绅士，原文用 galand，情人，殷勤者，狡猾者。

② 坏蛋，原文用 drôle，家伙，小人。

LE RENARD ET LA CICOGNE . Fable XVIII.

夹紧尾巴，垂下双耳。

骗子们，这就是我为你们写的：
等着吧，你们会遭到同样的报复。

一九、孩子与小学教师
(*L'enfant et le maître d'école*)

在这篇虚构的故事中，

可以看到无用的责备的可笑。

有个小孩在塞纳河畔嬉游

不小心掉到河里。

刚巧一位小学教师经过此地，

孩子向他高喊："救命啊，我快淹死了！"

这位学究闻声回头一看，

疾声厉色地说："啊！这个小捣蛋！

看你惹祸了吧！

这般淘气鲁莽！

他的父母何其不幸！总要

提心吊胆他会不会成了流氓！

他们太不幸了！我为他的命运惋惜！"

说完，他将孩子救上岸来。

我要在此责备大部分不多加思索的人们。

所有饶舌者、批评家、学究们

必能了解前面我所提到的观点。

因为造物主的特别关照，

这三类人士都是最优秀的。

面对所有的事情，他们老是

不忘夸示其口舌之利。

唉！朋友，先救我脱离险境，

再开始你的议论吧。

L'ENFANT ET LE MAITRE D'ECOLE. Fable XIX.

二〇、公鸡与珍珠

（*Le coq et la perle*）

某天，公鸡取得

一颗珍珠，拿给一个

著名的宝石商。

它说："我认为这颗珍珠非常精美，

不过，数粒麦子

将会对我更有利。"

一位外行人，继承了

一部手抄稿，拿给

隔邻的书商看。

他说："我认为这部文稿很值钱，

不过，最小的银币 ①

将会对我更有利。"

---

① 杜卡顿（ducaton），古代银币，约值五六法郎。

LE COQ ET LA PERLE. Fable XX.

二一、黄蜂与蜜蜂

（ *Les frelons et les mouches à miel* ）

借着成品，我们得以认识匠人。

几处无主的蜂窝被发现了；

黄蜂硬说是自己的，

蜜蜂则反对，

于是提议到细腰蜂前请求裁断。

困难的是要如何裁决此事。

证人提到在这些蜂窝周围

有一种飞翔的嗡嗡叫，深褐色，

类似蜜蜂的有翅动物，

已经长久不见了。然而，在黄蜂里

这标志也是一样。

细腰蜂对这证言不知如何裁断，

又开始从事新的调查，为明真相，

乃去询问蚁窝里的蚂蚁。

依然不得要领。

一只蜜蜂很谨慎地说：

"劳驾了，所有这些有什么意义呢？

打从六个月前，理由就形成了，

我们此刻就如同当初。

在这期间，蜜已经变质了。

这样的裁判太仓促了，

不显得太粗心吗？

没有答辩书和预审，

没有废话和难懂言词，

黄蜂和我们同时工作，

看到的就可以知道如何做甜蜜

以及精致的蜂窝。"

黄蜂拒绝，由此可知，这种技艺

LES FRÉLONS ET LES MOUCHES A MIEL. Fable XXI.

非它们能力所能及，

于是细腰蜂就把蜂窝判给对方。

幸而上帝看到整个过程！

让土耳其人做同样方法！

我们获得了一般常识的法则；

天下不应有新鲜事。

代替吃我们，咬我们的，

是有人以拖延方式折磨我们；

到最后，他们决定牡蛎归属裁判，

双壳归属诉讼人。

二二、橡树与芦苇

(*Le chêne et le roseau*)

一天，橡树对芦苇说：

"你有充分的理由来抗议大自然；

一只鹪鹩 ① 对你就是过重的压力；

骤起的微风

吹皱水面，

强抚你的头部；

面对来自高加索的

猛劲风暴，我的额头

会毫不变色地承受阳光。

对你是寒烈的风，对我来说却觉和煦无比。

如果你生在我的树荫下

受我庇护，

你就用不着这样唉声叹气了，

我会帮你防风防雨。

但是，你总爱长在

风国的潮湿河畔。

我觉得大自然对你太不公平。"

这株小草 ② 回答道："谢谢您的同情，

不谈大自然的恩惠，也不说这种操心，

我觉得风对我比对你要来得和蔼些，

我可以屈服但不被击败。而您直到现在

还硬挺着不曾弯腰

抵抗那些可怕的打击；

让我们坚持到底吧。"当它说完这些话时，

地平线尽头勇猛地跑来

---

① 鹪鹩（un roitelet），非常小的鸟儿。

② 小草，原文用 arbuste，意即小灌木（不到三米高），在此指芦苇。

LE CHÊNE ET LE ROSEAU. Fable XXII.

一群由北风引导的
最恐怖的顽童。
橡树挺立，芦苇掩倒。
这股劲风再接再厉，
橡树终于被连根拔起，
头顶与天为邻，
脚部却伸向死亡帝国。

卷二

一、反对有挑剔毛病的人

（ *Contre ceux qui ont le goût difficile* ）

当我一生下来接受了卡莉俄佩 [①]

这位缪斯馈赠的礼物以后，

我就将它们献给伊索寓言，

因为在悠悠岁月中，寓言和诗都是朋友。

但我不以为巴拿斯山 [②] 的情侣

懂得美化所有的故事。

有人能对构想赋予荣光，

他们做了，我也试过；最聪颖的人更做过。

然而，到目前为止，

我已让狼说话，让小羊回答。

再进一步，树木和植物

在我书中也成了会说话的生物。

谁不因此赞叹这股魅力呢？

批评家对我说："真的，

你妙笔生花地

写了五六篇儿童故事。"

"批评家！你们想造就最正确

最高级的风格吗？这里就有。特洛伊人，

在十年围困的战争之后，

希腊人厌倦了，他们用千种战略，

千种突击，百次战役，

都无法摇撼这座勇敢的城市，

当智慧女神发明了木马，

那种稀奇的人工新产品以后，

在庞大的腹部容纳着智者尤利西斯，

---

① 卡莉俄佩（Calliope），专管史诗、雄辩的缪斯（女神），为九缪斯中最具权威的。

② 巴拿斯山，希腊神话中，住着阿波罗与九缪斯的山脉，位于希腊境内。

CONTRE CEUX QUI ONT LE GOÛT DIFFICILE . Fable XXIII.

勇将狄俄墨得斯，莽夫大埃阿斯①，

这具可怕的巨人

以及部队被送入特洛伊城。

于是掀起了一场激战，连神祇也遭殃，

前所未闻的战略，工人们

付出了忠贞与劳力……"

一位作家对我说："够了，

那年代太远了，该换换口味；

还有，你的木马，

你的英雄与军队，

都是最荒唐的故事，

就像用怪腔怪调恭维乌鸦的狐狸。

而且，你的写法也不合于高级风格。"

"好吧！放低你的声音。善嫉的阿迈依耶②

梦想着她的阿尔波，认为他最担心的

只有作为证据的羊群和牧羊犬。

狄尔西斯③，穿越柳林时发现了她；

听到这位牧羊女

对柔和的西风说的话，且祈祷着

带她到情人那儿……"

批评家立刻说：

"我要你在这韵脚④处打住，

我不认为那是合于文法的，

也不认为它有很大的价值，

为求更好，就重写这两行诗句吧。"

"可恶的批评家，你说完了吗？

难道我不知道应该怎样写完我的故事？

---

① 尤利西斯（Ulysse）、狄俄墨得斯（Diomède）、大埃阿斯（Ajax），均为《伊利亚特》书中的三位希腊英雄。

② 阿迈依耶（Amarylle），牧歌中的牧羊女。

③ 阿尔波（Alcippe）、狄尔西斯（Tircis），牧歌中的牧羊人。

④ 指前数第三、二行韵脚。原诗为 "-iant"，"-mant"。

要做到使你高兴

是一件非常可怕的构想。"

爱挑剔的人真可怜，

因为他们从不知道满足。

二、老鼠开会
（*Conseil tenu par les rats*）

一只名叫罗笛拉德 ① 的猫，

把老鼠赶得四处奔窜，

仿佛走到墓地中，

人们几乎看不到鼠影。

留下的少数几只不敢走出洞口，

只找到一些食物吃得半饱而已；

罗笛拉德面对这些倒霉鬼，

俨然就是魔王，而不是猫。

一天，它心血来潮，爬上屋顶，

这只绅士猫去会晤妻子，

正当它与夫人在一起时，

剩下的老鼠在角落里开会，

吵吵闹闹，讨论当前的难题。

首先，它们的族长，非常谨慎地

发表意见，它认为最好趁早

在罗笛拉德的脖子上挂个小铃铛；

那么，当它出动时，

就会一路发出警报，它们就可以躲入地下了；

这是它仅知道的方法。

每一只老鼠都赞成族长的意见，

因为没有比这个更有效的了。

难题是谁去挂小铃铛？

一只说："我不去，我没那么傻。"

另一只说："我不知道。"因此最后

毫无结果地散会。我看过许多会议，

也常常是这样一无所获地举行；

---

① 罗笛拉德（Rodilardus），拉伯雷著作中的角色。

69

CONSEIL TENU PAR LES RATS. Fable XXIV.

这些会议，不只是老鼠，包括僧侣^①的会议，
也包括教会人员^②的会议。

不应仅仅议论而已，
会场上意见纷纷，
但是需要执行时，
却找不到任何一个人。

---

① 僧侣（moines），或指修道士。
② 教会人员（chanoines），指天主教主教手下管理教会的人士。

三、当着猴子面前，野狼控告狐狸

(*Le loup plaidant contre le renard par-devant le singe*)

野狼说有人偷了它的东西。

它的邻居狐狸，恶行昭彰，

有了偷窃嫌疑而遭到传唤。

它在猴子前被控告，

只有当事人，没有律师。

在猴子的记忆里，

正义女神[①]是毫无作为的。

法官猴子端坐在正义席上。

经过一阵子的争论、

答辩、哀叫、咆哮之后，

法官审判它们的瞎闹，

对它们说："朋友，我认识你们许久了；

你们都应该被判处罚金，

因为野狼你没有失落东西却提出控诉；

而狐狸你曾拿了别人的东西。"

这位法官认为别人无知

犯错，就不分是非曲直。

　　某些好心人士认为猴子判决的矛盾与不可能是应该受批评的；我并不跟随费德[②]的意思，依我看，该坚持的是双关语。

---

① 正义女神，即忒弥斯（Thémis）。
② 费德（Phèdre），本寓言的原作者。

LE LOUP PLAIDANT CONTRE LE RENARD PARDEVANT LE SINGE . Fable XXV

四、两头小公牛与一只青蛙

(*Les deux taureaux et une grenouille*)

两头小公牛为了想要占有

一头小母牛和地盘^①而战斗。

一只青蛙叹着气，

它的同伴对它说：

"你干吗叹气呢？"

它说："你没看到

这场争端的最后

将是一退一追，

而且糟蹋了这些野花吗？

战败的水牛不再统治草原上的草，

却回到我们的沼泽来统治芦苇，

而且，用长到水底的脚踩踏我们，

杀了一只又一只，为了

一头母牛^②，我们就得忍受这场战斗。"

这种担心并没错，

战败的公牛到青蛙的住家

来隐藏，真是大家的灾难，

每一小时踩烂了二十只青蛙。

唉！我们可以发现大部分时候，

小动物要忍受大动物愚蠢的行为。

---

① 原文为"帝国"（empire）或统辖权。

② 母牛，原文是"母牛夫人"。

LES DEUX TAUREAUX ET UNE GRENOÜILLE. Fable XXVI.

五、蝙蝠与两只黄鼠狼

（*La chauve-souris et les deux belettes*）

一只蝙蝠掉入

黄鼠狼的窝里；它立刻被抓住，

一向愤恨老鼠的黄鼠狼

想吞噬这只蝙蝠。

它说："喂！你们族类经常妨害我，

你还敢在我面前逞强！

不许说谎，你是不是老鼠？

是的，你是；除非我不是黄鼠狼①。"

那只小可怜说："原谅我，

我并没有自夸。

我是老鼠？一定是坏人告诉你的。

感谢上帝，

我是鸟类；你看我的翅膀，

拍动空气的族类万岁！"

它的运气很好，

它被黄鼠狼释放，恢复了自由。

两天后，我们的冒失鬼

又盲目地撞进

与鸟类为敌的另一只黄鼠狼手中，

再度面临生命危急的关头。

这家主妇②用长嘴

辨认出蝙蝠有鸟类的特质，

正想凌辱蝙蝠时，蝙蝠宣称：

"我，你没看清楚！

谁是鸟类，要有羽毛才是啊。

---

① 黄鼠狼，又称鼬鼠。

② 鼬鼠系阴性名词，因而说主妇。

LA CHAUVESOURIS ET LES DEUX BELETTES. *Fable XXVII*.

我没有羽毛，我是老鼠：老鼠万岁！
丘比特把群猫弄累了！"
因为这个敏捷的回答，
它又再次获救。

有些人觉得自己在危险时，
对辩白自己的忠贞，常常会不知该怎么说。
机警的人这时会懂得随机应变说：
"国王万岁！联盟万岁！"

六、被箭所伤的鸟

(*L'oiseau blessé d'une flèche*)

被带有羽饰的箭致命一击，

这只鸟哀叹自己不幸的命运，

它忍着剧痛说：

"不知道是否应该对自己的灾祸负责呢？

残酷的人类，你们抽拔我们的翅膀

用来制成这些飞翔的夺命武器；

但是你们会有报应的，残忍之徒，

同我们一样的命运有一天也会发生在你们身上。

因为泰坦的子孙总是把

武器的一半供应给另一方。"

L'OISEAU BLESSÉ D'UNE FLECHE. Fable XXVIII.

七、母猎犬及其同伴

（*La lice et sa compagne*）

一只正等待分娩的母猎犬

不知要在哪儿处理如此重大的负荷，

最后，它的同伴乐意提供小屋，

就在那儿，母猎犬闭门不出。

一段时间后，它的同伴回来。

母猎犬要求让它再住半个月，

它说它的小孩刚会走路，

还不会跑，于是它获准留下。

第二次到期，那位同伴再想要讨回

住家、房间、床铺。

这次，母猎犬露出獠牙，说：

"如果你赶得了我们，

我马上带着小孩离开。"

这时它的小孩已够强壮了。

帮助恶人，总是要后悔的。

要取回借给他们的东西，

应该先揍他们一拳；

应该控告，应该战斗。

如果让他们一只脚伸入我们家中，

他们很快地就会伸进四只脚。

LA LICE ET SA COMPAGNE . Fable XXIX.

八、老鹰与甲虫

(*L'aigle et l'escarbot*)

老鹰追逐敏捷的兔子约翰，

它以最快的速度逃入洞穴。

那是途中遇到的甲虫洞。

我想这巢穴够稳当的；有哪儿

比这巢穴更好呢？兔子约翰蹲得好好的。

老鹰猛扑这座避难所，

甲虫哀求，说：

"群鸟之王，你要抓到我

这个可怜虫，虽然是轻易之事；

但请你不要侮辱我；

既然兔子约翰求你饶恕，

你就放它一命，否则就得一起除去我俩，

因为它是我的邻居，我的教父。"

这只丘比特之鸟，一语不答，

咬啄甲虫的两侧，

猛撞它，迫使它闭嘴，

带走了兔子。愤怒的甲虫

偷偷到了鸟窝，趁鹰不在，啄破

老鹰的嫩蛋，它最温柔的希望，

一个也没留下。

老鹰回来，看到满目疮痍的情况，

愤怒至极，朝天哀号，

不知道该向谁报复它 [①] 所蒙受的损失。

它徒然哀叹，叹息声在风中消失。

这一年，做母亲的伤心透顶。

翌年，它将巢筑得更高。

---

① 原文为阴性代名词（elle），系指雌鹰。

L'AIGLE ET L'ESCARBOT. Fable XXX.

甲虫从容不迫地又毁坏了鸟蛋，

为兔子约翰的死，再次报了仇。

第二次的悲伤就这样弥漫在

平息不到六个月的林间。

最后，这只鹰由伽倪墨得斯 ①

带全众神之王前，请求帮助，

它将蛋置放众神之王的腰腿上，以为

在这里会平安些，由于同情，

丘比特必会尽量保护，

但这种摆放方法很冒险，

常人是不这么放的。

它的敌人改变报复的方式，

从众神之王的衣袍上滚下一块兽粪，

众神之王一振，蛋纷纷掉下来。

老鹰知道了这项疏忽以后，

就威吓众神之王，

要离开天庭，

到沙漠去生活，脱离臣属关系。

可怜的丘比特沉默无语。

在法庭上，甲虫出庭，

陈述事实，解说它的牢骚。

最后，老鹰知错了。

但是，两个仇敌并不肯和解，

众神之王为求摆平，就想到利用轮换时间的方法，

当老鹰求爱的季节，

甲虫就如同土拨鼠一样正进行冬眠，

隐藏起来，看不到白日。

---

① 伽倪墨得斯（Ganymède），希腊神话中为众神斟酒的美少年。

九、狮子与小蝇
(*Le lion et le moucheron*)

"滚开，小昆虫，大地的残渣！"

一天，狮子对小蝇

说了以上的话。

后者立刻向前者宣战。

它说："你以为拿兽王的头衔

就能令我胆怯不安吗？

一头公牛比你还要强壮呢！

我也可以搞得它团团转。"

它勉强说完这些话以后，

就嗡嗡作响，

俨然是号手与英雄。

起先，它远远地飞离；

接着，尽其所能地猛扑

狮子的颈部，几乎令狮子发狂。

这头野兽[①]大发雷霆，两眼炯亮；

咆哮不止，小蝇却躲在它的周围扰闹：

就像永恒的闹钟，

这是小蝇的杰作。

那只小蝇[②]声东击西地猛攻，

有时叮脊骨，有时咬嘴脸，

有时飞进鼻孔里。

使得狮子火冒三千丈。

这位隐形的敌人胜利了。

倒霉的狮子被击败，

尾巴拍响腰部四周，

---

① 野兽，原文为四足动物（le quadrupède）

② 小蝇，此处原文为小苍蝇（Un avorton de mouche）。

LE LION ET LE MOUCHERON. Fable XXXI.

震打空气，束手无策；极度的愤怒
终于疲惫不堪，倒了下来。
战胜的昆虫光荣引退，
嗡嗡作响，显示胜利，
到处报捷，却得意忘形地撞上了
蜘蛛的埋伏，
在蛛网里，结束了它的一生。

以上给予我们的教训是什么呢？
我想有两点：其一是我们的敌人中
最可怕的往往是最小的；
其二是，能够避免巨大危险的，
一不小心也会被芝麻小事所毁灭。

一〇、驮棉与驮盐的驴

(*L'âne chargé d'éponges, et L'âne chargé de sel*)

一位驴夫，手持权笏 [①]，

领着两只长耳战马 [②]，

一副罗马皇帝的模样。

驮棉的那只走得就像送信人一样轻快，

另一只，一副祈祷的模样，

缓缓地，

它驮的是盐。我们的快活旅人，

翻山，越谷，赶路，

最后来到浅滩，

碰到了困难。

驴夫，整日涉水，

就爬到驮棉的驴背上，

驱赶前头另一只动物，

那只驴正想昂首，

挣离窟窿，

刚站了出来，又陷了下去，

因为浸到了水，

全部的盐很快就融化了，

这只驴丝毫

不觉得背部的负荷。

驮棉的同伴想模仿它，

就故意掉进水中，浸到颈部，

它本身、驴夫以及棉花，

都吃到了水，

使得棉花顺理

---

① 即鞭子。

② 即驴子。

L'ANE CHARGÉ D'ÉPONGES, ET L'ANE CHARGE DE SEL. Fable XXXII.

增重了许多，

因为它很快就浸满了水。

以至于这只驴不堪负荷，上不了岸。

驴夫眼看着死亡愈逼愈近，

就紧紧抱住它。

这时有人前来援救，此事才平安结束。

这样看来，人们应该认清，

盲目的模仿将会招来灾祸。

我想证明此观点。

一一、狮子与老鼠 ①
（ *Le lion et le rat* ）

---

① 原文佚失，此处保留了标题。后文此情况同理。——编者注

LE LION ET LE RAT . Fable XXXIII .

一二、鸽子与蚂蚁

（ *La colombe et la fourmi* ）

既然我们有能力，就该对世界尽责，

但我们还是常常需要比自己更弱小的来帮忙。

在许多我所提供的充分证据中，

有两个真实的寓言可作为证明。

一只老鼠从狮子的腿间

跳出来，使狮子大吃一惊。

这头兽王，在这机会上，

显出风度，饶恕了老鼠一命。

这次善行并未就此告终。

有谁相信，

狮子需要老鼠的帮忙？

然而事情发生了，当狮子走出森林时，

被绳罟网住了，

任它怎么吼叫也无法挣脱。

这时鼠先生跑出来，用利齿

啮咬一孔，使狮子逃了出来。

耐心与持久

胜于暴力与激怒。

另一个例子是更小的动物。

有只鸽子沿着清澄的溪流饮水，

一只蚂蚁掉进水里，

在河面上，我们看见蚂蚁

费尽力气地努力想回到岸上。

鸽子马上发挥它的慈悲心肠：

把一根草扔到水面，

蚂蚁登上这座小岛，

LA COLOMBE ET LA FOURMI. Fable XXXIV.

因而脱险了。就在半路上，
一个坏蛋赤脚走过来。
他正巧带着弹弓。
当他看见爱神之鸟①，
想将它射杀来打打牙祭。
正当这个人准备动手时，
蚂蚁咬了他脚后跟一口。
坏蛋转头看个究竟，
鸽子听到了声音，赶紧逃离。
坏蛋的消夜也随着鸽子飞走了：
一块铜板买不到鸽子的。

① 鸽子素有"爱神维纳斯之鸟"的称呼。

一三、星相家掉入井底

(*L'astrologue qui se laisse tomber dans un puits*)

一天，星相家掉入井底，

有人对他说："可怜的人，

连自己的脚底下都看不见，

还想仰望头顶上的东西吗？"

这件事不必再多说，

也可以教训大部分的人。

我们生活在地球上的人，

很少有人经常

乐意去听听，

前人可供阅读的命运之书。

这种书，荷马及其后继诗人都吟唱过，

这不会是古代之间，

与我们同上帝之间的巧合吧？

但如果是巧合，就不是科学了。

如果叫作巧合，

就错了，但这也不算是运气，

万物都相当不可确定。

至于最高意志的人，

他所做的一切，与目的无关，

他本人是否知道？如何领会他的胸怀？

趁这夜色晦暝之时，

在星辰的前额印上记号了吗？

有何用处呢？是否为了考验已经

陈述过的地球及其灵魂？

为求避开无可避免的不幸吗？

在幸福中还给我们无权享受的快乐吗？

为了可能的幸福而遭致忧伤，

L'ASTROLOGUE QUI SE LAISSE TOMBER DANS UN PUITS. Fable XXXV.

把它们转变成痛苦，比该来时要早吗？

这是谬误，或者宁可稍微臆测的罪过。

苍天已死，星辰形成河流，

太阳每日照耀着我们，

每日它的光芒尾随黑影，

无须我们为其他事物归纳道理，

光明与照耀的

季节轮替着，种子成熟了，

某些必要的影响在体内流注着。

此外，宇宙运转的等速列车，

用什么回答永远变化的命运呢？

江湖郎中，星相吹牛者，

离开欧洲公爵的宫廷，

率领你们同时代的炼丹术士，

你们不再值得人类信赖了。

我有点愤怒；让我们回到

以证据观察的历史之中。

驱走谎言技巧的虚幻，

这是对妄想打呵欠的比喻，

当他们危险时，

就是只会为他们自己，做他们自己的事。

一四、兔子与青蛙

(*Le lièvre et les grenouilles*)

兔子在家里做梦

（在家里，谁不做梦呢？）

这只兔子坠入深忧之中，

因为它哀伤着，怕这怕那的。

它说："自然界中胆小的人

总是非常不幸的；

他们无福享用自己得来的小东西。

不曾真正高兴过，老是要多方竞争。

就像我现在看到的：该死的恐惧

它妨碍我睡眠，使我非得睁着双眼不可。

聪明的人说，你要改正改正。

然而谁可以改得了胆怯的毛病？

我肯定地认为

人类同我一样胆小。"

我们这只兔子为此顿觉得自己理由充分，

且竖起耳朵倾听。

只要有风声、影子和鸡毛蒜皮的事，

都使它惊惧，疑神疑鬼，不安于心。

这只忧伤的动物，

正忐忐忑忑，

忽然它听到一阵仿佛信号似的微响，

于是兔子直往它的巢穴逃。

当时它正穿过一处池塘，

看到青蛙都赶忙跳入池中；

回到它们的深洞里。

兔子说："啊！它们同样做出

我做过的事！我来了，

和人类一样可怕，我敲了警钟！

LE LIEVRE ET LES GRENOÜILLES. Fable. XXXVI.

怎么啦，这些动物居然在我面前发抖？

那么我是战争中的霹雳了？

我懂了，如果找不到比它更胆小的，

它就是地球上的胆小鬼。"

一五、公鸡与狐狸
（*Le coq et le renard*）

一只灵巧机警的老公鸡

在树枝上站岗。

狐狸低柔地说："兄弟，

我们不要再争吵了

和平相处吧。

我通报你一件事；下来，让我亲亲你，

请你不要不睬我。

我不能失信，我今天要拜访二十个岗哨。

你的朋友和你可以轻松些，

放心去做你们的事；

我们就像兄弟般替你们服务，

今晚开个营火会，

请接受我们

至诚的友善之吻。"

公鸡回答："朋友，我不曾

听过一种比这种和平

更温柔更美好的

消息；

同你订交是我加倍高兴的事。

我看到了两只猎犬，

我保证，它们会尽快传报

这件大家所期望的事，

它们马上会来到这儿。

我就下来，我们能够亲热亲热。"

狐狸说："再会，我的支票以后再兑现，

下次，我们会再合作得

更好些。"这个狡猾者对

自己的战略失望，卷起裤管

LE COQ ET LE RENARD. Fable XXXVII.

很快地溜走。

我们的老公鸡

嘲笑狐狸的胆怯；

拐骗骗子是一件双重的快乐。

一六、学鹰飞的乌鸦

（*Le corbeau voulant imiter l'aigle*）

丘比特之鸟 ① 攫走一只羊，

乌鸦眼见此事，

虽然它肾脏稍弱，但依然贪馋，

也想做出同样的事。

它在羊群周围盘旋，

盯住当中最肥最好的，

可以做牺牲的羊，

那是人们为上帝的口福预留的。

大胆的乌鸦盯着这美味说：

"我不知道什么东西是你的粮食，

但你的身躯看起来是最好的，

你可以做我的粮食。"

说完此话，它乱抓一把，羊群起哄。

而羊这动物

比一块乳酪略重，而且它的毛

相当的厚，

差不多以同等方法织成了

独眼巨龙 ② 的胡子。

羊毛牢牢绊住乌鸦的爪，

使得这只可怜的动物无法逃走；

牧羊人来了，抓住它并将它放进笼子，

送给孩子们当作玩具。

应该估量自己的能力，后果是明确的；

向小偷学习偷窃是不好的。

---

① 即鹰。

② 独眼巨龙，海神的孩子，有数人。本诗中名为"Polyphème"。

LE CORBEAU VOULANT IMITER L'AIGLE Fable XXXVIII.

样本是最危险的诱饵，

因为所有的食客都不是大财主；

在那儿总是蜜蜂飞走了，蚊蚋[①]才住进来。

---

① 蚋：蚊类。——编者注

一七、孔雀向朱诺抱怨
（*Le paon se plaignant à Junon*）

孔雀向朱诺 ① 抱怨，说：

"女神，我抱怨，我嘀咕，

并非毫无理由的。

您赐赠给我的歌声，

令整个自然界不快乐；

相反的，黄莺，这只小动物，

您却赐它洪亮柔美的歌声，

成了春天唯一的荣誉。"

朱诺生气地回答：

"嫉妒的鸟儿，闭上你的嘴，

你竟想获得黄莺的歌声，

你啊，人们凝视你颈部四周

千百种细致的彩虹；

是谁赞美你，是谁展开

如此丰美的尾部，又是谁

在我们眼前闪耀着珠光宝气的光彩？

任何动物都无法具备一切美质。

我们赋予它们各种的特点：

有的分享雄伟与强力，

猎鹰灵巧，老鹰勇猛，

乌鸦能够未卜先知，

小鸟能警告灾祸的来临。

所以万物都满足于它们的婉鸣，

---

① 朱诺（Junon），罗马神话中的天神朱庇特（相当于希腊神话的宙斯）的妻子，相当于希腊神话的赫拉（Héra）。孔雀（paon）的别名是朱诺之鸟（L'oiseau de Junon）。

LE PAON SE PLAIGNANT A JUNON. Fable XXXIX.

停止抱怨吧，否则，为了惩罚你，
我将除去你美丽的羽毛。"

一八、变成女人的雌猫

（*La chatte métamorphosée en femine*）

一个男子狂爱他的雌猫，

他觉得这只猫可爱、漂亮、高尚，

还会发出相当温柔的喵呜声。

但他比疯子还要疯，

因此，这个男子借着

祈祷、泪水、魔法与魅力，

终于获得神助，在一个晴朗的早晨，

雌猫变成了女人，同一天早晨，

受命运之神安排成为他的妻子。

因友谊入迷，

而成爱情至上的疯子。

即使最美艳的贵妇，

也不会令这位热情丈夫

像疼爱新嫁娘

一样地宠信她。

两人互相取悦，

他不再认为那是雌猫，

以至于一错再错错到底，

相信她就是女人。

当几只老鼠咬噬床笫，

骚扰新婚夫妻的快乐时，

那位女人立刻趴到地面：

她却忘了自己的企图。

当老鼠再来时，她又摆好捕捉姿势。

这次，她即时扑上了，

因为她改变角色，

而老鼠丝毫没有怀疑到这点。

捕鼠这件事对她来说毕竟是诱饵，

本性总是战胜一切。

他嘲笑一切，就如某个年龄所做的：

想把花瓶浸湿，使织品起皱。

想改变习惯的

最初动机失败了。

人们并不知道改进

心中的那些欲望。

猛抽鞭子或使用叉子

都无法改变本性；

即使你拿着棍子，

也无法支配它。

有人冲着面关上门，

本性就再从窗口出现。

LA CHATE MÉTAMORPHOSEÉ EN FEMME. Fable XL.

一九、狮子与追赶的驴

（*Le lion et l'âne chassant*）

一天，百兽之王想去

打猎庆祝生日。

狮王的猎物不会是小麻雀，

而是美好的野猪、公鹿、母鹿。

为了完成这件事，

它雇用大嗓子^①的驴

充作行政官。

当狮王跟班的驴是传令官。

狮子要它防备着，躲在树荫下，

命令它嘶鸣，保证这声音

会使胆子较大的动物奔出它住的地方。

它的伙伴们不曾听过

这么骚乱的声音，

空气中传来一阵恐怖的回音；

震慑了林间的主人们。

它们纷纷逃奔而出，跌入狮王守候的

不可避免的陷阱。

驴子说："在献身打猎的荣誉中，

我是否已尽到了本分？"

狮子回答："是的，喊声够凶猛。

如果我不了解你本人及你的同类，

我听了也会发抖。"

人们还用自以为正当的理由嘲弄它，

---

① 大嗓子，原文是"la voix de Stentor"，"Stentor"为希腊神话中特洛伊战争时声音洪亮的传令使者。

115

LE LION ET L'ANE CHASSANS. Fable XLI.

如果它敢的话，驴子是会生气的。

因为谁能忍受驴这种小把戏呢？

但这并非它的特点。

二〇、伊索解说遗嘱
（ *Testament expliqué par Ésope* ）

如果有人说伊索的话是真的，

也就是说那是希腊的权威，

只有他比最高法院 ①

更具智慧。现在

举个最亲切的故事

来愉悦读者。

某个男子有三位女儿，

她们的性情各不相同，

一位嗜酒，另一位爱慕虚荣，

第三位则是十足的吝啬。

这个男子依据

地方法律立他的遗嘱，

把所有的财产等分留给她们，

同时给她们的母亲一份一样多的财产，

但是要等到她们每位

不再依附本想要享有的一份时再支付。

父亲死了，这三个臭女人 ②

迫不及待地要求看遗嘱。

遗嘱公开之后，她们努力地去体会

立遗嘱人的用意，

但是百思不得其解，如何

能立刻了解为什么每个姐妹

不享有继承的一份，

而支付给母亲呢？

---

① 最高法院（Aréopage），专指雅典最高法院，位于阿瑞斯（Arès 为希腊神话中的战神之名）山丘上。
② 原文用 "femelles"（女人），含有鄙视之意。

TESTAMENT EXPLIQUÉ PAR ÉSOPE. Fable XLII.

这不是妥善的办法。

那么，父亲的意思是什么？

事情被商量着，

所有的律师引经据典，

用千百种方式解释后，

终于放弃了解，坦承失败，

并建议继承人

擅自分配财产。

至于寡妇的部分，

律师对她们说："会议决定：

每个姐妹该依据契约

各自获得三分之一财产。"

事情就此决定，她们划分成三份：

一份包括一幢别墅，

放在葡萄棚下的酒柜，

银制容器，脸盆，酒壶，

葡萄酒商店，

服侍吃喝的奴隶[①]，简单地说，

都是贪杯的用品；

另一份爱慕虚荣的是：

城里房子一栋，精致家具，

太监、美容师，

刺绣女工，

珠宝、高贵衣服；

第三部分是农庄、家具，

牛羊群、牧场，

仆人与耕作用的家畜。

分配好了，人们预料这种安排

可能没有一位姐妹

---

① 服侍吃喝的奴隶（les esclaves de bouche），王公贵族家里，负责供给吃喝的奴隶。

会不满意自己的一份。

果然每一位都首肯，

她们都同意这项分配。

就是在雅典城内，

大大小小，所有人也都赞成

此乃公平的分配与明智的选择。只有伊索

经过一番思考以后，

认为这些做法正好

与遗嘱背道而驰。

他说："若死者地下有知，

必会死不瞑目 ^①！

怎么样，自夸是

当今最优秀的人们，

竟然对立遗嘱的人

最重要的用意

误解了！"说完，

他就提出自己的分配方式，

给每位姐妹与意愿相反的一份，

没有一项是适合她们本性的，

没有能令姐妹们各取所需的：

跟随嗜酒人们的那些用品，

给了爱慕虚荣的；

醉鬼分得了家畜；

精打细算的拥有美容师。

此即菲里基人 ^② 的意见，

这是为了迫使这几位女孩

摆脱对财产的依赖，

当有人看到她们所拥有的，

---

① 死不瞑目，原文之意为"阁楼会责备他的"。

② 即伊索，他原是菲里基地方的奴隶。

她们将有幸嫁到好人家去，
把所有现金送给母亲，
不再依附父亲的财产，
这才是遗嘱。
众人不禁讶然，可能他展现了
单独一人的智力，
乃胜过众人的。

卷三

一、磨坊主人，其子其驴

(*Le meunier, son fils et l'âne*)

——致穆夸先生 [①]

艺术的创作是长子的继承权，

我们成了古希腊的辩护人，

但田园收割的情形往往是

最后到达的只配拾人牙慧。

幻想是充满荒凉土地的国度；

我们的作家每天都在探险。

我想跟你说一个非常别出心裁的感受，

以前马雷伯曾对哈贡 [②] 说过。

这两位霍拉斯的对手，竖琴的继承人，

阿波罗的弟子，我们的先生，为了说得自然些，

一天，两人在没有证人的情况下对话一番，

（仿佛他们信赖自己的思想与关怀。）

哈贡开始说："请您告诉我；

您想，生命的事物，

从每个阶段中溜走，

而且在暮年时要面对注定的命运，

这样，我该决定做什么？

有的是时间够我思考一番。

你了解我的善良、才能和籍贯，

我应该在外省定居呢？

还是在军队服役，或最好在宫廷任职？

全世界甘苦参半，

战争有它的乐趣，结婚有它的警报。

如果顺从兴趣，我知道如何坚持；

---

① 穆夸（M. de Maucroix），诗人的好友。此诗可能作于 1647 年，当时拉封丹的这位知己奉派为大使，内心颇为犹豫。

② 哈贡（Honorat de Racan，1589—1670），马雷伯的弟子。

LE MEUNIER, SON FILS, ET L'ANE. A.M.D.M. Fable XLIII.

LE MEUNIER, SON FILS ET L'ANE. A M. D. M. Fable XLIII. 2ᵉ *planche*.

但是我满意所有一切。"

马雷伯说："满意此世界！

在我回答之前，听听这段故事。"

"我曾读过一些关于磨坊主人和儿子的文章，

一个老头子和一个不小的孩子，

如果我记得不错的话，这孩子约十五岁，

某天，他们前往市集出售驴子。

为求能得到更多的利润，更好的售价，

他们将驴脚捆住，扛起来；

然后，这个人和他儿子抬担架般地扛着驴。

第一个碰到的人，笑着嚷道：

'真是可怜、愚蠢、无知的乡巴佬！

多可笑！这两人干吗？

三个当中最蠢的竟然不是大家认为的驴子。'

磨坊主人听了此话，领悟到自己的无知，

就放下动物，松开绳子

尝过甜头之后再走路的驴子，

嘀咕埋怨。磨坊主人未让它休息，

他叫儿子骑上，自己跟在后头，碰巧，

走来三个好心的商人。此景令他们不悦。

年岁最大的尽其气力对孩子嚷道：

'哎！下来，没有人告诉你

年轻人是灰胡子的仆从呀！

你要跟在后面，让长辈骑。'

磨坊主人说：'老爷，你说得不错。'

孩子跳下来，老头子骑上去。

三位少女路过时，一位说：'多难为情哟！

正当蠢汉俨然主教般地坐着时，

也该留意这位跛行的少年，

LE MEUNIER, SON FILS, ET L'ANE. A M.D.M. Fable XLIII. 3ᵉ planche.

LE MEUNIER, SON FILS, ET L'ÂNE. A.M.D.M. Fable XLIII. 4.^e planche.

让小孩 ① 骑驴才能变得聪明些。'

磨坊主人说：'到我这样的年纪他就不笨了，

赶你们的路吧，小姑娘，相信我。'

送走了一次又一次的恶作剧后，

这人想了又想，便让孩子一起坐到驴背后端。

走了三十来步，第三群人

又批评一番。一位说：'那些人真笨；

驴子会受不了，它会被压死的。

唉！这头可怜的牝驴太劳累了，

他们丝毫不同情这头老迈的家畜吗？

这样到了市集，必然只能卖出它的皮而已。'

磨坊主人说：'真的！要求

满足全世界人的脑子是非常笨的。

然而，我们试过几种方式，

最后还是要卖掉。'他俩都下来。

驴子趾高气扬地独自走在前面。

有个人碰到他们，说：'现在流行让

驴子舒服地走路而磨坊主人气喘地赶路吗？

该让驴子还是主人疲倦呢？

我建议这些人先把此事弄清楚。

他们磨损鞋子而爱惜驴子，

尼古拉斯却相反，因为他是骑着驴去看珍妮的，歌词就这么说 ② 。'

磨坊主人回答：'驴也没错！

我是驴，的确如此，我承认，

---

① 原文用"小牛"（veau），系双关语，有傻子、笨蛋之意。
② 当时流行的一支歌：
　　再见狠心的珍妮，
　　如果你不爱我。
　　我就骑着驴
　　奔赴死亡。
　　——去吧，不要失足，
　　尼古拉斯。
　　记住不要回来。

LE MEUNIER, SON FILS, ET L'ANE. A.M.D.M. Fable XLIII. 5⁵ planche.

但今后有人骂我或夸奖我，
不管说某些事，或不说一句，
我都要依我的脑子行事。'
他做了，而且做得很好。"

至于你，不管是战神、爱神或王族，
走了，来了，跑掉；在外省定居；
或是娶妻，进修道院，服公职，
都不要猜疑、在意谈论中的人。

二、四肢与胃

(*Les membres et l'estomac*)

我一开始著作，

就变得有权位了。

从某方面看，

胃先生是一个实例。

如果他有所需要，全身就紧缩起来。

为了他，四肢工作得精疲力竭，

他们每一个决心以君子的方式来享受，

打算什么事都不做，以胃的例子做借口。

他们说："他应该不仰靠我们而自己生活。

我们流汗、操心，就像驮兽。

为了谁？为他一个；我们什么也没获利，

我们的照料只为供应他的三餐。

我们罢工，这是让他了解我们的方法。"

说着就做了。双手停止取食，

双臂停止摆动，双腿停止走动。

他们都要胃自己去觅食。

他们很后悔做了这件错事。

很快地，可怜的人无精打采地倒下，

他无法组成新的血液，

每个肢体都虚弱，力气消失。

用此方法，那些反叛者生活着，

他们以为懒人与闲人

同大部分的人一样贡献大。

这可以适用于王权。

它 ① 接受与付出，事情是同等的。

一切都为它工作，相同地，

---

① 原文用阴性，指王权（la grandeur royale）。

LES MEMBRES ET L'ESTOMAC. Fable XLIV.

一切也从它那儿汲取营养。

它使工人赖以为生，

使商人发财，支付教师薪资，

供应劳动者，付给士兵薪饷，

它将至高的感激分配至千百处，

维持整个国度。

美奈尼斯 [1] 说得很对。

罗马平民要脱离元老院。

不满政府者说元老院拥有整个帝国，

权力，财产，荣誉，威望；

而把痛苦加诸他们，

如纳贡，捐税，战争的辛劳。

民众已屯驻在城外，

许多人准备在他乡寻找土地，

当美奈尼斯让他们了解

他们就像四肢时，

借着这个有名的寓言 [2]，

老百姓都回到他们的岗位。

---

[1] 美奈尼斯（Ménénius Agrippa），公元前 503 年罗马执政官，鉴于平民的分裂，叙述了一篇寓言《四肢与胃》。

[2] 在古代，许多人引用或叙述此则寓言，如李维（Tite Live，罗马史家，约前 64 或 59—17），弗洛鲁斯（Florus，十一世纪罗马史家），Denys d'Halicarnasse（古代小亚细亚的史家），普罗塔克（Plutarque，约 46—120，希腊史家、道德家、文学家）。

三、狼乔装牧羊人

(*Le loup devenu berger*)

一只狼想成为

绵羊的邻居，

它借用狐狸皮

装扮成新角色。

穿上牧羊人的衣服，罩着披肩[①]，

手拿牧羊棍，

也没忘记笛子。

为了顺利推出它的诡计，

它在帽子上自动地写上：

"我是吉略特[②]，这群牲畜的牧羊人。"

它如此打扮，

把脚蹲在棍棒上，

骗子吉略特温柔地靠近羊群。

而真的吉略特躺在草坪上，

睡得很沉；

他的狗和角笛也一样，

大部分的绵羊都同样地睡着了。

这个伪君子等它们都入眠后，

为了引领羊群到它的窝里，

狼想添加真的吉略特平时习惯的话语，

却因此把事情弄砸了，

因为它无法模仿牧人的声音。

它发出的声音惊动了整个林子，

于是所有的秘密都被发现。

羊群、牧羊犬、孩子，

---

① 披肩（un hoqueton），古时没有袖子的短衣。

② 吉略特（Guillot），牧羊人的名字。

LE LOUP DEVENU BERGER . Fable XLV.

都因这声音而醒来。

可怜的狼，在这种出丑的情况下，

被披肩绊倒，

不能逃走也无法防卫。

不论怎样的花言巧语，总有被识穿的一天。

如果你是狼，就扮狼的样子，

这才是最稳当的事。

四、要求国王的青蛙

(*Les grenouilles qui demandent un roi*)

一群青蛙厌倦

德先生，

由于它们过分喧闹，

使得朱庇特[①]

将它们送进少数绝对控制的地方。

它从天上派去一位非常温和的国王：

这位国王落下时发出太大的声响，

沼泽的居民——青蛙

都很愚蠢和懦弱，

在水面下躲藏着，

在树干上，在芦苇丛中，

在沼泽的洞穴里躲着，

不敢长久注视

它们认为是新巨人的脸孔。

其实，这是小小的一块梁木。

那沉默不言的样子使第一只拿出勇气，

离开洞穴，冒险去看个究竟的青蛙缩成一团，

这只青蛙颤抖地向前走。

随后一只跟着一只出来，

它们像蚂蚁群聚着，

最后，这支队伍形成一个家族，

直到跳上国王的肩膀。

但这位好先生却忍受痛苦，默不作声。

朱庇特立刻头痛起来，这些百姓说：

"给我们一位会动的国王。"

诸神之王赐给它们一只鹤鸟，

---

① 原文用丘班，同卷一第七首的《褡裢》中的"Jupin"，为朱庇特简称。

140

LES GRENOUILLES QUI DEMANDENT UN ROY. Fable XLVI.

去啄它们，咬死它们，

尽它高兴地把它们吞下，

青蛙们抱怨起来。

朱庇特说："怎样？你们的愿望

自以为能说服我吗？

首先你们必须

保护你们的政府，

即使不这么做，你们也该满足于

第一位忠厚温和的国王，

因为如果他令你们满意，

你们就不必担心会碰到更坏的人。"

五、狐狸与雄山羊

（*Le renard et le bouc*）

狐狸队长同友人——

长有最高犄角的雄山羊下乡去。

山羊见识浅薄，

狐狸诡计多端。

它们因口渴而跳入一口井底，

在里面，舒服地解渴了。

喝足大量的水之后，

狐狸对雄山羊说："我们怎么办呢？叔叔，

不光是解渴呢，我们应该离开此地。

垫高你的四脚，也伸直你的犄角；

抵住井缘，顺着你的脊椎骨，

我先爬上去，

然后从你的犄角，我爬高，

借着这种方式，

我脱离此地，

再拉你上去。"

雄山羊说："依我的胡须判断，这的确是好主意，

我钦佩像你一样合情合理的人。

至于我，我承认

永远发现不了这个诀窍。"

狐狸离开井底后，却撇下它的同伴。

而你从它那儿学得

劝诫忍耐的好教训。

它对同伴说："如果上天赋予你

与下巴的胡须同等判断力的权力，

你就不会轻率地跳入井底。

现在再会吧，我在井外，

尽你自己的力量脱离此地吧，

LE RENARD ET LE BOUC. Fable XLVII.

因为我还有事，
不能在路上多停留耽搁了。"

凡事须考虑后果。

六、老鹰，母猪与雌猫

（*L'aigle, la laie et la chatte*）

老鹰带着小孩住在空心树的上端，

母猪在树下，雌猫在中间；

这样划分，并无不当，

几位母亲同婴儿就做起诈骗的勾当。

雌猫用它的狡猾拆散了和谐。

它爬上老鹰家，说："我们的死期

（至少是我们的孩子，因为这是母亲的所有）

可能就要来临了。

你看到我们底下，那只该死的野猪

正不停地挖着坑道吗？

我可以肯定它是在铲除这棵橡树，

我们的婴儿将招致覆灭。

树倒了，它们就会饮恨，

它们是要获得保证的。

如果我单独留下，我也不觉幸福。"

老鹰满心怀疑地离开此地后，

这位背信者即刻溜下

到达母猪正在

分娩的地方。

低声说："我的邻居好友，

我提供你一个意见。

如果你外出，老鹰会扑向你的小孩。

不要说是我说的，

否则它会把愤怒发泄到我头上。"

当另一家族被恐怖所传染时，

猫却躲在自己的洞里。

老鹰既不敢出去，也不能供给

小孩的需要；母猪更少出去，

L'AIGLE, LA LAYE, ET LA CHATE. Fable XLVIII.

它愚蠢得想不到远虑，

也就是应该避免使孩子挨饿。

彼此坚持住在自己居所内，

以便随时拯救自己的小孩，

鸟王防备着坑道，

而母猪防备着侵袭。

饥饿摧毁一切，结果没有谁留下来，

小野猪与雏鹰

都死了，

成为猫族的大收获。

借着恶意的告诫，

谁能看清阴谋狠毒的语言呢？

由潘多拉箱^① 散出来的

各种痛苦，

让整个宇宙最直接憎恨的，

依我看，该是狡猾。

———————————

① 潘多拉（Pandore）不顾禁令，打开箱子，使得罪恶灾害从箱内跳出散布世间，只有希望仍留箱内。

七、醉鬼和他的女人

（*L'ivrogne et sa femme*）

每个人都有随时出错的缺点：

蒙羞用不着害怕也无须提防。

在这种情况下，我想起一个故事，

而我不曾说过

没有证据的例子。

一个醉汉 [①]

弄坏了健康、精神与财产。

这种人无法度其半辈子，

因为他们囊空如洗。

一天，这个人把满瓶葡萄酒

喝至瓶子见底，

他的女人把他关进一个坟墓里。

在那儿，酒的气味任意

散发出来。当他醒来时，发现

死人的配备就在身躯周围，

有孤灯一盏，尿布一块。

他说："啊！这是怎么回事？我的女人守寡了？"

在上头，他的配偶身穿女鬼衣服，

脸挂面具，模仿她的音调，

走向这个假死的人，挨近他的棺木，

对他亮着一瓶地狱魔王才有的温酒。

当时，她的丈夫不曾怀疑自己

尚未作为地狱市民。

他对幽灵说："你是什么人？"

她回答："撒旦王国的厨师，

---

① 醉汉，原文是"酒神的坏蛋"（un suppot de Bacchus）。

L'YVROGNE ET SA FEMME. Fable XLIX.

我带来吃的东西，
给关进黑暗坟墓的人。"
她丈夫不假思索地回答：
"你有没有带酒来？"

八、风湿痛与蜘蛛

(*La goutte et l'araignée*)

地狱王制造了风湿痛与蜘蛛后，

他说："乖女孩，你们两个可以自夸

让人类的后代

同样的惧怕了。

但，得注意你们住的地方。

你们看见那些窄屋

与堂皇华丽的宫殿吗？

我打算让你们分别独住。

注意，这儿有两块木片，

你们可以商量决定，或抽签决定。"

蜘蛛说："矮屋丝毫引不起我的兴趣。"

另一位全然不注意去看

充斥着名叫医生的人们的宫殿，

不认为能在那儿住得舒适。

它①取了另一根签，将它直立竖着，

把它的快乐延伸到一位可怜人的脚趾上，

说："我认为我不会失去这职位，

也不会卷着行李被逐出，

除非名医希波克拉底②的治疗。"

这时蜘蛛安身于墙板上，

宛如它要在此地过活；

决定住下了，它在那里结网，

捕捉了些小蚊虫。

女仆过来扫走了它所有的工事。

另一次结网，又一次被扫走，

---

① 原文用阴性，系指风湿痛。

② 希波克拉底（Hippocrate，约前460—前377），古希腊名医。

LA GOUTE ET L'ARAIGNÉE. Fable L.

可怜的动物整日搬家。

最后，在一次白费心力后，

它去找风湿痛。后者^①住在乡下，

比最不幸的蜘蛛

还倒霉千百倍。

主人带着它，有时去砍柴，

有时挖洞锄草。有人说

烦忧不堪的风湿痛几乎因为劳累而受了伤。

它说："我无法再反抗了。

让我们换一换吧，我的蜘蛛姊妹。"另一个听着。

它马上接受，溜进小木屋，

没有扫帚敲打逼它搬离。

另一方面，风湿痛直接住进

它不再责备移动床铺的

主教家里。

就用热敷吧！

因为人们对此病的恶化，并不感到可耻。

它们彼此估量自己，

很聪明地改变住家。

---

① 原文用阴性代名词，系指风湿痛。

LA GOUTE ET L'ARAIGNÉE. Fable, I. 2.ᵉ Planche.

九、狼与鹤

(*Le loup et la cigogne*)

狼群贪心地抢吃食物。

其中一只面露紧张，

它想：如果这样子下去，

我会翘辫子的，

因为一根骨头鲠住喉咙了。

幸运赐予这匹狼，它悄悄地

走近鹤的身旁，

要求诊治。鹤靠过来，

手术很快就结束。

鹤取出骨头，然后摆个姿势

索求工资。

狼说："你的工资！

去你的，奶奶！

怎么，让你的脖子

从我的喉咙拔出，还不够吗？

走开！你真不知好歹，

别再落入我的手中。"

LE LOUP ET LA CICOGNE. Fable LI.

一〇、被人打败的狮子

(*Le lion abattu par l'homme*)

有人展出一幅画，

上面画着

一只大狮子

被单独一人压倒着的情况。

观众看得引以为荣。

一只路过的狮子嘲笑了人们一番。

它说："我看得很清楚，事实上

这幅画给你们优越感；

但是画家让你失望了，

他有作假的自由。

如果我的伙伴懂得画画，

我们也有更多的理由占上风。"

LE LION ABATTU PAR L'HOMME. Fable LII.

一一、狐狸与葡萄

（*Le renard et les raisins*）

某只加斯贡的狐狸，或说是诺曼底的，

饿个半死，看到葡萄藤顶端

垂着累累的果实，

而且颗颗晶莹剔透。

小精灵自鸣得意地想吃一顿佳肴，

然而葡萄藤太高了，它没能如愿。

于是它说："它们太青涩了，

只配下人吃。"

埋怨不是最好的办法吧！

LE RENARD ET LES RAISINS.   Fable LIII.

一二、天鹅与厨师

(*Le cygne et le cuisinier*)

在一个挤满家禽的

动物园里，

住着天鹅和小鹅，

天鹅的命运决定在主人的眼色，

小鹅的却决定在主人的胃口上；一只自夸是

花园的同席者，另一只则是餐厅的同席者。

城堡的壕沟成了它们的长廊，

经常可以看到它们时而并肩游水，

时而逐波追浪，时而潜水。

一天，厨师喝醉了酒，

想抓小鹅却抓成天鹅，他捏住天鹅的颈部，

想宰杀后下汤。

这只鸟吟哦、哀叹，准备赴死。

厨师听了吓了一跳，

才看清楚自己弄错了。

他说："糟啦！我竟用如此美妙的歌手做汤？

不！不！我不曾亲手割下美好的

喉头，来愉悦众神。"

因此，在火烧眉头之际，

婉转的口吻是不会有任何损伤的。

LE CIGNE ET LE CUISINIER . Fable LIV

一三、狼与绵羊

(*Les loups et les brebis*)

经过一千多年的公然战斗，

狼想和绵羊和解了。

看来，和解对双方都有好处，

因为狼吃掉了很多迷途的羔羊，

牧羊人也以狼皮做了不少衣服。

它们不曾自由，也没有牧草，

更没有供残杀的一方，

因为双方都在恐怖之中。

因此，双方同意缔结和平并提出保证，

狼以小狼为质，绵羊以狗为质，

以平常的规则交换，

由委员们监督。

过了一段时间，小狼群

变成了嗜杀的狼群，

它们便利用牧羊人

不在的时间，

掐死了半数肥胖的小羊，

用利齿衔走它们，拖入林中。

它们暗地里通知自己的伙伴来共同享受。

信任条约的狗，酣然入睡，

在睡梦中被掐死。

狗群毫无察觉，

都被撕裂，没有一只幸免。

我们可以从这个故事得到结论，

是坏人使战争持续下去。

和平固然需要，

我却承认：碰到无信不义的

敌人，还有什么话可说呢？

LES LOUPS ET LES BREBIS. Fable LV.

一四、狮子老了

（*Le lion devenu vieux*）

狮子，这位森林霸主，

年纪大了，不禁为昔日的威武掉泪，

又因老迈无力，

遭受几个主要仇家的攻击。

马，上前踢它一脚；

狼，猛咬它一口；

水牛，用力顶上一角。

可怜的狮子，憔悴，感伤，垂头丧气，

勉强以老弱之躯吼出一声。

它毫无哀吟地承受命运；

当驴也同样地冲进它的洞穴时，

它叫道："唉！太过分了，我希望死得漂亮；

可是，受你侮辱，就死得太不值得了。"

LE LION DEVENU VIEUX. Fable LVI.

一五、菲洛美尔与普洛涅
(*Philomèle et progné*)

从前，燕子普洛涅 [①]

离开它的住家，

远离城市，狂奔到

可怜的菲洛美尔歌唱的林间。

普洛涅对它说："妹妹，你身体好吗？

许久没有看到你了，

我一点也记不起

我们住在色雷斯的那段时光。

告诉我，你想做什么？

你丝毫不想离开这座孤寂的居所吗？"

菲洛美尔回答："啊！这不是最温柔的吗？"

普洛涅答道："嗨！怎么啦！这歌声

如果不是只为野兽而唱

至多也为乡下人而唱而已？

对有本领的人，荒凉是好的吗？

回去，让市镇发出最好的光辉。

同时，看见这林间，

就不断地让你想起从前泰雷王

在类似的房间

将他的兴奋滴在你神圣的魅力上。"

妹妹回答："这是残酷凌辱的回忆，

使得我不愿跟随你，

看着人类，唉！

令我想得好多好久呢。"

---

① 希腊神话中，菲洛美尔与普洛涅是一对姊妹花，菲洛美尔受泰雷王所辱，姊妹合力杀死泰雷王之子报仇，而后化成燕和莺逃离王宫。

PHILOMELE ET PROGNE. Fable LVII.

一六、溺水的女人

（*La femme noyée*）

我不是说这种话的人："没什么，

只不过是一位投水自杀的女人。"

我说过许多次，我们为这种性别的人

感到惋惜，因为她令我们快乐。

我要接着说的并非不合时宜，

因为这篇寓言里涉及

一位有着悲惨命运的女人，

在波涛中结束生命的事。

她的丈夫正找寻尸体，

以便在此事件中

恢复死者的节操。

他来到散步的人们中间，

他们没有兴致，不了解意外的

事件为什么会发生在岸边。

这位丈夫就请问他们，

有没有看到他太太浮现的迹象。

其中一位回答："没有，到下游找找，

顺着这条河流去。"

另一位答道："不，不要顺流而找，

最好回头看看。

河水载尸流过的途中

往往会遇到斜坡与倾斜处，

反抗的魂魄

会以另一种方式浮上来。"

那个人嘲笑这种说法太违背常理。

至于强辩式的幽默，

我不知道是否有理。

但，就算幽默是，或不是，

LA FEMME NOYÉE. Fable LVIII.

女性的过失与嗜好，

任何人与她同生的，

必然与她同死，

反抗到底，

并且继续下去。

一七、走进仓库的黄鼠狼
（*La belette entrée dans un grenier*）

黄鼠狼小姐，以苗条的身材，

从一个小洞溜进仓库。

它刚刚病愈，

在那儿，可以随心所欲地吃，

这个狡猾者大吃特吃，

吃着、咀嚼着，天知道，

有多少肥肉在这场合损失了！

最后，它在里面

吃得肥嘟嘟的。

一个礼拜后，它觉得吃得够饱了，

它听到声音，想从小洞出去，

却不能再通过，还以为弄错了地方。

转了几圈后，它说：

"就是这个洞呀！奇怪啊！

五六天前我才从这里进来的。"

一只老鼠看它苦恼着，

对它说："当时你带着伤，

以瘦小的身体进来，

现在也应该以瘦小的身体出去。

这就是我要对你说的，人们对别人都会说这些，

但不要把那些事和你的事

深入地混为一谈。"

LA BELETTE ENTRÉE DANS UN GRENIER. Fable LIX.

一八、猫与老迈的鼠

（*Le chat et un vieux rat*）

我在一位寓言作者的著作中读过

第二只罗笛拉德 ①，它是猫族的亚历山大 ②，

是阿提拉 ③，鼠辈的枷锁，

造成鼠类的大灾难。

我说我在某些作者的作品中读过

这只灭鼠的猫，

不下于三头犬 ④ 的勇者威镇方圆一里内。

因为它想减少全世界的鼠类。

脆弱地支撑着的悬板，

老鼠药，捕鼠器，

比起这只猫只是玩具而已。

它看到洞里

那些鼠类宛如囚犯，

不敢任意出来，怎么寻找都没用，

狡猾的猫就装死，从天花板上

将头倒悬。这邪恶的兽

把脚挂在绳子上。

鼠辈看了，认为这是刑罚，

罗笛拉德偷了烤肉或干酪，

或者用爪抓伤人，造成伤害，

最后，这无赖终于被绞死。

鼠类群聚说万物一致同意，

为这葬礼高兴，

它们露出鼻端，一小部分的头，

---

① 罗笛拉德，猫的名字，第一次命名的是法国作家拉伯雷，拉封丹在寓言集卷二第二首《老鼠开会》也引用此名。

② 亚历山大，公元前四世纪马其顿的征服者。

③ 阿提拉（406—453），匈奴人领袖，号称"上帝之鞭"。

④ 三头犬（cerbère），神话中看守地狱之门的恶犬，具有三个头。

LE CHAT ET UN VIEUX RAT. Fable LX.

随后回到自己的窝，

随后再出去绕个四步远，

最后开始觅食。

但此刻发生了另一桩事：

被悬吊的复活了，蹦地跳下，

抓住了最迟钝的。

它信口说道："我们知道另一种，

那是老战术，你们的深洞

无法解救你们，我警告你们：

你们得全体搬家。"

它是真的预言了，这位温柔先生

为了要第二次蒙骗与磨炼它们，

就染白衣服并且抹粉，

还以伪装的方法，

躲进盖子掀起的面粉桶内。

这就是它的好主意，

因为鼠群会回来寻找损失。

只有一只老鼠放弃闻嗅周围，

因为那是一只老经验的，

它在一次争斗中失去了尾巴。

它远远地对猫将军说：

"抹粉的这一桶没告诉我什么，

我怀疑底下有诡计，

你用不着面粉的，

因为你在袋里，我才不靠近。"

这话说得对，我赞成它的谨慎：

因为它在试探，

且懂得疑心

是安全之母。

LE CHAT ET UN VIEUX RAT. *Fable LX*. *2.ᵉ planche.*

卷四

一、多情的狮子
(*Le lion amoureux*)
——献给谢维涅小姐 [①]

属于谢维涅的魅力

提供了娇艳女神 [②] 的楷模,

女神的尽善尽美

不同于你,

你喜欢

寓言的天真游戏吗?

不操心看到

一只被爱驯服的狮子吗?

爱情是奇怪的主人。

幸福只能借故事

来了解,照耀它而不受打击!

有人在你面前提及爱情时,

如果真相蒙蔽你,

至少寓言能做到识破的工作。

这种寓言

借热诚与认知

为你提供最好的保证。

在野兽能说话的时代,

狮子们都想

跟我们结婚。

为何不呢?因为当时它们一族

比我们高贵,

有勇气,智慧,

---

① 拉封丹在复盖官邸或其他沙龙上结识谢维涅母女。谢维涅小姐的冷漠与娇艳是当时众所周知的。有人称她为"美丽的雌狮"(la belle lionne)。

② 美惠三女神(Grâces),希腊神话中三位象征娇艳的女神,她们分别为:欧佛洛绪涅(Euphrosyne)、阿格莱亚(Aglaia)、塔利亚(Thalia)。

LE LION AMOUREUX. A MADEMOISELLE DE SEVIGNE. Fable LXI.

美丽的头部。

故事就是这样。

一只血统高贵的狮子

路过某个牧场，

遇到看上眼的牧羊女。

它向她求婚。

做父亲的多么渴望

女婿不至于太恐怖。

但狮子娶妻的心似乎很坚定，

拒绝是没办法的事，

同时，要是回绝，

可能就会在美好的清晨

看到一场地下婚礼：

因为除了各种仪式以外，

女孩要在胆大的人们面前，

钟情乐意地

梳理狮子的长鬃。

因此，父亲不敢坦白地

辞退这位情人，

对它说："我的女儿很纤柔，

你的利爪抚摸时

可能会伤到她。

因而，允许我请人

磨掉你每只脚的利爪，同时，

锉掉你的牙齿。

如此，你的亲吻才不至于太粗暴，

你也显得更好些；

因为我的女儿保证

她不会觉得惶惑不安。"

狮子同意这些要求，

它的内心已如此盲目了。

LE LION AMOUREUX. A MADEMOISELLE DE SEVIGNÉ. Fable LXI. 2.e planche.

没有了锐牙与利爪，
狮子就像不设防的城池。
人们如果对它放出几只狗，
它将会连一点抵抗力也没有。
爱情，爱情，当你握住我们时，
有人说得好："再见，小心。"

二、牧羊人与大海

(*Le berger et la mer*)

带着羊群，他无忧地过活，

满意于长期与海神为邻；

但是至少可以肯定的是

他的运气比较差。

最后，他企图变卖

这群堆放于沙滩的财宝，

利用变卖后的银子去做生意，却整个泡汤了。

因为风暴卷吞了所有银子。

在他以前，没有牧羊人这样，

主人要他再度看守羊群，

当他在海滨放牧羊群时，

他觉得自己俨然是科里东

或狄尔西斯、皮埃罗 ①，

一段时间后，他赚了钱，

赎回羊群。

一天，起风了，

海面船只摇摇摆摆，

他说："水神 ② 啊！

告诉你，你没办法

再取走我们的银子了。"

这不是一篇自编的故事。

借着经验，

我把真相说出：

一文钱，当它有用时，

---

① 科里东（Coridon）、狄尔西斯，维吉尔笔下牧羊歌中的牧羊人。皮埃罗（Pierrot），农夫之名。

② 水神（Mesdames les Eaux），阴性。

LE BERGER ET LA MER . Fable LXII.

将比五分钱更具希望，

人们应该满足于自己的条件。

至于雄心与大海的劝诫，

我们可以塞住耳朵不去听它。

对于知足的人，一万元的损失是可惜的。

大海答应群山与奇迹：

信赖你自己，风暴和海盗是会来的。

三、苍蝇与蚂蚁

（*La mouche et la fourmi*）

苍蝇与蚂蚁争论自己的价值。

前者说："天神啊！

自尊心应该迷惑

这恐怖的心灵吗？

卑贱的爬行动物竟敢

同空中女郎平起平坐吗？

我出入宫殿间，坐在你的桌上；

如果有人向你祭牛，我比你先品尝；

这时，可怜瘦小的它

费了三天才把一根麦秆扛回家中。

但是，小宝贝，告诉我，

你不曾在国王、皇帝

或美女的头上野营吧？

我做过。当我乐意，就吻一吻她的酥胸；

我在她的发丝间自娱；

我以肤色增添朴素的白色；

且以最后的手

使女人更为美丽，

也就是用假痣①去装扮她。

接着，我要去搅乱

你的仓库。"蚂蚁辩说：

"你说完了没有？

你出入宫殿，却被人诅咒。

至于第一个品尝

供在神前的东西，

你以为很值得夸耀吗？

---

① 苍蝇（Mouche），法文有痣、斑点之意。

LA MOUCHE ET LA FOURMI. Fable LXIII.

如果你到处逗留，也就弄脏了东西。

你能停在国王的头上

与笨驴的头上，我否认；

我知道有一种快速死亡

常常作为对令人惹厌的动物的惩罚。

告诉你，有些装扮反而好笑。

我同意：你和我一样黑。

我想你叫作苍蝇①的原因，是不是

你抬高身价的理由？

人们不也称你为多余的痣吗？

那么，停止这类无用的语调吧，

不要再有下面这类高调——

宫廷苍蝇被追捕，

间谍②上绞刑；

当太阳统治另外半个地球，

你就会因饿、冷、孱弱、不幸而死。

那时，我正在享用工作的成果。

我不用翻山越谷，

吹风淋雨。

我无忧虑地生活着。

我晓得细心，细心照顾自己。

我可以教你分别

虚假或真正荣耀的东西。

再见，我浪费了时间，让我工作去。

我的仓库与衣橱

不装填你喋喋不休的话。"

---

① 同前注。

② 间谍，原文"Mouchard"。

四、园丁与老爷

（Le jardinier et son seigneur）

一位对园艺有兴趣、

半城市半乡下的人，

在乡间拥有一座

经常锁着、照料周到的花园。

这花园内有生动的苗圃。

那儿生长的有茂盛的莴苣和酸草，

节日时送给玛戈①的花束，

一些西班牙茉莉和很多药草②。

但是这种幸福被一只兔子搅乱了，

那是我们所埋怨镇上老爷③引来的。

老爷说："这只可恶的动物

早晚都在吃，陷阱没用了；

石头、木棍也失去功效了，

我想它是魔法师。"

我顶嘴："魔法师？"

老爷回答："米奥，它是魔鬼，

不管用任何方法，立刻去做，

我授权给你。"

"何时完成？" "明天，不得拖延太久。"

决定好了，他带着人手到达花园。

他说："我们在这里用餐，你的小鸡好吧！

你看房主的女儿走来了，

何时我们娶她呢？何时我们找到女婿？

老实人，这是轮得到的，你等着我，

应该找一找钱财。"

---

① 玛戈（Margot），人名。

② 药草（serpolet），一种药草名。

③ 老爷（Seigneur），地主，拥有狩猎权。

LE JARDINIER ET SON SEIGNEUR. Fable LXIV.

他说完话，同女孩熟识了，

要她坐在身边，

握着手，女孩一只手臂拎着巾帕；

这位女孩过分

防范的失礼，

使得父亲有点嫌疑。

这时有人炒肉片，有人猛吃。

"你的火腿何时弄好？它们看起来非常可口。"

"先生，那些都是您的。"

老爷说："真的，我乐意接受。"

他吃得很开心；他带来的人也同样开心，

猎狗、马匹、仆人等胃口都很好，

他嘱咐在这里，放轻松些。

喝他的酒，亲他的女儿。

随后又叫猎人吃饭。

每个人精神百倍而且准备

要打鼓吹号弄得震天响，

以至这位老实人都受惊了。

这位坏蛋还叫人把可怜的菜园里的东西

搬上马车，例如：

木板、花砖，

菊莴苣和韭菜，

作汤的菜料。

但是那只兔子还躲在白菜下。

他们搜捕、追赶，它逃进洞穴，

其实没有洞穴，只有缺口，

它撞上了老爷下令围成的

小篱笆，弄得满面血流不停，

因而没有被带离花园。

老实人说："这是王子在此游玩。"

但是丢下兔子的人说："群狗和人们

LE JARDINIER ET SON SEIGNEUR . 2.ᵉ planche . Fable LXIV

在一小时内造成更大的损失，

以至百年内

使得国家千疮百孔 ①。"

小王子们，停止你们的争吵吧，

回去向国王求援，你们要疯了。

根本就不应在你们的争斗中谋求自己的利益，

也不应该踏在你们的土地上。

① 千疮百孔，原文为兔子，在此有双关语之意。

五、驴与小狗

（L'âne et le petit chien）

不要压抑我们的本能，

也用不着加以宽恕，

因为从不曾有一位愚蠢的人

可以做到完美的地步。

也很少人，接受上天的青睐与赏赐，

具备与众不同的天赋。

寓言中的驴子，

为了更亲切地

讨好主人前来抚摸它，

它自言自语："怎么！

那条狗，因为娇小可爱，

就同先生与夫人

做伴生活。

而我却老是挨棒子打！

它做了什么事？不过蹦蹦跳跳而已，

立刻就受到主人的抚摸！

只要同样地有人抚摸我，

我也不会不如意了。"

在此种奇妙念头之下，

当它看到主人快乐的时候，就笨拙地跑去，

抬起磨损的蹄子，

仰高下巴，

没有伴奏者，它依然

为自己勇敢的举动高歌。

主人很快地说："啊！

哪有这样的取悦法！唱什么歌！

喂，拿棍子来！"

拿棍子的人跑来，驴子改变了声音。

喜剧到此结束。

L'ÂNE ET LE PETIT CHIEN . Fable LXV.

六、老鼠与黄鼠狼战争
（*Le combat des rats et des belettes*）

黄鼠狼的国民，

跟猫族一样，

对老鼠一点都不怀好意；

要是老鼠住家的

门口不弄小，

我猜想

长脊椎动物

会向它们进行大规模的屠杀。

有一天，

老鼠生殖甚繁，

它们的国王，名叫拉大彭，

在野外纠集了一支军队。

黄鼠狼向它们

展旗宣战。

如果人们相信传信女神，

胜利就摆平了。

几支队伍用血

浇灌了几处田地。

但是大部分的伤亡

几乎倒向

鼠辈的每个地方。

它们完全溃败。

不管是阿达波，

普西卡波，或是美利大波 ①，

它们全身沾满灰尘，

长久撑持

---

① 此三名词原为荷马所创，拉封丹借用之，其意义分别为面包小偷、碎屑小偷、细块小偷，指的都是老鼠。

LE COMBAT DES RATS ET DES BELETTES . Fable LXVI.

战士们的斗志。

它们的抵抗显然是白费，

最后终于向命运屈服。

士兵或队长

每位都尽最大的能力逃跑。

王族们都死亡。

这群贱民，在几处巢穴

已发现到败迹，

轻易地逃走了。

但是，大爷们①的头上

挂着饰品，

或是角制，或是鹰徽，

不知是作为荣誉的标志，

还是为了增加

黄鼠狼的恐惧，

但此刻正好形成它们的不幸。

洞穴、裂缝与隙孔，

不比它们的身子大；

卑微的

都溜进更小的洞。

因此，散布战场上的尸体，

大都是重要的老鼠。

有羽饰的头部

可不是小小的障碍。

太豪华的装束

因出入口，常常

使行动迟缓。

小的东西，碰到任何事

都能相当顺利地回避；

大的，就不能这么做。

---

① 指鼠辈中领军的角色。

七、猴子与海豚

(*Le singe et le dauphin*)

这是希腊习俗，

所有的游客

都要带着杂耍猴子与狗

到海上旅行。

离雅典不远处

有一艘坐着这些乘客的船失事了。

如果没有海豚，都要沉身海底。

这种动物是我们人类的

好朋友；普林尼 [①] 在

他的《自然史》提过，值得我们相信。

因而它救了它所能救的人。

一只猴子，在此遭遇中，

利用它同人相似的面貌也得救了，

海豚想它该有感激的表示，

因为海豚把它当作人

且让它坐在背上，

它如此认真地想看看

人们夸赞的歌手 [②]。

海豚送它到岸上，

意外地，它问猴子：

"你是雅典望族吗？"

猴子说："是的，人们都这么认为。

如果你有什么事，

就请我帮忙；我的亲人

---

① 普林尼（Pline，公元 23—79），拉丁的文学家与自然科学家，著有古代科学百科全书的巨著《自然史》一书。他在该书九卷八章中提到海豚。

② 歌手，是阿利安（Arion），普林尼的书中提到水手们为了霸占阿利安的财产，逼他跳海。阿利安要求最后给予机会唱歌，海豚听到他的歌声，用背部载他逃生。

LE SINGE ET LE DAUPHIN. Fable LXVII.

都在上流社会，

我的一位堂兄就是法官。"

海豚说："非常感谢；

比雷埃夫斯港①的动身也是

由于你的莅临，

我想你经常看到他吧？"

"每天都看到，他是我的朋友，

一位老相识。"

我们的猴子这一次

把港名当作人名了。

这种人相当多，

他们把沃吉哈赫区②看成罗马，

他们说了许多废话，

他们老是提到不曾见过的所有事。

海豚笑了，掉转头，

看猴子的脸，

才发觉

从水中救起的是一头兽类。

它再把猴子放进水里，去找寻

某些人以便拯救出来。

---

① 比雷埃夫斯港（le Pirée），雅典外港，即出事地点附近。此处海豚在证实猴子说话的正确性。

② 沃吉哈赫区（Vaugirard），拉封丹所处时代巴黎的一处郊区。

八、人与木偶

（*L'homme et l'idole de bois*）

某位多神教徒，家里供奉着一尊木神，

这类神尽管有耳却不能听。

然而那位多神教徒却确信奇迹会出现。

他付出三件东西，

那就是祷词、供品和饰以花环的祭牛。

任何木偶

都不知道这种大牢的滋味，

这多神教徒虽然这么虔信，

依然得不到一点利益，

遗产、财宝、赌赢都无望。

而且，如果在某地为了一些芝麻小事，

日积月累，

这人还要分担一些费用，

他的钱包越来越缩小了，

神的胃口不算小。

最后，这位多神教徒一无所获地愤怒起来。

他拿起木棍，把木偶敲成碎片，

发现里头满是金子，他说：

"我好心待你，你会给我一分钱吗？

走吧！离开我家，去找寻另一座祭坛吧！

你同穷人、粗人、笨蛋一样，

不用棍打不会有帮助。

我愈填满你，我的双手愈空，

改变方式，我反而好。"

L'HOMME ET L'IDOLE DE BOIS . Fable LXVIII .

九、樫鸟以孔雀羽毛打扮

（ Le geai paré des plumes du paon ）

孔雀羽毛掉了，樫鸟捡起来穿戴；

不多久，竟然适应了；

随后，它昂然地走入另一群孔雀中，

俨然一位上等角色。

有人认出它来，它立刻受到嘲笑、

戏弄、责备、奚落，

被孔雀老爷不齿地拔去了羽毛。

它逃回同类，

却被族人踢出门外。

世上有许多这种双脚的樫鸟，

常常爱打扮成别人，

这就是所谓抄袭者，

我应该沉默些，我不想惹起烦恼，

因为这不关我的事。

LE GEAY PARÉ DES PLUMES DU PAON. Fable LXIX.

一〇、骆驼与浮木

（ *Le chameau et les batons flottants* ）

最先看到骆驼的人

撒腿就跑开，

第二个稍微靠近，第三个

就敢于替单峰驼^① 套上马络。

因此，习惯使我们熟悉一切：

当我们继续观看时，

刚刚出现眼前的恐怖奇特之事，

会逐渐成为熟悉之事。

就因我们被此物诱引，

每个人扮演侦伺的角色，

当他看到远处的目标物时，

禁不住说出

那是大型军舰。

过些时候，目标物成了战火船^②，

接着是小船，再接着是气球，

最后，却变成浪涛上的浮木。

从这世界，我知道很多，

可以承认此一说法：

远看是一件东西，近看却一无可取。

---

① 单峰驼（dromadaire）与骆驼（双峰驼，chameau），十七世纪的人们常将两者弄混。

② 战火船（brûlot），作战时引发敌舰着火的小船。

LE CHAMEAU ET LES BATONS FLOTANS. Fable LXX.

一一、青蛙与老鼠

（ *La grenouille et le rat* ）

正如梅林[①] 所说："自以为骗了别人的，

到头来常常是骗了自己。"

此时，我为这句太陈旧的话感到惋惜，

我总觉得该加入新的含义。

为此，我做了一个构想：

有只不懂得吃素封斋

但食物充足身体发福的老鼠，

在池沼边散心消遣。

一只青蛙靠了过来，说：

"请您到寒舍坐坐，我请客。"

鼠先生立刻答应，

没有说一句客套话。

青蛙对老鼠说明沐浴的舒服，

旅行的好奇与喜悦，

沿着沼泽还有千百种稀奇的事物可看，

等到有一天，它将可以对小朋友

谈谈此地的幽美，居民的习俗，

以及水栖王国的

政府。

有一点不曾令青蛙为难的是，

老鼠略懂游泳，所以青蛙仅需从旁协助。

青蛙很快便找到好方法，

用一根灯芯草将

老鼠的脚绑在青蛙的腿上。

从池沼入口，这位好心的主人

努力载着客人潜入水底，

---

① 梅林（Merlin），亚瑟王与圆桌武士传奇中的魔法师。

LA GRENOÜILLE ET LE RAT . Fable LXXI .

违反了人意，违反了神旨。

这时候青蛙公然嘲笑，

认为它已经得到一块上肉，

内心就开始构想要如何来咀嚼。

老鼠指天为誓，失信的青蛙加以愚弄，

因而一个反抗，一个硬拉。

这场新的争执发生时，

一只盘旋空中的老鹰，

从高处瞧见争闹的两个可怜家伙。

它迅速地飞下，攫走

青蛙与老鼠。

事情结束了，这只鸟

开心地获得双重

猎物，这样，

它的晚餐有鱼也有肉。

最好的诡计，

可能损及设计的人，

"失信"往往会对

盟誓者加以报应。

一二、动物送给亚历山大的贡礼

（ *Tribut envoyé par les animaux à Alexandre* ）

一则古代流传的寓言，

其道理却不为我们熟悉。

请读者记取道德吧。

寓言的全貌如下：

传信女神到处传说

朱庇特的儿子[①] 亚历山大，

不愿在天下留下任何自由，

下令所有臣民，

立刻都到他的跟前，

包括四足动物、人类、象、蛆虫，

禽鸟王国；

我说，百嘴女神[②]

一边发布新皇帝的命令，

一边到处散布恐怖的消息，

所有的动物

认为这一次

应该服从法律。

它们都离开巢穴，在沙漠集合。

经过讨论后，决定

赠送贺词与贡礼。

贺词与方式，

由猴子负责，因为大家

认为它可以写、可以说。

困难的是贡礼。

---

① 亚历山大大天帝在西瓦沙漠（Siwah）求拜埃及太阳神时，祭师宣称他是天神朱庇特的孩子，全世界未来的主人。

② 百嘴女神（La déesse aux cent bouches），指传信女神。

TRIBUT ENVOYÉ PAR LES ANIMAUX À ALEXANDRE. Fable LXXII.

要送什么呢？当然是银子。

他们要一位王子负责，

他在自己的辖区内

拥有金矿，他供给所需的数量。

剩下的问题是如何驮运这些贡礼，

骡和驴自我推荐，

马和骆驼帮忙。

它们四位和

新任大使猴子上路了。

这支商队在路上终于碰到

狮子殿下。这丝毫引不起它们的兴趣。

狮子说："我们总算碰面了，

我们可以结伴同行。

我要献上我的一份礼，

虽然很轻，令我难为情。

你们每位也为我驮运四分之一，

我就非常感激了。

这样，不会使你们的负担增加太大，

我也更自由，可以随时准备

在小偷攻击我们的情况下，

即刻加入战斗。"

它们很难辞谢狮子的要求。

狮子加入行列，行李减轻，又受到奉承。

尽管来自朱庇特的英雄

对于这次的贡礼很重视。

它们来到一处小草地，

四周溪流环抱，花朵万紫千红。

有不少的羊在吃草；

这是清爽的休息地，青空下的

真实故乡。狮子不想在这儿，

它不舒服地抱怨。

它说："你们继续做大使，

我感觉内心有火在燃烧，

想在此寻找一处有益健康的草地。

为了不耽误你们的时间，

把我的金子还给我，我要做别的事。"

卸下包裹，狮子开始叫了，

以明显兴奋的声调说：

"天啊，我的钱

产生了好多的女儿！你们看，大部分都

同母亲一样大。

相信这些钱都属于我。"

说着把所有贡礼兜收过来，

即使不是全部，所剩也不多。

猴子和驮兽都惊慌不已，

不敢答辩，继续上路。

有人说它们向朱庇特控诉，

却没有任何结果。

他能做什么？那是狮子对抗狮子。

谚语是这样说的："盗匪对盗匪，

彼此互相攻击，两败俱伤。"

一三、马向公鹿报仇

(*Le cheval s'étant voulu venger du cerf*)

马并非经常生而为人服务的。

当人类满足于橡实时，

驴、马和骡同处于森林；

而在当时，我们丝毫看不到

这么多的坐垫、马鞍，

战斗用的马具，

这么多的驿车、四轮车；

同时，也看不到

这么多的庆典与婚礼。

但是那时，马与

速度极快的鹿不睦，

不管怎么奔跑都无法追上鹿，

因而求教于人，要求增加速度的方法。

人类给它辔头，跳上它的背部，

说明没追上鹿，取其性命，

就不让它休息。

事完后，马感谢

人类的恩赐，说："我不属于你，

再见。我要回到野生的地方。"

人类说："不要那样，同我们住比较好，

我看这样对你有很大帮助。

留下来吧，你会受到很好的款待，

直到在厩中休息。"

唉！一旦没有自由，

佳肴又有何用呢?

马虽然发觉了自己的愚蠢，

但为时已迟，马厩

LE CHEVAL S'ETANT VOULU VENGER DU CERF. Fable LXXIII.

已经准备就绪，建好了。

它上了镣铐在此等死。

要是它聪明，它就该反抗。

复仇是件多快意的事，

这买卖也太昂贵了，购得一项好处，

却失去了其他的。

一四、狐狸与半身像
（*Le renard et le buste*）

大体而言，伟人往往是戏剧中的脸谱，

他们的外表使凡人迷惑。

驴子只知道辨识它所看到的外表，

相反的，狐狸却会深入调查，

探索所有意义。当它看到的

只是一具姣好的外表时，

它想用恰当的话

诠释英雄半身像。

这是中空的半身像，比真实人物大些。

狐狸赞美雕刻的技巧，

说："多美的头，可惜没有脑子。"

从这观点看，有多少领袖人物都是半身像呢！

LE RENARD ET LE BUSTE. Fable LXXIV.

一五、狼，雌山羊与小羊

（*Le loup, la chèvre, et le chevreau*）

LE LOUP, LA CHEVRE ET LE CHEVREAU. Fable LXXV.

一六、狼，母与子
（ *Le loup, la mère et l'enfant* ）

雌山羊想尽到当母亲的责任，

就出去采集嫩草，

它关上门且上了锁，

对孩子说：

"你要提高警觉，

开门之前，

一定要先问问口令：

混蛋的狼及其同类！"

这句话刚一说完，

碰巧狼经过。

它把这些话

记在脑子里。

正如人们相信的，

小羊并没有见过这种馋嘴的动物。

狼走到门前，装出

伪善的声音，

要求开门，并说出口令："混蛋的狼！"

它原以为一下子就可以进去的。

但小羊疑心地从门缝看出去，

它立刻喊道："让我看看你的白腿，

否则，我不开门。"众所周知，

白腿是狼群所没有的。

狼听到这句话，大感惊讶，

只得回到自己家里。

究竟什么时候，小羊

知道口令已碰巧

被野狼听到了呢？

双重提防总是要来得好些，

LE LOUP, LA MERE ET L'ENFANT . Fable LXXVI.

洞口才不至于失去。

这只狼使我想起
它的一个同伴被捕
而丧生的事。经过是这样的：

有一个村民离家外出。
狼先生看准时机来到他家的门前，
它瞧见里面有各种猎物，
有乳牛、羔羊与绵羊，
以及一群火鸡、上等饲料等。
但是这只贼却发起愁来，
因为它听到孩子的哭声，
母亲立刻斥责他，
恐吓他，要是再不静下来，
就送给狼吃掉。
那只动物屏息不敢动，
祈望上帝赐给它好运气。
母亲摸着她的宝贝，
对他说："不要哭，如果狼来了，
我们就宰了它。"
那只吃羊的动物自语："那是什么意思呢？
会是人们在对付我吧！
他们把我看成笨蛋？
但愿几天后，这个小孩
会到林间去采榛子。"
当它自言自语时，有人走出屋外，
看家狗跟在它后面，还有人们的猎枪与刀叉
摆出各种姿态来对准它。
人们对它说："你在此地找什么？"
它立刻说出刚才的事实。

母亲对它说："笑话，

你要吃掉我的儿子！我是为

满足你的饥饿才生下这孩子的吗？"

人们扑杀了这只可怜的野兽。

一位乡下人剁下它的右腿和头，

村长将之展示于门口。

这则皮卡第①方言的意思是：

"英俊的狼先生，不要倾听

母亲斥责哭泣的孩子。"

---

① 皮卡第（Picardie），巴黎盆地的北方地区。

一七、苏格拉底的话
(*Parole de Socrate*)

一天，苏格拉底请人盖好房子，

每个朋友都得给予批评。

为了不骗他，其中一位觉得

房屋的内部不适合这样的大人物；

另一位埋怨正门，而大家的意见是：

房间都太小了。

他竟然住这样的房子！他们勉强提供意见。

苏格拉底说："真正的朋友使上天欣悦，

如果是这样，房子就够完美了！"

仁慈的苏格拉底很有道理，

他觉得他的房子相当大。

每个人自称是朋友，疯子仅止于此：

没有比此名词更普通的，

没有比此事更难得的。

PAROLE DE SOCRATE. Fable LXXVII.

一八、老头及其孩子

(*Le vieillard et ses enfants*)

每个力量都是脆弱的，除非团结一致。
请你听听前头菲里基奴隶 [1] 的话。
如果我在他的创作中加入自己的观点，
那是为了形容我们的风俗，而非嫉妒。
我雄心勃勃地说出以下的故事。
费德经常以光荣的动机来修饰言词，
就我而言，这种思想是不恰当的。
让我们回到寓言上，或使
孩子团结一致的故事。

死神呼唤正预备动身的一个老头，
而他对孩子说："亲爱的孩子，
看看你们能否折断束在一起的枪，
我将向你们说明团结的重要。"
长子拿起来，尽最大力气，
最后完整地交还给父亲，说：
"我付出了最大的力量。"
接着是次子，他摆好姿势，
依然无用。幼子也尝试此项冒险。
三人徒费时间，这捆枪依然不动弹，
这些结成一团的枪强硬得
仿佛连单支也无法折断。
父亲说："懦弱的家伙，我指点你们
我的力气能做到的理由。"
他们以为他在开玩笑，大家笑了，但错了。
他拆散那些枪，毫不费力地一支支地折断。

---

① 即伊索，他原为菲里基（Phrygie 位于小亚细亚北方）地方的奴隶。

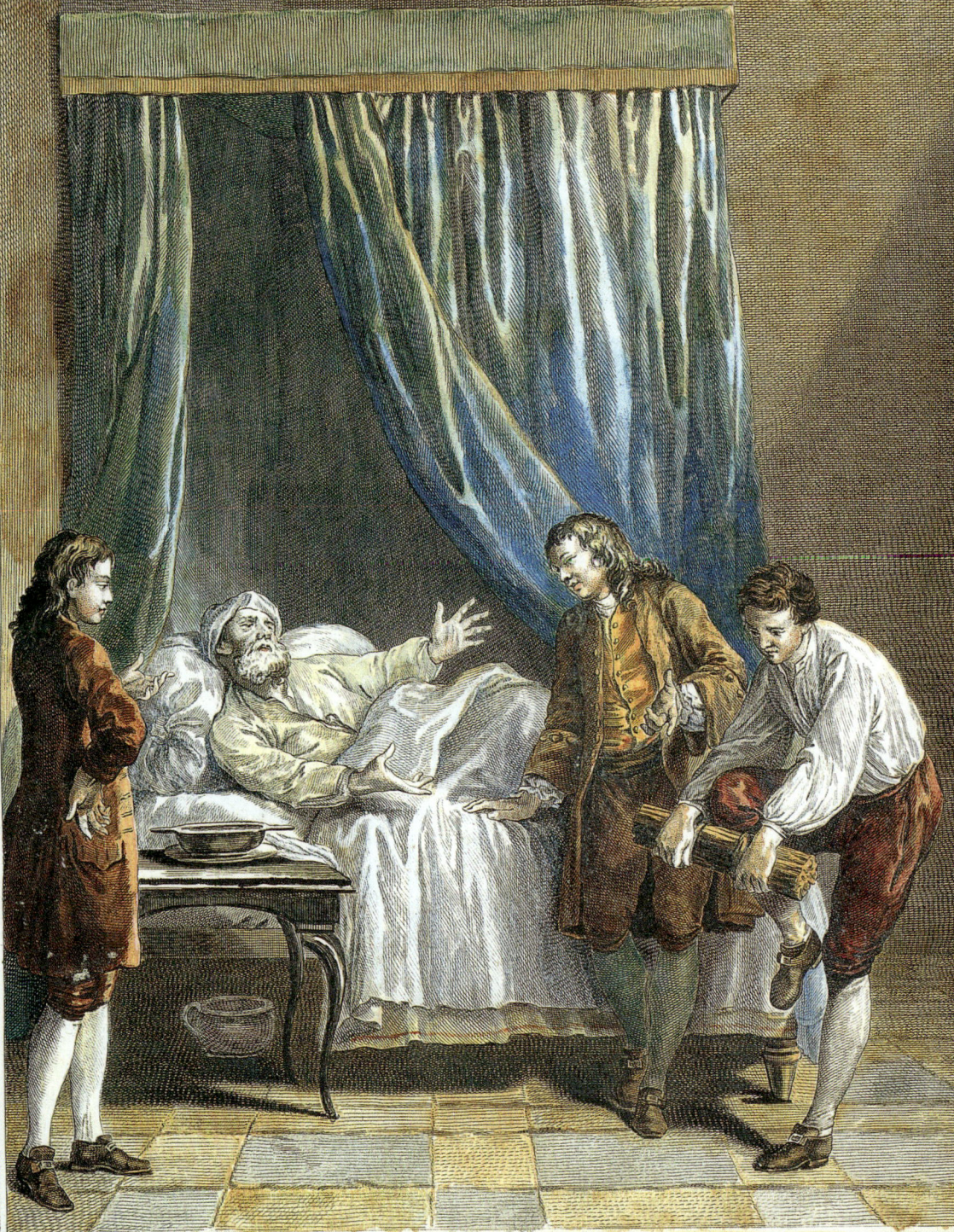

LE VIEILLARD ET SES ENFANTS , Fable LXXVIII.

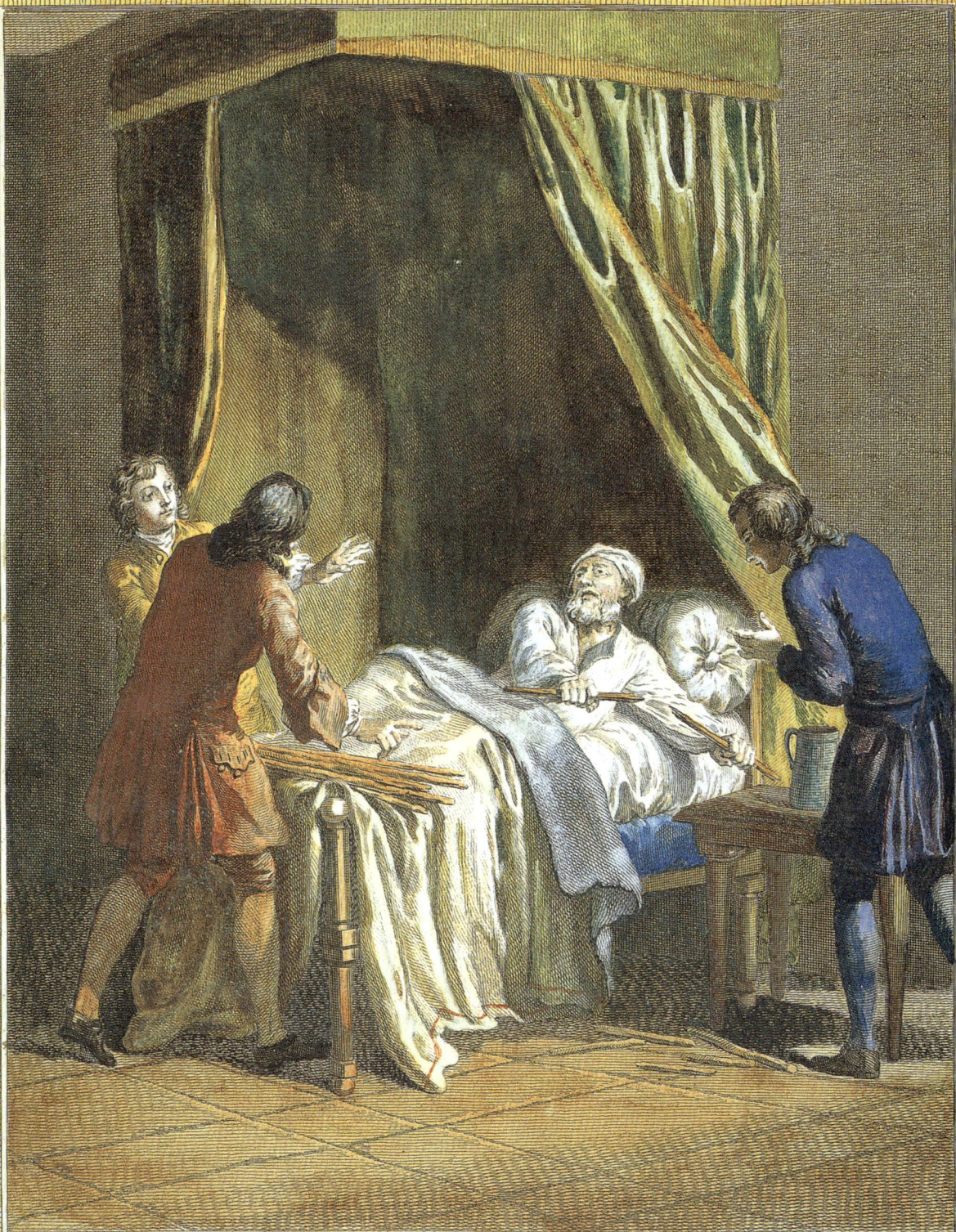

LE VIELLARD ET SES ENFANS. Fable LXXVIII, 2.^e planche.

他回答："你们看，团结的事实。

孩子们，应该联合，让爱联结你们。"

尽管病情延续着，他再也没有别的说教。

最后，他感到自己活日不多，他说：

"亲爱的孩子，我要去见祖先了。

再见。答应我，要相亲相爱地生活，

让我临死前得到你们这项承诺。"

三个孩子哭着保证做到。

他握住他们的手，死了。三兄弟

发现一大笔财产，也卷入诉讼案件。

一位债权人知道，一位邻居起诉。

起初，他们三兄弟获胜。

他们的友爱虽难得却短暂。

血缘联合他们，利益却分散他们。

随遗产而来的，有野心、欲望与顾问。

有人要分遗产，有人争辩、缠讼。

法官以百般理由，轮流审判他们。

债权人同邻居们旋即前来，

那些人挑个错，这些人找个茬。

失和的兄弟意见相反：

一个想调解，另一个不愿如此做。

他们全失去财产，当他们想利用

结合的枪时，已经太迟了。

一九、神的答词与无神论者

(*L'oracle et l'impie*)

想欺骗上天，那是疯狂的行为，

迂回的内心迷宫无法

让众神的启示立即进入。

人类所做的一切，他了如指掌，

他也了解黑暗中的行动。

一位异教徒，有些异端作风，

只在没有损失的范围，

相信上帝的异教徒，

去请教阿波罗。

他在神殿里，

说："我手上拿的是生是死？"

有人说，他抓住一只麻雀，

准备弄死这只小动物，

或立刻放它走，

以考验阿波罗的短处。

阿波罗瞧出他的用心，

对他说："不用张开你的陷阱，

是生是死，让我们瞧瞧你的麻雀再说。

使用这种策略没有好处，

我眼睛看得很远，我的手也无远弗届。"

L'ORACLE ET L'IMPIE, Fable LXXIX.

二〇、丧失财宝的守财奴
（*L'avare qui a perdu son trésor*）

使用才能形成所有权。

我恳求那些经常

囤积欲望，愈滚愈多的人，

他不比别人有益。

地下的第欧根尼[①]也比他富有，

在他眼中，守财奴同乞丐一样。

伊索为我们介绍的那位藏宝人，

提供此事一个例子。

这个可怜人，等着

以财产来享受第二度人生，

黄金不属于他，他却属于黄金。

他在地下埋着一笔钱，

日日夜夜，内心

一再猜忌他人

会去偷拿他那宝贝的财产。

无论他来或去，吃或喝，

总是不停地想着埋在地下的那笔钱，

时隔不久，就要去抚摸一次那些财产。

做了多次后，被一位掘墓工人看到，

工人对这批寄放物动了念头，把它偷偷地拿走。

一个晴朗日子，守财奴只看到剩下一个空空的洞。

我们这个人哭了，他唉声叹气，

烦恼难过。

路人问他哭什么，他说：

"我的财宝遭人偷了。"

"你的财宝？放在哪儿？"

---

① 第欧根尼（Diogène），古希腊哲学家，犬儒学派代表人物，轻视金钱。

L'AVARE QUI A PERDU SON TRESOR. Fable LXXX.

"挨靠着这块石头。"

"啊！我还以为逃避战争

才带到这么远来？为什么不

好好地放在家里，

而要放到这个地方来呢？

这样你就随时可以轻易地取出钱来。"

"随时？天啊！如果这样会担心害怕吗？

你以为钱会像出去那样进来吗？

我连手都没去碰过一次哪。"另一位回答：

"那么，告诉你，不必如此难过，

既然你摸不着这些钱，

就在原地放块石头，

它也能给你同样的感受。"

二一、专家的眼睛
（*L'oeil du maitre*）

一只公鹿躲进牛栏，

立刻遭到群牛的警告，

叫它另外去找一处较好的避难所。

它对牛群说："兄弟，不要暴露我的身份，

我会告诉你们什么地方有最肥的牧草，

这项服务够你们吃上几天，

而丝毫也不反悔。"

群牛认为这个交换条件可以，答应保密。

公鹿就躲在角落里休息养神。

入夜了，有人送来鲜草和饲料，

跟平常一样，看一看就走了，

仆人转了几圈，

管理员也同样，

没有人注意到鹿的躯体和犄角。

这位林中居民非常感激群牛，

就在厩里等候

众人到田地工作的时候，

以便顺利地出去。

牛群中的一只静思着，说：

"这可好，怎么回事呢！

具有百眼的人不懂得检查。

我颇为怀疑，可怜的公鹿，

直到目前，你用不着庆幸。"

这时，一位专家进来绕个圈子。

他对周围的人说："这是怎么回事？

饲料槽里似乎少了许多草，

L'ŒIL DU MAÎTRE Fable LXXXI.

厩藁①太旧了，快去谷仓取来，

我想今后你的牲畜要好好照顾。

除去所有蜘蛛要费多少钱呢？

没有人懂得处理这些轭与项圈②吗？"

环视各处时，他发现到

此地的另一种动物。

公鹿被认出来了：每个人拿着猎枪，

每个人棒打这只动物。

它的眼泪挽救不了自己的死亡。

人们将之弄死，腌渍，吃了好几餐，

邻居也过来分享。

费德③对这件事说得很文雅：

观看事物莫如专家的眼睛。

至于我，还要以情人的眼睛来看。

---

① 藁：一种多年生草本植物。——编者注
② 项圈，指马、牛、狗等专用物。
③ 费德有同题的寓言，收入其寓言集（2：8）。

二二、百灵鸟和它的小孩及麦田主人

(*L'Alouette et ses petits avec le maitre d'un champ*)

唯一可信赖的只是你自己，这是
大家都知道的谚语。
伊索自信地在此
记录着：

几只百灵鸟在麦田里
筑好窝，当它们在草丛间，
也就是说围绕着它们所喜爱
与传宗接代的世界的时候，
一如怪兽在海底，
猛虎在林中，百灵鸟在麦田里。
然而，有一只百灵鸟，
它尽情地享受青春爱情
过了半个春天。
最后，它决定
模仿大自然，准备做母亲。
它筑个窝，生蛋、孵卵，
很快地孩子出生了。
四周的麦子成熟得比雏鸟还快
它们的翅膀尚未坚硬到可以
飞翔得更快些，
不安的百灵鸟操心地
出去觅食，警告孩子们
一定要留神戒备。
它说："麦田的主人同他儿子
一道来的时候，
好好听着，如果他们要割麦子了，

L'ALOUETTE ET SES PETITS , AVEC LE MAITRE D'UN CHAMP . Fable LXXXII.

每一个都要赶快逃走。"

百灵鸟接着离家。

麦田主人同儿子一块前来。

他说："麦子成熟了，去朋友家

请他们带着镰刀，

明天日出时过来帮我们。"

我们这只百灵鸟回来了，

发现它的雏鸟有点恐慌。

一只说："明日天亮时，

他们会请朋友过来帮忙。"

百灵鸟回答："如果仅仅是这么说，

我们还用不着急于搬家，

但是明天可要听清楚些。

放心吧，这些是给你们吃的。"

它们吃完，便睡觉了。

天亮了，没有一位朋友前来。

当百灵鸟又飞去觅食时，主人

照例地绕了一圈。

他说："这些麦子都下垂了。

我们的朋友太无理，

懒懒散散的，无心帮忙。

孩子，到亲戚家里

同样地拜托他们。"

窝里的雏鸟比以前更恐惧。

"母亲，他说去拜托亲戚，是时候了……"

"不会的，孩子，安心睡吧，

谁也不会打扰我们的住家。"

百灵鸟说得对，因为第二天果然没有谁前来。

到了第三次，这位主人再去

看麦子时，他说："指望别人

的帮助，使我们犯了大错。

除了自己，没有好友至亲肯来帮忙。
孩子，要牢牢记住。
你知道该怎么做了吗？应该和家人
明日天一亮都拿着镰刀来，
这是最有效的方法，只要我们愿意，
就能完成我们的收获。"
百灵鸟知道了这个计划后，说道：
"孩子们，这次真的该动身了。"
雏鸟们，在同一时间
起飞，暗地里
溜走了。

卷五

一、樵夫与墨丘利 ①
（*Le bûcheron et Mercure*）

——致布列恩伯爵先生 ②

您的兴趣提供了我的写作方向，

因为我企图获得您同意的方法。

您要人们避免过分的注意力，

与白费心机具有野心的努力。

我也同您一样，这种努力得不到快感。

作者做得太好，就会损坏一切。

不该废弃某些精致的特点，

因为您喜欢这些特点，我也不讨厌。

至于伊索自认得意的主要目标，

不巧的也正是我所能做的。

总之，如果在这些诗中，

我无法娱乐与告诉人们一些什么，

那就不属于我的作品。

就像英雄风格

是我无法追求的目标一样。

我尽力用荒谬的手段来改变此一坏习惯，

用赫拉克勒斯 ③ 的臂膀也无法打击它。

我的全部天赋在此，我不知是否足够应付。

我即将用一段故事来描绘

掺杂羡慕的愚蠢虚荣心，

这些推动我们人生的两个原动力。

这是小动物

想同水牛一样壮。

---

① 墨丘利（Mercure），罗马神话中司学艺、商业、盗贼等的神祇，一般称作"使神麦丘里"。相当于希腊神话的赫耳墨斯（Hermes）。

② 原文为"致 M. Le C. D. B."，可能是指古时的布列恩伯爵先生，也是一位演说家。

③ 赫拉克勒斯，希腊神话中的大力神。

LE BUCHERON ET MERCURE, A M. LE C. D. B. Fable LXXXIII.

以前，我直觉地反对

道德中的毛病，善心中的愚蠢，

像强词夺理的狼对待羊，

蚂蚁对待苍蝇，形成了这著作

一出互不相同的百幕大喜剧，

却以世界为舞台。

人类、神祇、野兽，均扮演各种角色，

朱庇特也不例外。神的天使 ^①

他携带美好的部分消息：

现在问题在于这不是好消息。

一位樵夫失去他的谋生工具，

那就是斧头；还白找一场，

知道的人都很同情他。

他没有别的工具，

也没有其他的财产可以交换。

他不知要向何处投诉他的愿望，

因而泪流满面地

哀号："我的斧头，可怜的斧头啊！

朱庇特，还我斧头吧，

来生我再回报您。"

他的倾诉被奥林匹斯的神听到了。

墨丘利前来，对他说：

"你的斧头并未遗失，

你还记得吗？

我在附近见过。"

说着拿出一把金斧头给樵夫，

樵夫回答："我没有这种斧头。"

紧跟着是一把银斧头，

① 神的天使，即墨丘利。

251

他又拒绝。最后是一把木斧头，

这次他说："就是它，这把才是我的。

我有了这把就心满意足了。"

神说："你可以同时拥有这三把，

这是你好心肠的回报。"

樵夫说："就这样我拥有了它们。"

这故事很快传开了，

樵夫都故意遗失自己的工具，

也哭着希望找回。

诸神之王不知他们在吵些什么，

派遣其子墨丘利再到喧闹中看看，

对其中一位拿出金斧头。

每个人都不假思索地说：

"就是这把！"

墨丘利没有给他们，

反而在他们每人的脑袋上重敲一下。

不可撒谎，应该要知足，

这是最要紧的，当一个人准备

说违心的话来获得利益时，

能得到什么呢？朱庇特是不容易上当的。

二、土瓶与铁瓶

(*Le pot de terre et le pot de fer*)

铁瓶建议土瓶

去做一次旅行。

土瓶婉言谢绝，

说它宁愿

守在炉灶的角落，

因为它的身体太脆弱，

任何细微的东西都会让它破碎，

无法再恢复旧观。

它说："至于你，你的皮肤

比我更坚硬，

出外旅行不会有什么妨碍。"

铁瓶回答：

"我们可以保护你，

万一你遭上厄运，

我会及时援救你。"

这个建议被接受了。

铁瓶，它的同伴

就在它身边。

它们踩着三只脚，

颠三倒四地启程，

绊到最微小的东西，

都会倒向对方。

土瓶苦不堪言，未走

上百步，已被同伴割裂得千疮百孔。

只能加入自己一类的同伙，

否则，我们该担心

这瓶子的命运。

LE POT DE TERRE ET LE POT DE FER . Fable LXXXIV .

三、小鱼与渔夫
（*Le petit poisson et le pêcheur*）

只要上帝允许它活下去，

一条小鱼可以变成大鱼，

但是放入水中以后，

我想这就是一件愚蠢的事：

因为是否会再被抓起是无法预料的。

一条还很短小的鲤鱼，

被河边的渔夫钓起。

这人说："可以预见收获了，

佳肴筵席开始了，

把你丢进鱼篓吧。"

这条可怜的小鲤鱼用它的话说：

"你拿我能做什么呢？

我顶多不过给你吃半口而已。

让我变成大鱼，

再给你钓起吧！

那时大金融家将以更高的价钱来买我。

你应该另行寻找，

也许可以觅得较我身子百倍大的，

来煎成一盘，多好的一盘！相信我，我一文不值。"

渔夫答道："绝不能的，

小鱼，我的好友，那是牧师的说教，

就这样吧，你尽管嚷嚷，走进锅里，

今晚，我们将烹煮你。"

有人说："现在有一个比以后有两个好。

现在的一个是确定的，以后的两个却不是。"

255

LE PETIT POISSON ET LE PÊCHEUR. Fable LXXXV.

四、兔子的耳朵
(*Les oreilles du lièvre*)

狮子被一只有犄角的动物

伤了几下，它暴跳如雷，

为了不愿在疼痛中倒下，

它决定驱逐辖区内，

所有额前长犄角的野兽。

雌山羊、雄羊、公牛即刻搬离，

斑鹿、随季节迁徙的鹿，

也都机警地走了。

兔子看到自己耳朵的影子，

担心那些审问者

不讲明犄角的长度，

也不会分辨所有与犄角类似的东西。

它说："蟋蟀邻居，再见，我要离开此地。

我的耳朵毕竟也算犄角，

虽然它们比鸵鸟的短，

我还是害怕。"蟋蟀回答：

"那是犄角？你当我笨蛋吧！

这是天生的耳朵。"

这只心虚的动物说："别人都把它们

当作犄角，麒麟的犄角。

我可以保证，我的申请与理由

可以拿到疯人院去。"

LES OREILLES DU LIEVRE Fable LXXXXVI.

五、断尾的狐狸

（*Le renard ayant la queue coupée*）

一只老狐狸，非常狡猾，

它是鸡的嗜食者，兔的掠取者，

最后，遭陷阱逮住。

利用一个偶然的机会，它逃脱了，

留下尾巴充作典押。

我的意思是说它非常难为情地

失去尾巴而得救了，

为了统一起见（它一向狡猾），

某天，它企图说服所有的狐狸，

它说："要这无用的负担做什么用，

只能扫除泥泞的小路吗？

我们拿尾巴干吗？应该除掉，

如果你们同意我，都该下定决心。"

群中某只狐狸说："你的意见很好，

但劳你转个方向，让别的族类回答你。"

这话引起一阵嘘声，

无尾的可怜者无法听到。

要求除去尾巴已经过时了，

继续存在的就是时髦。

LE RENARD QUI A LA QUEUË COUPÉE. Fable LXXXVII.

六、老太婆与两位婢女

（*La vieille et les deux servantes*）

一位老太婆有两位婢女，

她们好似命运三女神 [①]

仅在奖赏时才争吵。

这位老太婆不曾过分地

分派婢女工作。

当海神驱走太阳的金马车，

卷线车动了，纱锭抽了，

一下子这里，一下子那里，

不曾停止，不曾休息。

我是说，黎明太阳出来时，

可怜的公鸡适时引颈高歌，

我们这位老太婆一样可怜，

立刻穿上讨厌的脏裙，

点亮灯，直奔床头，

那儿，两位婢女

正尽她们所能地呼呼大睡。

一位眼睛半开，另一位摊放臂膀，

两个人还非常不满意。

咬牙切齿地说："可怜的公鸡，该死！"

诚如她们说的，这只鸡被提起来。

这具闹钟就被扭断脖子了。

此行动丝毫无法改善她们的情况，

相反地，这对宝刚上床，

老太婆已担心时间溜过，

在整个房屋像顽童般奔跑。

---

① 命运三女神（les sœurs filandières），即地狱三女神（les Parques，诗人梵乐希曾以此为题，于 1917 年出版五百行
  的长诗）。

LA VIEILLE ET LES DEUX SERVANTES. Fable LXXXVIII.

这也就是最常见的，

往往有人想摆脱一件坏事，

却陷入比以前更坏的情况里。

这一对宝和付出的代价就是证明。

老太婆不用公鸡就使她俩

越来越坏[①]。

[①] 越来越坏，原文之意为堕入西西里岛附近的卡律布狄斯。

七、牧神与路人
(*Le Satyre et le passant*)

一处荒凉洞穴的尽端
牧神[①]和孩子们
刚喝完汤，
正要端起碗盘用餐。

我们可以看见牧神同
妻小坐在藓苔上，
因为他们没有桌布与地毯，
然而每个人的胃口都非常好。

一位淋湿的路人
为了避雨走了进来。
他们拿清汤招待，
因为客人无法久候。

主人面不改色地
再三邀请。
起先，路人呼气
来暖和手指。

接着菜肴奉上，
非常美味，路人还是呼气。
牧神很惊奇地说：
"客人！那是为什么？"
"现在吹凉我的汤，
刚才弄暖我的手。"

---

① 牧神（le Satyre），希腊神话中半人半兽的森林之神。在此引申为"野人"之意。

LE SATYRE ET LE PASSANT. Fable LXXXIX.

这位牧神说："你
可以继续上路了。

我向神发誓
不和你合睡在同一屋顶下！
一张嘴同时吹着热气
和冷气，滚蛋吧！"

八、马与狼

（*Le cheval et le loup*）

一头狼，

在微风阵阵，草木新绿，

动物离家的季节里，

外出找寻生活，

我是说，一头狼在严冬结束时

看到了一匹出来踏青的马。

下面发生了一些趣事。

狼说："真是好猎物，

如果你是绵羊，就属于我啦！

应该弄个诡计使它上手。

耍耍花招吧。"

它故意跛着方步走开，

这位希波克拉底弟子自说自话。

它熟识这一片草原上

所有药草的效力与特性，

不用抚触，它就知道可以

治疗何种病痛。如果战马先生

不想隐瞒它的病，

狼就可以免费为它治病。

因为在这个牧场上

没有别的动物可以跟它谈起，

可以证明患病，除了这位医生。

马先生说：

"我的脚底长着脓疮。"

医生说："孩子，那不是

疾病感染的部位。

我很荣幸替你服务

并做外科手术。"

LE CHEVAL ET LE LOUP. Fable XC.

我们这位狡猾者只想
要如何挑选适当的时机
以便攫住它的病人。
那匹马疑惑地后脚一踢，
狼的下巴和牙齿
碎得像果酱。
狼带着忧伤对自己说："好了，
每个人总是眷恋他的职业。
你可以因此做个卖药草的人，
且不至于是个平庸的外科医生。"

九、农夫和他的孩子
(*Le laboureur et ses enfants*)

工作吧！尽心尽力吧！

钱财就不会短缺。

一位富农，觉得自己的大限到了，

在没有证人的情况下唤来儿子。

对他们说："你们要善加珍惜

祖先留给我们的遗产，

有座宝库藏在那里头。

我不知在何处，但只要费点勇气

你们就能找到，你们要贯彻到底。

耕耘你们的土地，直到收获季节，

勤于挖、犁、翻土，别让任何角落

没经过双手的处理。"

父亲死后，孩子回到田里，

这里，那里，到处挖；如此直到岁尾，

收获增加了。

田里并未藏有银子。但父亲生前

指示的话却非常明智，

工作就是财富。

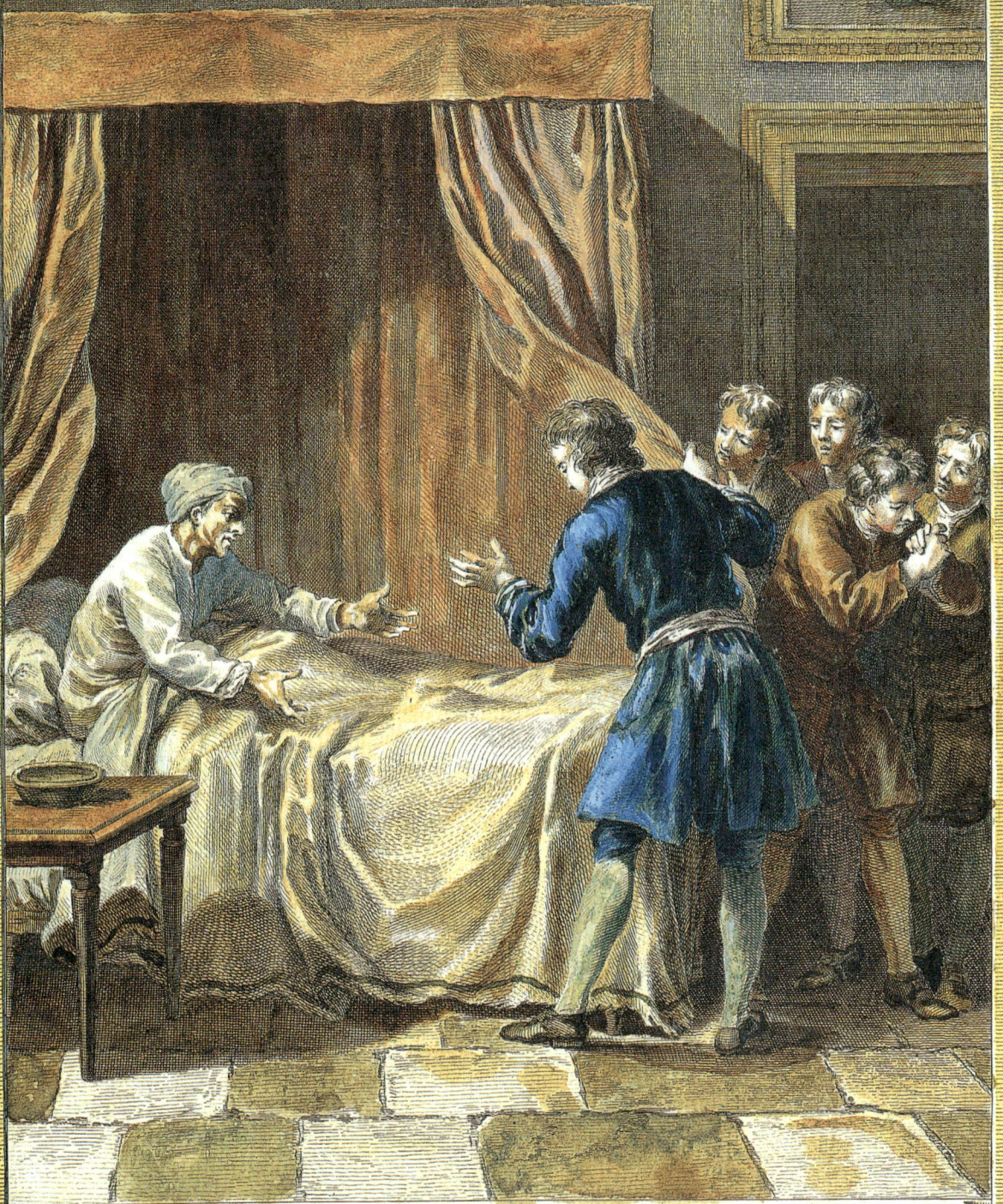

LE LABOUREUR ET SES ENFANS. Fable XCI.

一〇、临盆的山

（*La montagne qui accouche*）

一座怀孕临产的山
高声叫嚣，
听到声音的人跑来，
以为它必定会分娩
一个比巴黎大的市镇，
结果却只生出一只小鼠。

当我想到这则寓言时，
总觉得它的故事虽然荒唐，
意义却真实，
我想象着一位作者
他说："我歌颂
泰坦族 ① 与雷神的战争。"
承诺虽大，却能产生些什么？
一阵风。

① 泰坦族（Les Titans），希腊神话中孔武有力的神。

LA MONTAGNE QUI ACCOUCHE . Fable XCII.

一一、命运与小孩

(*La fortune et le jeune enfant*)

一口深井旁边。

有位放学的小孩，

摊直身子在睡觉。

对于小学生，一切就是床架与垫褥了。

有位正直的人在这时候

碰巧靠近此地，

那是命运之神，她轻柔地唤醒小孩，

对他说："孩子，我救回你的生命，

请你下次聪明些。

如果你摔下去，人们就会怪罪我了，

然而这是你的过错。

我好意地求你做到，

但愿这种过分的粗心

是因为我的幻想。"

说完她就离去。

就我而言，我赞成她的意见。

世上发生的事情都

归咎于命运之神。

我们把万事都归于这神，

意外的事是这神造成的结果。

人们愚蠢、麻木、拙于自制。

诅咒命运，想逃脱自己的责任。

总之，命运之神经常是坏人。

LA FORTUNE ET LE JEUNE ENFANT. Fable XCIII.

一二、医 生
（*Les médecins*）

汤比 [①] 医生去看一位病人，

他的同事汤米 [②] 也去探望。

尽管汤比认为病人

无药可救，汤米却觉得还有希望。

他们两位的治疗方式不同，

后来采纳汤比的意见，

病人最后断了气。

他俩仍为疾病的诊断争论不休。

一位说："我有先见之明，他会死。"

另一位说："要是相信我，他可以活得好好的。"

---

① 汤比（Tant-pis），医生名字，意即倒霉、可惜。

② 汤米（Tant-mieux），医生名字，意即幸运、甚好。

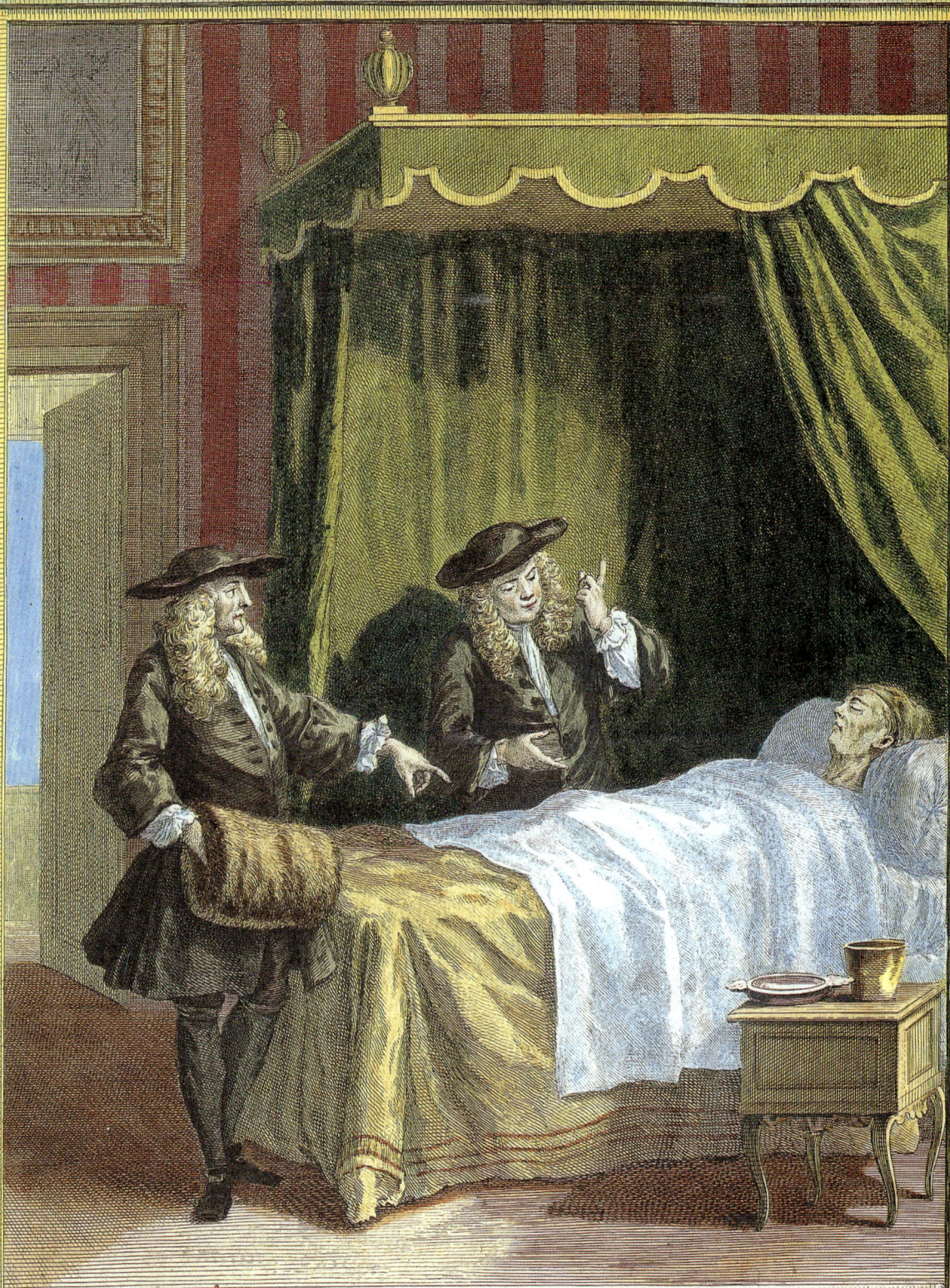

LES MEDECINS. Fable XCIV.

一三、生金蛋的母鸡

(*La poule aux œufs d'or*)

贪婪会失去原先可得到的所有东西。
为求证明，我只需
举出母鸡的寓言，
它每天生一粒金蛋。
主人猜想它的体内一定有座宝库，
便杀了它，剖开一看，发现
它跟别的生蛋母鸡一样，没带给他什么，
结果他却亲手毁掉了他自己最好的财产。

这是对贪心者的一课好教训！
最近，我们看到不少
急于想发财的人，
却在一夜之间变穷了！

LA POULE AUX ŒUFS D'OR. Fable XCV.

一四、驴子驮运圣物
(*L'âne portant des reliques*)

一只驮载圣物的驴子 [1]

幻想着人们会膜拜它，

它洋洋得意地以为

是它自己接受众人的焚香与圣歌。

有人发现这个错误，对它说：

"波代先生，你就脱下这件

如此丑陋的虚荣外衣吧！

人们膜拜的不是你本人，是偶像

造成的名誉与光荣。"

不学无术的官吏

总是要人们向衣帽致敬。

---

① 驴子，此处用"Baudet"，有驴、笨、蠢人之意。第六行即以此字代题目的驴（Ane）字。

L'ANE PORTANT DES RELIQUES . Fable XCVI.

一五、鹿与葡萄

（*Le cerf et la vigne*）

鹿，利用高大浓密的葡萄藤来躲藏，

如此一来，猎人把它看作另一种东西，

鹿因而躲过一场死局，

这一招使得带猎犬的猎人以为群狗弄错了。

他们把狗叫去。鹿以为危险已过，

就开始咬噬它的救命恩主——那些葡萄，

好绝的忘恩家伙！

有人听到声音，回头来，把它抓了出来，

鹿在同一个地点死去。

它说："我该受这公正的惩罚，

因为我忘恩负义。"说完就倒地死了。

这群猎犬饱餐一顿。

遭猎人置于死地才哭，是无用的，

这是侮慢维护他的隐蔽所的

真正比喻。

LE CERF ET LA VIGNE . Fable XCVII.

一六、蛇与锉刀

（*Le serpent et la lime*）

有人说钟表匠的邻居——蛇

（对钟表匠而言是恶邻）

进入店里，寻找吃的东西，

没碰到任何汤类，

只碰到一把钢制锉刀，蛇准备咬下。

这把锉刀并没有生气，对它说：

"无知的可怜虫！你想做什么？

你追求比你硬的东西。

笨脑袋的小蛇，

只要钱币的四分之一

就可以胜过你，

就会损坏你所有的牙齿。

而我只担心着时间的牙齿。"

这些告诉你，下等的头脑

没什么益处，不辨善恶乱咬人。

你会白受痛苦的。

你以为你的牙齿会在

诸多伟大的作品上留下侮辱的痕迹吗？

对你而言，那些宝贝都是铁、钢、钻石。

LE SERPENT ET LA LIME . Fable XCVIII

一七、兔子与竹鸡

(*Le lièvre et la perdrix*)

千万不要嘲笑不幸的人。

谁能保证永远幸福呢？

聪明的伊索在其寓言中，

提供我们一两个例子。

此刻我要介绍的诗句

和他的，都是相同的事。

乡野的同胞，兔子与竹鸡①

在同一地方生活，过得很是平静，

这时，一群猎狗靠近，

兔子只好寻找避难所，

跃入竹薮中，甩掉狗，

连布列佛这只狗也不例外。

最后，由于身上散出的

热气，暴露身份。

对气味颇为灵敏的米娄

认为那是兔子，便以最大热忱

去攻击，而不曾撒谎的吕斯脱

却说兔子又跑了。

这个倒霉的可怜虫在自家奄奄一息。

竹鸡嘲笑它说：

"你自夸如何快速，

你的脚怎么啦？"在笑的当儿，

轮到它了，有人发现它。它认为

翅膀能保证逃过所有侵袭，

但是，这只小可怜没有计算到

周围残酷的利爪。

① 竹鸡，或译作鹧鸪。

LE LIEVRE ET LA PERDRIX . Fable XCIX .

一八、鹰与枭
（L'aigle et le hibou）[1]

停止争吵，

握手言欢。

一个以王，另一个以枭的信用做担保，

发誓无论如何彼此不侵害对方的幼小。

枭[2]说："你认得我的小孩吗？"

鹰说："不认得。"忧伤的鸟说：

"那不好，我担心它们的肤色，

我能留意就好了。

既然你是王，你就不能不认得，

不管怎样，王和神

都是同类的。

如果你碰到，就跟我的婴儿再见。"

鹰说："替它们涂上颜色，否则告诉我模样，

我才不会碰它们。"

枭回答："我的孩子比它们的同伴，

来得可爱、漂亮、好看，行为端正。

你很容易认清这项记号。

不要忘记，记住不要让

可恶的命运三女神

借你的本能侵入我家。"

上帝将孩子赐给枭，

一个美好黄昏，

我们的鹰出外寻觅食物，在干岩的角隅

或断垣的洞口

（我不知二者中何者为是），

---

① 此处枭，原文为"le Chat-huant"。枭与猫头鹰同字。

② 此处枭，原文为"l'Oiseau de Minerve"，其中"Minerve"为拉丁的艺术女神，相当于希腊的雅典娜，她化身为枭与橄榄树。

L'AIGLE ET LE HIBOU. Fable C.

碰巧发现

奇丑无比的小枭,

面带惧色, 忧伤、愤怒之声 ①。

鹰说:"这些孩子不是我朋友的,

咬啄它们吧。"这位绅士不过半饱而已。

它的餐食不是草率的餐食。

回来的枭只看到

它爱子的脚, 唉! 仅存的。

它控诉, 众神接纳它的哀怜,

判决暴徒罪有应得。

当时, 有人对它说:"只怪你,

或宁愿怪普通法律,

谁要别人认为

漂亮端正的同类凌驾所有可爱的。

你让孩子与鹰同一模样,

难道它们没有最起码的特征吗?"

---

① 愤怒之声原文为 "un voix de Mégère"。

一九、狮子要去战争

（*Le lion s'en allant en guerre*）

狮子的脑海有个构想。

它要举行战争会议，

于是派遣教官去通知群兽，

每一位依据自己的兴趣提出计划。

大象要在背上

驮载必要的配备

照例参战，

熊预备突击，

狐狸主持秘密行动，

而猴子要用诡计诱引敌人。

有位说："让笨驴与

兔子退出战场。"

王说："不，我想录用它们。

我们的军队没有它们无法顺利行进。

我们用鼓让驴去吓吓人们。

而兔子就替我们送信件。"

聪明谨慎的君王

懂得平时注意收集他的微臣的一些习惯，

了解各种不同的本能，

他不会让任何人无用武之地。

LE LION S'EN ALLANT EN GUERRE. Fable CI.

二○、熊与两个同伴

(*L'ours et les deux compagnons*)

两个同伴，急需金钱，

于是到邻近的皮货商那儿

出售还活着的熊皮，

既说是活着的，理当不久可捕获。

听他们的话，这想必是一只熊王。

商人寄望熊皮能替他带来好运气，

因为它能抵抗严寒，

可做两件外衣。

田德诺即使赞美绵羊，也不如这头熊。

但这是他们两个人的计划，可不是熊的意思。

价钱决定，至迟两天后交货，

于是他们出去寻找。

看到了一只熊向前快步跑来，

我们这两个人好像遭了雷打一样，

不管买卖契约了。

面对熊的危机，他们噤若寒蝉。

其中一个爬到树梢上，

另一个吓得手脚发冷 ①，

俯卧，装死，屏住呼吸，

据说有些地方

熊不会追杀

没有生命的肉体。

这只熊老爷就像笨蛋，被骗了，

它看到这具躺着的肉体，

以为没有生命，却又担心受骗，

翻过来，又翻过去，凑近脸鼻，

---

① 原文：冷得像大理石。

LOURS ET LES DEUX COMPAGNONS. Fable CII.

吹吹气。

它说："这是一具尸体，放弃吧！"

说完，熊走入附近的树林。

我们那两个商人之一，从树上下来，

跑向他的同伴，告诉他

刚才的一幕奇迹。

他说："那只动物的皮呢？

它对你的耳朵说些什么？

它非常地贴近你，

还用爪子翻了翻呢。"

"它对我说不应该

贩卖还没有倒在地上的熊皮。"

二一、蒙狮皮的驴子

(*L'âne vêtu de la peau du lion*)

蒙狮皮的驴子

到各处轮流嘶叫，

好多动物闻之丧胆，

它使全世界发抖。

结果一小块耳朵不幸露出来，

诈骗与谬误被拆穿。

拿棍子的人即刻执行任务。

那些不知道诡计与狡猾的人，

吃惊地观看拿棍子的人

把"狮子"追到磨坊去。

在法国，一些有力人士

借此寓言说话，以显亲切。

雍容华贵的马车

也可以增加他们四分之三的骁勇。

L'ANE VÊTU DE LA PEAU DU LION. Fable CIII.

卷六

一、牧人与狮子

（*Le pâtre et le lion*）

寓言不尽相同，

我们以最简单的动物来作为主人，

赤裸无隐的道德会引来烦忧，

因为训诫会随故事而使人们忽略过去。

韵文小说在此情况下应运而生，

为叙述而叙述似乎使我获利少许。

由于精神快乐这个原因，

许多名人就用此种文体写作。

每个人都在避免夸饰与浮泛，

人们看不到隐藏在故事背后的话语。

费德[①] 文笔简洁，无人加以责难；

伊索依然使用较少的文字来表达。

但是部分希腊人[②] 却夸大

简洁的文雅风格，

用四行诗限制故事。

好坏如何，留待专家去评判。

由此来看伊索寓言中类似的主题：

一篇引来猎人[③]，一篇则为牧人。

至于事情经过，我现在顺着主旨，

谈谈某些段落。

差不多是这样子，伊索说：

一位牧人发现他少了几只绵羊，

于是想全力逮捕窃贼。

他到一处洞口，在周围布下

---

① 费德（Phèdre），拉丁寓言作家。

② 指巴布里乌斯（Babrias 或 Barbruo），希腊诗人，曾以四行诗体改写伊索寓言。

③ 即下一篇《狮子与猎人》。

LE PASTRE ET LE LION . Fable CIV.

捕狼的绳套，他以为偷羊的就是这只败类。

他说："但愿我离开此地前，

上帝啊！如你能够

就让这坏蛋在我面前落网，

如果我能享受此番乐趣，

我将在二十只小犊中挑选

最肥大的奉献给你！"

说完此话，从洞里走出一只壮大的狮子，

牧人吓成一团，半死地说：

"让人类一无所知吧，唉！

为了找寻残杀牲畜的贼，

我离去前在绳套上看到了它，

上帝啊！我曾许愿一只小犊，

要是你弄走狮子，我许愿一头公牛。"

这也是这位重要的作者说的：

"让我们超越他的模仿者。"

二、狮子与猎人

（*Le lion et le chasseur*）

一个嗜好打猎但也很会吹牛的人，

失去一只名狗，

他猜测狗是被狮子吞掉的，

他看到牧羊人，就对他说：

"劳你指点我，

如何前往狮子的洞穴 ①，

我要报仇。"

牧羊人说："那要进入山里。

你得按月向我纳贡

一头羊，我就很乐意

带你进山去，现在我要休息。"

在他们谈话的时候，

狮子出现并且敏捷地溜走。

那位吹牛的人马上躲起来，嚷道：

"朱庇特啊，指引我一个掩蔽处，

救救我！"

勇气的真实证据

仅在于手指就可以触及的危险中。

声言喜欢冒险的人才会一遇危险

就说话不算话，撒腿而逃。

---

① 原文之意为：我那小偷的家。

LE LION ET LE CHASSEUR , Fable CV.

三、太阳与北风
（*Phébus et Borée*）

北风^①与太阳看到一位

随时防备着坏天气的旅人。

时序入秋，

出游的人能提防总是好的，

因为天气时雨时晴，

彩虹也会事先告诉他们

这几个月外出，一件大衣是非常需要的，

拉丁人^②为此事还怀疑地命名哩。

那旅人也知道会下雨，

穿了好大衣加衬里，布料结实又高级。

风说："这个人事先知道

一切意外，但是他无法预见

我要吹适合哪种

衣着的风，如果可以，

我要让他脱掉大衣。

这消遣也够我们乐一乐，

你认为怎样呢？"

太阳说："好哇！我们两人打赌，

不要多说。

看谁最早从骑士的

肩膀上脱掉外衣。

开始吧！我要暂时收敛光芒让你发威了。"

阳光消失了。我们这位用钱雇来的吹气者

吸满了气，胀得像大气球，

发出魔鬼般的声响，

①北风（Borée），为北风之神。
②拉丁人，指诗人维吉尔。

306

PHŒBUS ET BORÉE. _Fable CVI._

咻咻地呼啸，喀喀地吹袭，天寒地变，

破坏了许多屋顶，翻了几艘船，

一切只为了这一件大衣。

这位骑士小心地防备，

以至风暴进不了他的体内，

总算保住了衣服。风丧失了时机，

它愈用力吹，他守得愈紧密，

因为他拉紧衣领的开口处。

这时他面临

赌注的另一方，

太阳驱散云层，

大地复明，最后阳光穿入

骑士的大衣里，他汗流浃背，

迫使他脱下衣服，

太阳根本就不需要使出全力。

柔胜于刚。

四、朱庇特与佃农

（*Jupiter et le métayer*）

从前，天神朱庇特有块田地要送出去。

墨丘利发出通告，人们来了。

接受赠品，也听到一个规定：

决定后不能有所改变。

有一位说这块田地

很贫瘠，另一位也一样。

正当他们为此犹疑不决时，

其中一位，最勇敢但最不聪明的，

答应如此办理，只要朱庇特

让他自由地使用大气，

给他想要的季节，

使他有冷热、晴天、严冬，

以及干、湿，

他立刻承租起来。

朱庇特同意。订定契约，这个人

自命为空气与风雨之王，总之，

气候只为了他一人，他的近邻们

觉得他仿佛是美国人。

轮到他们收获了，他们都有好的收成，

作物丰收，葡萄丰收。

那位佃农收成却相当差。

次年，整个变了，

受到另一种

自然气温的调整。

他的田地没有起色。

邻居们却因此获利增产。

他怎么办？他再度向天神求助：

坦承自己的鲁莽。

JUPITER ET LE METAYER. Fable CVII.

朱庇特俨然

一位温和的主人一样接受他的忏悔。

我们可以断定，

天意应该比我们好。

五、小公鸡，猫与小鼹鼠
(*Le cochet, le chat et le souriceau*)

一只小鼹鼠非常年轻，从没遇过
意外的事件。
一天，它突然跟母亲谈道：
"我越过我们国境的山头，
如同小老鼠般地快跑着，
地平线逐渐扩大时，
有两只动物睁着眼睛望着我，
一只柔顺、善良、可爱；
另一只好动、爱闹，
它的声音尖锐粗糙，
头上有块肉，
手臂可以拍动空气，
好像要飞的样子，
尾部可以展成羽毛的装饰。"
"那是小公鸡，但是，我们
曾把它的母亲放在餐桌上享用，
把它当作来自美洲的动物。"
它说："它以臂膀拍打两侧，
造成一种比不上我的嘈杂声，
还向上天借胆来咬我，
要不是它，我可以结识那只
我觉得很温顺的动物。
我跟它一样有天鹅绒的毛肤，
满身斑点，长尾，彬彬有礼，
谦虚的眼神，但炯炯发亮。
我想它对鼠先生
富有同情心，因为它的耳朵
跟我们很相似。

LE COCHET, LE CHAT, ET LE SOURICEAU. Fable CVIII.

我一靠近，另一只就发出怪叫，
把我吓跑了。"
鼹鼠说："孩子，那只温顺的是猫。
在它伪善的脸庞下，
对我们的同族
保持一副敌意。
正好相反的是，另一种嘈杂的动物，
却曾在很久以前，我们不景气时
作为我们的正餐。
至于猫，倒是我们会被它烹饪哩。
保护你自己，如果你想活，
就不要只从面貌上来分辨人们。"

六、狐狸，猴子与动物们
（*Le renard, le singe, et les animaux*）

一群动物参加狮王的葬仪，

它们说要集合起来推选一位新王。

它们从狮王的袋子里拿出王冠。

藏在龙先生看守的秘密牢房中。

它们觉得所有的尝试中，

没有一个适合王冠。

不少的头太小，

有些则太大，有些则是有犄角。

猴子也嬉笑地前去接受考验，

对试戴王冠很感兴趣，

它在四周装出各种模样，

柔软地旋转与千种怪相，

动物们觉得它是这样好。

每位都尊敬它，它就当选了。

只有狐狸懊恼猴子被选上，

可是它并没有表露真情。

它对猴子献上小小的祝福，

对国王说："大王，我知道有一处储藏室，

只有我知道在哪里。

现在，一切财宝都归于

国王所有，即陛下一人的。"

新国王正缺钱用，

受骗地自己跑去。

这是陷阱，它被逮住。

狐狸以出席会议为名说：

"你连自己都不知道该怎么管理，

还想统治我们吗？"

猴子被免职了，它们协议

由一小撮人接受王位。

LE RENARD, LE SINGE ET LES ANIMAUX. Fable CIX.

七、自夸家世的骡

(*Le mulet se vantant de sa généalogie*)

一位当主教的骡常自夸身份高贵，

不断地提到

它的母亲马，

屡次叙说它勇敢的事迹，

或者做过此事，或者做过彼事，

做儿子的要求应该将那些事

记入历史中。

它以为服侍医生还会降低身份呢。

老了的时候，它被送往磨坊，

它才想起父亲驴。

灾祸即使只有助于一个愚蠢的人

恢复理性，也总对某些事情有益，

这说法是正确的。

LE MULET SE VANTANT DE SA GÉNÉALOGIE. Fable CX.

八、老头子与驴
(*Le vieillard et l'âne*)

驴背上的老头子在途中发现

花繁草茂的牧场，

他放松缰绳，驴子

立刻奔向小草地，

在那儿打滚、搔背、擦身，

蹦跳、唱歌、吃草，

全身弄得干干净净。

这时有人[①]来了。

老头子说：“快逃啊！”

躺在草地上的驴说：“为什么？

他会让我承受双重鞭打，双重负担吗？”

老头子说：“不，我们到更辽阔的草原去。”

驴子说：“这和我有什么关系？

救你自己吧！我要留下来吃草。

我们的敌人是我们的主人，

我的好话对你说尽了。”

---

① 原文是"敌人来了"。

LE VIELLARD ET L'ÂNE. Fable CXI.

九、临水自照的鹿

（*Le cerf se voyant dans l'eau*）

在一处清澄的泉水边，

鹿得意地

夸赞它的犄角，

却丝毫不能

忍受它那双细长的腿，

它瞧见它们映照于水中。

痛苦地望着影子说：

"我的脚和头竟是这样的不成比例，

高耸的额头使身材美丽至极，

但是脚一点也光荣不了我。"

就在说这些话的当儿，

一只猎犬追过来。

它拼命地奔跑，

跃入森林里。

它的犄角，这致命的装饰品，

不断阻碍它的行动，

妨碍了附属品——脚

想做的工作。

当时，它埋怨并且诅咒

上天逐年赐予的天赋①。

我们重视美丽，轻视实用，

而美丽常常毁灭我们。

鹿抱怨使它敏捷的脚，

看重妨碍它的犄角。

---

① 鹿角，每年掉下又再生。

LE CERF SE VOYANT DANS L'EAU. Fable CXII

一〇、兔子与乌龟

(*Le lièvre et la tortue*)

奔跑无济于事，应该适时动身。
兔子与乌龟在此作为证明。

乌龟说："我们来打赌，你不会
比我先抵达目的。"灵巧的兔子回答说：
"比快？你很聪明？
我的兄弟，你应该用四粒
治癫草的果实清洗清洗你的脑袋。"
"你聪明与否，一赌就知道啦。"
事情就这样决定，它俩
开始这场赛跑打赌。
这算不了什么大事，
它们同意不需要评判员。
我们的兔子不过才跑了四步远，
我就看到它在附近所做的，
它远离群狗，将比赛忘得一干二净，
且在旷野踱着大步。
我的意思是说它还有心情
吃吃草、睡觉、听听
风向，时间还很充裕，
所以让乌龟像参议员蹒跚前进。
但是乌龟却勤勉地走着，
加快速度地走着。
兔子误认胜利在握，
把打赌看作是微小的光荣，
以为自己再过一阵子抵达
才够体面。它吃草、休息，
专心于打赌以外的事。

LE LIÈVRE ET LA TORTUE . Fable CXIII .

最后，当它瞧见

对手将抵达终点时，

它流矢般奔去，但这种飞跃

已经无济于事了，乌龟首先到达。

乌龟对兔子说："哎！我说得没错吧？

你速度快又有什么用呢？

我胜利了！如果你也驮负着

像我一样的房子，你将怎么办呢？"

一一、驴与其几位主人

（*L'âne et ses maitres*）

园丁的驴向命运之神抱怨

人们天亮前叫它起来。

它说："公鸡可以在清晨好好地唱歌，

我却比它们还要早就起来。

为什么呢？为了运草到市场去。

停止我的负担是我迫切的需要！"

命运之神听了这番激动的怨言，

给它换了一位主人，这只驮兽

从园丁的手交到皮革匠手中。

皮革的重量与臭气

很快就使这只冒失的动物不舒服。

它说："我对第一位主人很怀念。

于今还记得，那主人看别处时，

我趁机咬了一片白菜

也没有受罚。

但此刻，并无意外之喜，

有时还要挨棍打。"它获得命运的更换，

在一位煤矿工人的手上，

它每日都是最晚歇息。

使得驴子又产生另外一种抱怨。

命运之神愤怒地说：

"还要怎么！这只笨驴

让我忙于百位君王能做的事。

它该自己想想，还有何不满足？

对它的事，我没尽过力吗？"

命运之神的话有道理，每个人都这么要求着，

我们的地位不曾令我们满意，

L'ÂNE ET SES MAITRES. Fable CXIV.

L'ÂNE ET SES MAITRES. Fable CXIV. 2.ᵉ planche.

总觉得现况是最坏的。

由于多次的请愿，我们惹厌了上天。

每次朱庇特都同意请求，

我们还是会令它头痛。

一二、太阳与青蛙

（*Le soleil et les grenouilles*）

在暴君的婚礼上，人民

高兴地将烦恼葬溺酒瓶中。

只有伊索一个人认为

那样喜形于色是愚蠢到家。

他说："从前，太阳有

成婚的构想。

很快有人听到

池塘居民一致抱怨命运的声音。

它们对命运之神说：

'要是太阳有了孩子，我们怎么办？

只 ·颗太阳就够受了。半打太阳

就会枯干海水和所有的居民。

灯芯草和沼泽再见，我们的族类完了。

不久，我们青蛙所住的地方全是

史蒂斯河 ① 之水。' 依我看，

青蛙，这可怜的动物说得很有道理。"

---

① 史蒂斯河（Styx），地狱河流之一。

LE SOLEIL ET LES GRENOÜILLES. Fable CXV.

一三、村民与蛇

(*Le villageois et le serpent*)

伊索说过有位乡下人，

心地慈善还略带聪明，

一个冬日，

在他祖传的田园四周散步，

看到一条蛇横卧在雪地上，

发抖、受寒、无法动弹，

不用多久就要断气了。

这位村民把它抓起来，带回家，

没有考虑后果地

发挥慈悲心怀，

让它躺在炉旁，

给它温暖，使它复活，

当生命的活力使它扭动起来时，

这麻痹的动物勉强感到暖和。

它抬起头来，立刻呼吸，

接着扭曲一阵，

朝它的恩人、救星与父亲跳去。

这位乡下人说："忘恩负义的家伙，

竟这样回报我！你去死吧！"

这些话充满正义的愤怒，

他举起斧头，对准这动物砍去，

砍了两下，蛇被分作三段——

胸腹部、尾部、头部。

这条大虫跳了跳，还想靠过去，

却已经无法达成目的。

慈善是好的，

LE VILLAGEOIS ET LE SERPENT. Fable CXVI.

但对象是谁才是难题。
至于忘恩负义的家伙，
终究会倒霉的。

一四、病狮与狐狸

(*Le lion malade et le renard*)

狮子在洞穴病了，

它以兽王之名，

要臣子传达，

让每一族

派人来探视它，

并答应好好款待

代表们及其侍从。

狮王之令冠冕堂皇地写着：

不带利牙锐爪，

一律允许进入。

这道命令付诸实行。

每族都推派代表。

几只狐狸站在洞外不肯进去，

其中一只说出底下的理由：

"由这儿通往宫廷病人的

灰尘上的脚印，

没有一种例外，都是探病的，

但却没有回来的痕迹，

这令我们怀疑。

希望陛下免我们进去，

如此就感激不尽了。

我想这样好些，因为在这洞穴里，

我只看到有人进去，

却没有人出来。"

LE LION MALADE ET LE RENARD. Fable CXVII.

一五、捕鸟人，雕与百灵鸟

(*L'oiseleur, l'autour, et l'alouette*)

坏人的不公正

通常提供我们为自己辩解的理由。

这是普遍的规则：

要别人宽待你，你也得宽待别人。

乡下人用反射镜抓住小鸟。

这引诱的幻影吸引住百灵鸟。

很快地，在犁沟上盘旋的雕，

飞下来，猛扑，朝向

濒临坟墓却犹在唱歌的鸟儿。

百灵鸟闪开了虚伪的捕鸟器具，

这时，却被可怕的鸟脚抓住

受邪恶的爪扎住。

雕全心全意剥除猎物的羽毛时，

轮到它中了陷阱。

雕以它的语言说："捕鸟人，放了我，

我不曾对你不利。"

捕鸟人回答："这只小动物 [①]

它可曾对你不利过？"

---

① 指百灵鸟。

L'OISELEUR, L'AUTOUR ET L'ALOUETTE . Fable CXVIII .

一六、马与驴

(*Le cheval et l'âne*)

活在世上，应当彼此协助：

要是你的邻人死了，

货物的重担就加在你身上。

一只驴同一只不懂礼貌的马为伍，

后者仅驮负自己的马具，

而可怜的驴却不堪其负荷，

它要求马帮忙驮载一些，

否则，它将在抵达城市以前就死去。

它说："我的要求并不过分，

一半的重担对你来说只是轻而易举。"

而马回绝，还发出嘶嘶声，

当马看到同伴在重累下死去，

才了解自己错了。

事情发生后，

主人把驴载的货物和

它的尸体都放在马背上。

LE CHEVAL ET L'ÂNE, Fable CXIX.

一七、因影子而丢掉猎物的狗

(*Le chien qui lâche sa proie pour l'ombre*)

世间的每个人都会上当。

我们看过那么多的疯子

逐影而跑，但我们

却不知到底为数有多少。

伊索提到的狗，应该是个明证。

这只狗，看到水中重现它口中的猎物，

为此丢开口中的猎物，却差点溺死。

河面因而掀起一阵波动。

费了九牛二虎之力，这只狗终于上岸，

既没有了影子，也没有了猎物。

LE CHIEN QUI LÂCHE SA PROYE POUR L'OMBRE. Fable CXX.

一八、陷入泥泞的马车

(*Le chartier embourbé*)

载干草的车夫 ①

眼睁睁看着马车陷入了泥泞中。

这位穷人远离家人，这是在乡下，

靠近低地不列颠的小镇

叫作甘贝·柯宏丹 ②。

人们非常了解命运之神

会不时在那里指引需要帮忙的人。

上帝在旅行中保护我们吧！

为了脱离此地，

这时他憎恨并咒骂，

有时对着洼坑、马匹，

有时骂自己、马车。

最后，他祈求世上

最著名的神。

他说："赫拉克勒斯 ③，帮帮忙吧，

你的背曾扛过圆球 ④，

现在用你的臂膀拉我一把吧！"

祈祷声刚落，他听到云端

有个声音对他说：

"赫拉克勒斯愿意帮助

那些自己肯动的人。

留意那些挡住你的障碍，

除去每个轮子周围

可恶的泥浆，

---

① 车夫，原文为 "Phaéton"，太阳之子，驾其父马车而死，此引申为车夫。

② 甘贝·柯宏丹（Quimper-Corentin），难行之地。

③ 赫拉克勒斯（Hercule），希腊神话中的大力士。

④ 圆球，指赫拉克勒斯为取得金苹果暂时扛顶亚特拉斯（Atlas）支撑的天球。这是赫拉克勒斯第十一件功绩。

LE CHARTIER EMBOURBÉ. Fable CXXI.

直到该死的泥泞离开车轴，

再用十字镐敲碎石子，

清理辙迹。你做了吧？"

那人回答："做了。"

声音又响起："取出马鞭。"

"取出来了。我的车子如愿地行驶了，

感谢赫拉克勒斯。"那声音又道：

"你看你的几匹马轻易地拉离此地。

自助者，天助也。"

一九、江湖郎中

（*Le charlatan*）

世间不曾缺少过江湖郎中。

任何时代，凭这类知识

而成为教授的人太多太多了。

一会儿在野戏台上表演自杀，

一会儿到市街中心

显示他胜过西塞罗 ①。

他们自夸是

演说大师，

其实他们都是一些呆子、

乡下人、老粗、笨蛋。

"是的，先生，他们是笨蛋、畜生、笨驴。

被人牵鼻子的笨驴，

但我却可以使他们成为大师，

希望他带来圣职 ②。"

国王知道此事后，即召唤这位巧辩者。

他说："在我的马厩里，

有一头高大的驴马 ③。

我希望他成为一个演说家。"

这个人一口答应："陛下，你能如愿。"

国王付他一笔钱。

要他在十年期限内

完成这件教导驴子演说的事业，

否则，他将在大庭广众前，

干净利落地被绞首，

留下巧辩的舌头和驴子的耳朵。

---

① 西塞罗（Marcus Tullius Cicéron，约前 106—前 43），意大利政治家、哲学家，最有名的演说家。

② 或指教职，尤其是大学中的教授。

③ 驴马，原文为 "roussin, d'Arcadie"，前一字为高大的马，却被 "Arcadie" 当作驴。此词意专指驴。

LE CHARLATAN. Fable CXXII.

宫里有人劝他看看
替缢死者准备的绞架，
他非常有风度地感激涕零。
他特别记起以前参加过的
一次听众极多的演说，
一次动人的演说，那是为那
被称作骗子的
某些演说家而设的。
这个人回答："在事情完成之前，
国王、驴子或我，可能死去了。"

他是有道理的，这个疯子
算准要在这十年的生命里，
好好地喝，好好地吃，
因为我们三人当中，
在十年之间必然会有一人死去。

二〇、挑拨女神

(*La Discorde*)

挑拨女神 [1] 引起众神的争执，

且为了一个苹果在天上造成了大诉讼，

众神要把她逐出天堂。

在叫作人类的动物家里，

人们展臂欢迎

她及其兄弟唯唯诺诺 [2]，

与父亲提渊米渊 [3]。

很荣幸，她在凡间选上了我们居住的西半球。

她认为这儿比较蒙昧无知，

婚礼不用祈祷与公证人，

又比不需要"挑拨女神"的人所居住的

那个半球要舒服。

为了找寻适合她

需要的地方，

传信女神细心地

提醒她，她立刻

奔向发生争端的地方，在"和平女神"之前，

把小小的火花引为不易消灭的火灾 [4]。

最后，连传信女神也开始抱怨，因为

挑拨女神没有

固定确实的住所，

往往徒然往返，白费气力。

因而，她该有个常住的居所，

---

[1] 挑拨女神（La Discorde），专作挑拨是非的女神。金苹果的故事，使得三位美丽女神引起争端，也是她惹发的，因而
间接导致特洛伊战争。

[2] 唯唯诺诺（Que-si-que-non）。

[3] 提渊米渊（Tien-et-mien），意即你的和我的。

[4] 漫长火光，可能是指争端。

LA DISCORDE. Fable CXXIII.

人们可以在固定的日子
举家将她送进一处居所。
仿佛因为当时没有女子修道院，
所以不容易找到居所。
最后，婚姻女神的客栈
就充作她特定的房屋了 ①。

---

① 这是拉封丹嘲弄人间婚姻，有了婚姻，使兄弟间引起争端，失和不睦。

351

二一、年轻寡妇
（*La jeune veuve*）

失去配偶的人不会不伤心的，

起先哭闹，其次绝望。

在岁月的翅膀上，忧愁飞走了。

因为岁月带来快乐。

守寡一年

同守寡一日之间

差别很大，人们很难相信

那是同一个人。

一个避开人群，另一个则有千百魅力，

因为一个真的陷于哀伤，另一个则极力地做作。

这是一般的看法与谈论。

有人说人们是无可安慰的，

有人这么说，但也有不信这套的，

就像有人相信下面的这则是寓言，

有人却宁愿相信是事实。

一位年轻美女的配偶

到了另一个世界（彼世）。他身边的女人

哭着说："等我吧，我属于你，我的心灵

也是你的，准备跟你飞去。"

最后丈夫独自走了。

这位美女有个深谋远虑的贤明父亲，

他让女儿哭成泪人儿，

最后才安慰她：

"女儿啊，眼泪流得太多了，

难道死去的人要你把自己的魅力溺死吗？

既然还有人活着，你就不要再想那死的了。

我不主张立刻

LA JEUNE VEUVE . Fable CXXIV.

以更好的条件

将你的悲哀改变为婚礼时的兴奋。

但过些时候，我会替你物色

一个比死去那位更英俊善良的

年轻配偶。"她马上说："啊！

修道院才应该是我的归属。"

这位父亲让她忍受不幸的痛苦。

这种生活过了一个月，

另一个月起，他们替她改变

每日的服装与发型，

丧服最后换上其他花样的首饰

及各种款型的服饰。

一群追逐者

又回到客厅①，嬉戏、欢笑、舞会

都轮过了，

并且她夜以继日地

沐浴在青春之泉②里。

父亲不再认为死去的人

对他的女儿来说有什么亲近了，

但他也没有对女儿说什么。

因为她已自动开口："你答应我的

那位年轻丈夫在哪里呢？"

---

① 客厅，原文为"Colombier"，意即鸽笼。

② 青春之泉（la fontaine de Jouvence）。

跋
(*Épilogue*)

本集将在此结束 [①]，

长篇巨著令我却步。

不该耗尽了所有物质，

我们只该摘取花朵。

我要在此地

恢复些精力，

以进行另外一个计划。

爱情，我生命的暴君，

要我改变主题，

我必须满足他的欲望。

让我们回到莎姬 [②] 吧：达蒙，你鼓励我

描写她的不幸与最大的幸福。

我同意这些，在他的宠爱下，

我的血液或可因此而发热。

要是这项工作能为她找到爱情归宿，

我最后的痛苦，该多幸运！

---

① 寓言集卷一到卷六，出版于 1668 年。

② 次年（1669 年）拉封丹出版了神话故事《莎姬与丘比特的爱情》。

卷七

一、因瘟疫致命的动物

(*Les animaux malades de la Peste*)

一种恐怖的灾难蔓延着，

这灾难是上天愤怒时

加给凡间罪恶的惩罚，

被称作瘟疫，

能够在一日之内使阿克伦河 ① 水高涨。

瘟疫与动物大战。

它们不至于死亡殆尽，但都会受到打击。

它们不再去寻觅

维持垂死生命的粮食，

没有菜肴能激起食欲。

狼和狐狸也无法窥探

弱小无知的猎物；

斑鸠缓缓逃走，

因为没有爱情，也没有快乐。

狮子召开会议，对它们说：

"挚爱的朋友们，我想上天是要

惩罚我们的罪孽。

让我们之中最严重的犯错者

作为这场上天愤怒的牺牲代价吧，

也许病能痊愈。

历史告诉我们，这种意外事件发生时

要供奉这种牺牲，

因而我们不可隐瞒，让我们

表白我们良心的黑与白吧。

就我而言，为了满足贪婪的胃口，

我吞噬过绵羊。

---

① 阿克伦河（Achéron），地狱河流之一。

LES ANIMAUX MALADES DE LA PESTE. Fable CXXV.

这些绵羊对我做了什么？没有一只冒犯我，

甚至有时候我还吃

牧羊人。

如果必要，我自愿做牺牲。

每一个动物都同我一样自我承认

错误将会是件好事，

因为以正义为凭，我们每一个必须期望

罪大恶极的该死。"

狐狸说："阁下，您真是个好国王，

您的审慎看起来相当体贴。

真好，吃绵羊、流氓、歪种。

这哪算是罪过呢？不，不！阁下您

这么做，咬噬它们，是它们莫大的荣耀；

至于牧羊人，别人会说

他罪有应得，

是那些人在动物身上

建立幻想的帝国。"

狐狸说完，获得讨好者的喝彩。

没有谁敢深入调查

老虎、熊及其他强壮动物的

那些不下于狮子的恶迹。

所有争吵的人，即使是最单纯的看门犬，

依它们所讲的，俨然都是小圣人。

轮到驴子说话，它说："我记得

有个僧侣走过的一处草地，

那个农庄的青草有时相当柔软，

也许是魔鬼唆使我，

我尽力把那儿的草地吃光，

我没有这项权利，我必须忏悔。"

说完此话，别的动物纷纷指责驴子。

擅于卖弄的狼，以献词证明

大家应当处置这只可恶的动物，
因为这只秃毛坏蛋做尽坏事。
它的小过失被判处极刑。
仅仅因为吃了别人的草，多么大的重罪啊！
除了死没有什么能
补偿它的行为，大家看得很清楚。

依据你的权位高或低，
法院判你是白或黑。

二、不幸的新婚者
(*Le mal marié*)

让好的永远与好的为伴，

明日起，我就可以找寻妻子，

但是人们之间的离婚并不新奇，

很少有郎才女貌

彼此结合的，

但也没看过坏到让我一点好处也找不到的。

我看过许多婚姻，没有一对令我羡慕，

然而，几乎有四分之一的人

会勇敢地冒着最大的运气去尝试，

同样有四分之一的人后悔。

我将举出一个男子受尽惩罚后，

不得不遣回

爱吵的、吝啬的、吃醋的

妻子的例子。

这女人没有什么能令她满意，没有什么合她的意，

起得太晚，睡得太早，

一会儿白，一会儿黑，一会儿别件事，

弄得仆人生气，丈夫也受气。

"没有梦想的先生，依赖一切的先生，

眼光短小的先生，安于现状的先生。"

她这样埋怨先生。最后，

先生听厌了这女夜叉的唠叨，

送她到乡下的

娘家去。她在那里

同看管雄火鸡的菲立 [①]

与养猪人为伴。

---

① 菲立（Philis），古代牧歌（田园诗）或情诗中人名。

LE MAL-MARIÉ . Fable CXXVI.

过了一段时间，也许气平了，

丈夫把妻子唤回来："好吧！你要做哪些事？

你怎样生活呢？

田野的纯朴合你的性情？"

她说："够了，我的痛苦是

看到比我们这里更懒惰的人，

他们既无家畜，也无关心。

我好心地对他们说，那些邋遢的家伙却

时时刻刻惹我愤恨。"

她的丈夫马上回答："唉！太太，

如果你的本性如此爱争吵，

使得仅在黄昏回来

同你相处短时间的人，

都讨厌看到你，

那整天工作的仆人

看到你又怎么不激怒呢？

叫一位丈夫

怎么日夜同你在一起呢？

回到村子去，再见。今生

要我叫你回来，如果我有此意，

我愿来世还有

两个同你一样的女人不断在我身旁，

作为犯此过错的报应。"

三、离开世间的老鼠
(*Le rat qui s'est retiré du monde*)

近来在东方国家的传说中

盛传一种老鼠，

厌腻现世的繁杂，

闭居在一块荷兰酪饼中，

远离了尘嚣，

孤独是深沉的，

特别是周期性的扩展。

我们的新移民就在里面生活着。

它使用脚和牙齿，劳苦数日，

就在这隐居所内

得到了食物与食桌，其他什么都不需要。

它变得又肥又大，上帝浪掷财产

给这位立誓皈依的小动物。

一天，鼠国的使节，

来到这虔诚的圣者面前，

要求轻微的布施。

它们将到一处陌生的地方

寻求对付猫类的援助，

因为拉脱波利斯城 [①] 被包围。

由于被攻打的国度穷困，

它们只好不带盘缠，离城求救。

它们只要一些，一些救助

以便挨渡这四五天。

这位隐士说："朋友们，

凡间的事我不看一眼，

一位穷苦的隐者

---

① 拉脱波利斯城（Ratopolis），拉封丹构想的老鼠之城。

LE RAT QUI S'EST RETIRÉ DU MONDE. Fable CXXVII.

能帮你们什么呢？他能
请求上天协助你们吗？
我希望上天多关怀你们一些。"
说完这些话，
这位新圣人把门关上。

由这只不肯伸出援手的老鼠来看，
依你的意见，我指的是谁？
僧侣？或是穆斯林？
我想僧侣总是慈悲些。

四、鹭鸶
（*Le héron*）

LE HÉRON . Fable CXXVIII .

五、女 孩
(*La fille*)

一天，长颈长喙的鹭鸶，

迈着长脚，走向一个不知名的地方。

它沿着小河走。

清澈的涟漪一如美丽的阳光，

鲤鱼和梭鱼

已经上下游了千百回。

鹭鸶很满意于它的收益：

因为那些鱼都很靠近岸边，要捕捉相当容易。

但是它觉得应该等到

胃口更好的时候，

它习惯在固定的时间用餐。

过了一阵子，它胃口来了，

这只禽鸟靠近岸边，望着水面

一条淡水鲤鱼正游出水底。

这道菜无法让它喜悦，

它露出不屑的样子，要等待更好的，

如同贺拉斯的鼠故事①一样。

它说："淡水鲤鱼，我是鹭鸶！

我会用这么小的点心？"

拒绝了淡水鲤鱼，它看到一条白杨鱼。

"白杨鱼！岂是鹭鸶的午餐？

为这小鱼张口？免了吧！"

其实它曾为更差劲的东西张过嘴，

事与愿违，鱼再也没有出现。

最后总算解决了饥饿，因为它

很兴奋地撞见一只蜗牛。

---

① 在贺拉斯讽刺作品中提到城市鼠接受乡下鼠的宴请，却引不起食欲。

LA FILLE. Fable CXXIX.

不要把这样做认为相当艰难：

最胜任的就是最能适应的人，

容易得手的，要极力珍惜。

不要面露轻视，好好护卫你自己，

特别是当你们即将得到利益时。

许多人由此学得经验。不只是我

提到的鹭鸶，人类，请听另一个故事，

你将能够了解我讲的教训。

一位有点骄傲的女孩，

想找个丈夫，这个男人要年轻，

漂亮，行为端正，态度潇洒，

既不冷淡也不吃醋，特别是这两点。

这位女孩也希望

他一开始就有财产，

重要的是还要有才干，但谁有过这些条件呢？

命运颇具权威地小心表明，

那要来自重要的国度。

女孩觉得他们一半以上都不够格。

"怎么！我？这些人？我想他们胡言乱语。

向我介绍他们！唉！他们真可怜。

白白看到了一位美人胚子却娶不到！"

一位没有丝毫高尚的才干，

另一位在鼻端显露出颇具才干的样子，

这个，那个，

都是一样，因为矫揉造作的女人

处处显得傲慢。

那些男士各自成双成对之后，

平凡的男人列入后补中。

她嘲笑着："啊！真的，他们以为我是

替他们开门的女佣，他们以为

我非常厌倦自己了吗？

感谢上帝，即使孤独，

我也能无忧地度过夜晚。"

这位美女满意于所有的感觉。

年华凋逝，所有的情人都挥手而去。

一年、两年忧心忡忡地过去。

接着烦恼来了，她感觉每天

走失了一些欢笑、一些娱乐及爱情。

接着，她脸部轮廓愈来愈不快活；

接着，用上百种胭脂，她处处小心，

也无法挽回时间，这位著名的贼。

房子的凋零

可以复修，但这项好处

如何用于面庞的凋零，

她的造作改变了语调。

镜子对她说："快点抓住一个丈夫。"

我不知基于何种希望也对她说：

"我希望能在一位矫揉造作的女人身上定居。"

最后，这个女人做了人们不会相信的选择，

她非常快乐地

找到一位丑男子。

六、愿　望

（*Les souhaits*）

他属于蒙古^①幽灵，

他们掌管仆人，

管理私有房屋，

留意家事，

有时也注意园艺。

如果你碰碰他们的工作，

就可能会弄坏了一切。他们当中的一位以前

在恒河附近替相当好的人家耕植花园。

他无声地工作，非常灵巧，

喜欢主人与女主人，

特别是花园。上帝认识

魔鬼的朋友，就支持他的工作。

幽灵以他无休止的工作本分

满足主人的快乐。

为了在人类的世界里留下更多他的

热忱，他总被拘留，

尽管他和同族们

一样的轻飘，

但是他的同行幽灵们

都是共和国内的领导人物，

利用政策与幻想，

他很快地更换住处。

判决是命令，他前往挪威

细心照顾全年

覆盖白雪的房子。

在他出发前，幽灵问主人：

---

① 蒙古（Mogol），指十六世纪蒙古人后裔在印度北部建立的莫卧儿帝国。

LES SOUHAITS. Fable CXXX.

"有人强迫我离开你们，

我不知道是为了什么过失，

但毕竟判定了，我只是拘留

短时间，一个月，也许一星期。

你们起三个愿望吧，因为我能

使三个愿望实现，但

不能超过三个。"许愿，

对于人类并非新奇事。

他们第一个祈愿要求富足，

满手富足地

将现金流入他们的箱子，

麦子流入仓库，酒流入地窖。

如何处理这笔财产呢？

他们有的是账册，细心，时间！

但他们碰到不可思议的阻碍。

一切却破灭了。

小偷成群地反对他们，

大领主向他们借钱，

国王要他们纳税。现在可怜的人

由于命运的过分而不幸了。

他们彼此说着："拿掉这些惹麻烦的

丰富财产，穷人是幸福的！

贫穷要比这样的富裕好。

财富，你退去吧！遁逝吧！而你，女神，

善良心性之母，休息之伴侣，

哦！平凡，快点回来。"说完此话，

平凡回来了，他们给他安插好位置，

他们感激地回家，

在两个愿望之末，他们

还有机会，他们总是

希望幻想消失，

以便有时间好好处理自己的事。

幽灵对他们笑了。

当他离开时，

利用他的慷慨，在这一刻，

他们要求智慧：

这是丝毫不受阻挠的财富。

七、狮子宫廷
（*La cour du lion*）

一天，狮王陛下想了解一下

上天赐它统辖的几个国家。

因此，很自然地

它要几位臣僚前来，

并将戳上印玺的

一封文件

送至各处。文件说明

在国王主持御前会议

的一个月间，

要召开一个大的庆祝会。

由于这些冠冕堂皇的因素，

狮王施展了它的权威。

它在卢浮宫里招待它们。

好一个卢浮宫，其实是一处真实的坟场，

一股怪味道立即冲入众人鼻孔。熊闭紧鼻子，

因为它无法忍受这气味，

熊面露难色，愤怒的暴君

一下子送它至冥府挑剔去。

猴子很是欣赏这种严肃气氛，

并且过分取悦地赞美狮王的

毒手与愤怒。认为洞穴的怪味，

既不是龙涎香，也不是花香

所能比较的。它这种愚蠢的奉承

也遭到厄运，受到同样的惩罚。

这位狮王阁下

LA COUR DU LION. Fable CXXXI.

就是卡利古拉 ① 的祖先。

狐狸靠上前，狮王问它："哎！

告诉我，你闻到什么？不许隐瞒。"

狐狸马上道歉，

推脱说它染上重感冒，无法

直接说出来。总之，它捡回一条命。

由这里你该获得一个教训：

如果你想快乐，最好不要待在宫廷，

不要做低级的谄媚者，不要做太真实的说话者，

有时候要勤于用诺曼底语回答。

---

① 卡利古拉（Caligula，12—41）为罗马皇帝（37—41 年在位），因妹妹及情人死去而深觉生存无意义，想出残酷血腥的统治手段，最后发疯被人民起义杀死。

八、秃鹰与鸽子

（*Les vautours et les pigeons*）

以前战神到处制造骚动。

由于某些原因而使得鸟类

发生争执：不是春天之神，

带到庭院的树荫下的典范，

不是以洪亮的声音，

使爱神维纳斯唤醒我们，

也不是爱情之母 ①

派她拉车子的鸟类 ②。但是秃鹰 ③ 一族，

以其利喙锐爪，

弄死一只狗，这也就是战争。

它以血为乐，我并无夸张，

如果我一点一点地

全盘细述，我会喘不过气来。

许多首领死去，许多英雄断气，

在普罗米修斯 ④ 的岩石上，希望

不久即可看见他结束痛苦 ⑤。

那是观察它们努力的快乐，

那是眼看死者倒下的同情。

勇敢、灵巧、诡计、奇袭

都应用得上。被激怒的

两族丝毫不避免

任何增浓气氛的方法。

所有因素弥漫着

---

① 爱情之母，指爱神维纳斯。

② 指鸽子。爱神维纳斯的车子由鸽子驾驭。

③ 秃鹰（vautouro），或译作秃鹫。

④ 普罗米修斯（Prométhée），神话中盗火的天神，遭宙斯（朱庇特）罚困巨岩（Caucasus）上，让鹰（秃鹫）啄食其肝脏。

⑤ 在此有双重含义：最后一只秃鹰死去与普罗米修斯惩罚的结束。

LES VAUTOURS ET LES PIGEONS. Fable CXXXII.

有着阴沉王国及广大围墙的市民①。

这股激情，在内心温柔忠实，

交颈的另一族② 中

产生了同情。

它利用调停

以便协议此一争端。

由鸽族中挑选的

大使，如此努力，

促使秃鹰不再争斗。

它们停战，随后和平了。

唉！这要依赖

懂得感激的一族。

不久，恶劣的一族追击

所有的鸽子，扩大屠杀，

使得它们在近郊与田野锐减。

这可怜的一族很少细心地

调和如此野蛮的一族。

总要分裂这一群恶徒，

大地其他部分的安全

依赖着它们。在它们间散播战争，

不然你们就得不到和平。

这是附带要说的。我沉默无语。

---

① 指鹰族。
② 指鸽族。

九、马车与苍蝇
（*Le coche et la mouche*）

崎岖斜坡的砂石路上，

阳光普照，

六匹壮马拉着车子①。

妇人、僧侣、老头子都下车，

骈马流着汗喘着气，筋疲力尽。

一只苍蝇飞来，马群趋前，

请求以嗡嗡声来鼓舞它们，

苍蝇叮这匹，咬那匹，不停地

去使轮子转动，

有时坐在马车的辕木与前端上，

也停在前进的车子上，

苍蝇看到人群在走路，

认为自己是唯一的功劳，

愈走愈起劲，

俨然自己是前线的指挥官，到每个据点

查巡手下并催促胜利的来临。

这只苍蝇，在如此普通需要的场合，

独自埋怨，自己担负了一切困难，

没有谁帮忙拉车。

僧侣以圣经的口吻说：

"马车不费吹灰之力。"一位妇人喃喃道：

"它动摇得如同一支好听的歌！"

苍蝇贵妇②飞到马耳朵上，

做出百种同样的蠢事。

终于，马车抵达山上，

---

① 车子（coche），指驿站马车。

② 苍蝇，系阴性名词。

LE COCHE ET LA MOUCHE . Fable CXXXIII .

苍蝇立刻说："现在休息吧！

我费了那么大力气，总算到了平坦的地方。

那么，诸位马先生，付我代价吧。"

同样的，有某些人介入事情后，

尽了绵薄之力，

就以为自己显得特别需要，

也特别令人讨厌。

一〇、卖牛奶的女人与牛奶罐
(*La laitière et le pot au lait*)

贝尔德，把头上的牛奶罐

平稳地放在垫子上，

她认为可以顺利地到达城里。

这天，为了大步迈前，方便走路，

她穿着短而轻的上衣，

配合简单的短裙与平底鞋。

我们这位卖牛奶的女人，

脑海中已经有了一幅新的构想，

如何去使用牛奶到城里换得的所有代价。

买一百个鸡蛋，分三次孵卵，

这件事依她的勤快照料，将可以做得很好。

她说："在家里饲养小鸡

是相当容易的事。

不管狐狸如何能干，

也无法把连买一只猪的本钱都吃掉。

养肥些的猪比较值钱，

当我养到差不多大时，

把它卖出去，我就有了更多更好的银子。

我有了牛棚，

就可以养一头母牛和小犊，

那么，我将可以跳进牛群间了。"

贝尔德太高兴，跳了起来，

牛奶倒了，小牛、母牛、猪、鸡全都泡汤了。

这些财产的女主人，露出懊恼的眼神，

她的好运全都消失了，

她回去向丈夫道歉，

受到丈夫一阵毒打。

这篇滑稽的故事就这样结束，

LA LAITIERE ET LE POT AU LAIT. Fable CXXXIV

人们称它为牛奶罐。

哪个人不追逐梦想？

哪个人不在空中筑楼阁①？

比克克尔②、皮洛士③、卖牛奶的女人，

甚至每个人，聪明或愚蠢都同样的。

每个人都醒着做梦，

没有比这更令人神魂颠倒的，

因为一幅愉悦的幻象呈现眼前：

世界的全部财产，全部光荣，

全部女人，都属于我们。

我是独一无二的，我成了最勇敢的人。

想得更深入时，我将推翻萨非④，

人们推选我为王，全国人民都爱我，

王冠一直在我的头上闪耀。

当我回到现实时，

同以前一样，我仍是个笨约翰⑤。

---

① 此则谚语出现于法国中古的韵文故事集《玫瑰故事》。
② 比克克尔（Picrochole），拉伯雷笔下的英雄，梦想征服罗马。
③ 皮洛士（Pyrrhus），古希腊伊庇鲁斯的国王，也想征服罗马但未成。
④ 萨非（Sophi），波斯国王。
⑤ 约翰（Jean），是愚蠢乡下人的特称。拉封丹的名字也叫约翰。

一一、教士与死者

（*Le curé et le mort*）

一个死者忧戚地走着，

想定居于他的最后住所；

一位教士高兴地走着，

想尽快安葬这位死者。

我们的死者由马车① 载运，

周密依礼地躺在棺材里，

穿着袍衣，可怜这寿衣，

不管冬夏，

死人都不会脱下。

牧师站在一旁，

按惯例朗诵

许多虔诚的祭文，

圣歌与诫词，

经文与祝词：

"死者先生，让我们做这些

人们为服侍你的所有方式；

只要付出代价。"

冉·苏阿荷② 先生盯着死人的棺材，

一如强夺珍贵的宝物，

那眼神似乎在对死人说：

"死者先生，我从你那儿

取得许多银子，许多蜜蜡，

那是许多零碎的代价了。"

他打算用这银子

买最好的酒，

① 马车，专指华丽高贵的四轮马车。

② 冉·苏阿荷（Jean Chouart），或译作约翰·苏阿荷，系拉伯雷《雄辩术》中的角色。

LE CURÉ ET LE MORT. Fable CXXXV.

也可为文雅的侄女

及其婢女帕格特

买短裙。

在这愉快的想象中

突然发生了激烈的冲击，柩车四分五裂。

这时冉·苏阿荷先生

被死者棺木击中，打裂了头。

教区的人把教士放进铅棺，

我们的教士跟了他的施主（死者），

两人携手走上了天堂。

我们的一生真的就像

依赖着死人的苏阿荷先生

与牛奶罐的寓言。

一二、跑在命运后面的人与在床上等待的人

（ *L'homme qui court après la Fortune, et l'homme qui l'attend dans son lit* ）

谁不跟在命运后面跑？

我在一处地方，能轻易地

静观讨厌的人

他们从一个王国到另外一个王国

白费心力地找寻命运之女，

他们是轻浮幽灵的忠实亲信。

当好运道就在他们身旁时，

却下不定决心，眨眼间，希望错过了。

可怜的人，我为他们惋惜，因为

人们对这些疯子的同情多于愤怒。

他们说："此人曾是种白菜的，

现在成了教皇①，

我们不愿如此吗？"你们强过他们百倍，

但是你们发挥才能了没？

命运之神她②有眼睛吗？

教皇的权位是我们所舍弃的，

休息呢？休息，如此珍贵的财宝

众神将之分配掉了吗？

命运之神绝少对主人厌倦。

不要找寻这位女神，

她自己会找寻你。

在小镇定居的一对朋友

拥有些许产业，一位不断地对

命运叹息。某日，他对另一位说：

"我们离开居所，怎样？

---

① 教皇是乞丐、渔夫、补鞋匠或牧羊人的儿子，没有一位是园丁。

② 命运之神系阴性，下同。

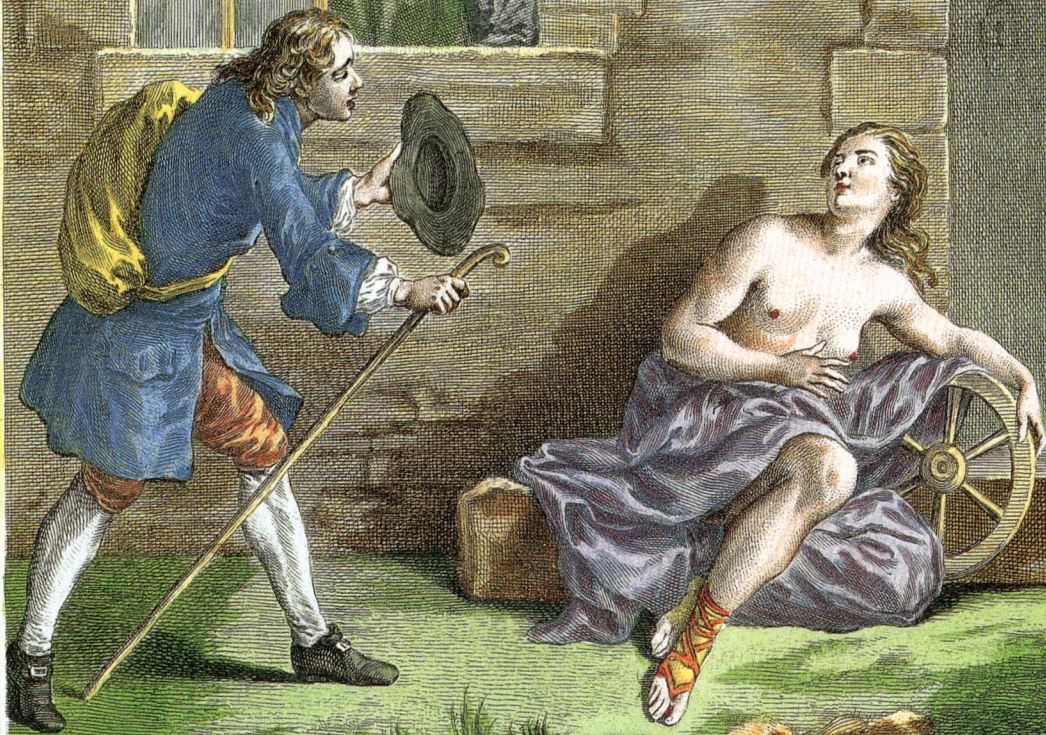

L'HOMME QUI COURT APRES LA FORTUNE ET L'HOMME QUI L'ATTEND DANS SON LIT. Fab. CXXXVI

你知道，没有一位先知

是留在家乡的。到别处找寻我们的奇遇吧！"

另一位朋友说："你去找吧，

我不希求更好的命运与风土。

安分点吧，顺顺你浮躁的脾气以后，

请尽快回来。我发誓

到时我正睡着觉等你。"

这个颇具野心的人，或者贪婪的人，

他想到处奔波。

翌日，他抵达

古怪女神常去的地方，

这地方，就是宫廷。

在那儿，他花些时间弄好住处，

安顿好起居，在此时刻内，

他觉得相当不错。

总之，找遍各地，什么地方也没去成。

他自语："会是这里吗？最好到别地方找找，

虽然命运之神可能住在此地。

我却整天进进出出地寻找不到她。

我不能应付这种不知

来自何处的异想天开吗？

人们对我说得好，此地的人

常常不喜欢野心勃勃的人。

再见，宫廷先生们；宫廷先生们，再见。

就跟随一个令你愉快的影子走吧。"

有人说："命运之神在苏拉特^①有一座殿堂，

到那儿去吧。"他也加入了。

那人必是

因钻石的诱惑，

---

① 苏拉特（Surate），印度西部的城市。1669 年，柯尔贝尔（Colbert）设立一家银行。此城是莫卧儿帝国向西发展的门户。

敢于冒险到深渊去。

在旅途中，他

回望自己的村子许多次，

经历海盗、风景、平静、峭壁，

几乎濒临死亡。吃尽苦头，

他们来到遥远的边界找寻。

这个人来到蒙古，有人对他说

命运之神在日本分配了她的恩典，

于是他又跑去那里。海水倦于

运载他，他在长途旅行中

所获得的结果，

也就是野蛮人告诉我们的这教训：

住在你的家乡顺其自然地受教育。

在日本不会比这个人在

蒙古要来得幸福。

这就是他离开村子

最大错误的整个结论。

他放弃了可憎的旅程，

回到家乡，远远看到家园，

高兴得哭着说："幸福的人是在家乡生活的，

克制欲望，尽自己的本分。

借着听说，他只知道

那是宫廷、大海、帝国，

命运使得高官厚禄从

我们眼前晃过，直到世界尽端

而无先前答允的结果。

从此，我不再离家了。"

体会出这个结论以后，

且对着命运给予的建议，

他看到命运就出现在

他那酣睡朋友的门口。

一三、两只公鸡

（*Les deux coqs*）

两只公鸡原本和谐地生活着，

一只母鸡跟进来，引燃了战火。

爱情，你毁灭了特洛伊城，也是你

引起这场严重的争吵，

以至于克荣特河 ① 水染了众神之血。

两只公鸡间的战斗长久地僵持着。

争吵声波及四邻。

簇拥鸡冠的一族跑来看这光景。

有美丽羽毛最具海伦气质的

就是胜利者所得的代价，失败的一方退出。

它躲入隐居处。

为自己失去的名誉与爱情而暗泣，

因它的败北，敌对者骄傲的爱情

支配着它的双眼。它整日看着

这件事，再度燃起愤怒与勇气。

它磨砺啄，两翼拍打空气，

朝四面的风锻炼，

且以狂烈的嫉妒武装自己。

它并不需要如此。胜利者栖息于

屋顶，歌唱凯旋。

一只秃鹫听到歌声，

爱情与光荣都泡了汤。

所有的骄傲消失于秃鹫的锐爪下。

最后，注定的变化，

围绕鸡的情敌，

顺理获得了这只漂亮的小姐。

---

① 克荣特河（Xanthe），位于小亚细亚半岛，流入地中海。

LES DEUX COQS. Fable CXXXVII.

这几回，命运是如何捉弄。
傲慢的胜利者因失败而起了变化。
我们要接受命运挑战，战斗成功后，
我们更要提高警惕。

一四、对命运忘恩与非义的人

(*L'ingratitude et l'injustice des hommes envers la Fortune*)

一位商人在海上幸运地发了财。

若干次的旅行中，他克服了风险，

深渊、暗礁、峭壁，都不曾

索取到他的任何货物。命运使他顺利，

每当阿特洛波斯①的同伙们与海神②

收取权益时，命运女神却

细心地引导他的货物到良港去。

代理商、会员，每位对他都很忠实。

他贩卖烟草、糖、肉桂③

还有瓷器。

丰富与运气增多了他的财富，

总之，他高兴于自己的腰袋。

人们对他家只称说双金④

与拥有狗、马、四轮马车的人，

他的大斋就是酒宴。

他的一位朋友看到如此的盛宴，

就对他说："何来如此好的家常便饭呢？"

"我的机智由何而来？

归于我自己，我的小心和适时

冒险的才能，并且善加存放银子。"

利润对他来说似乎是件相当快意的事，

他以既有的利润做新的冒险，

可是这次并未如其所愿。

原因在于他的粗心：

---

① 阿特洛波斯（Atropos），司命三女神之一，另二位为 Clotho, Lachésis。

② 海神（Neptune）。

③ 肉桂（cannelle），印度产。

④ 双金（doubles ducats），达克特（ducat）是一种古金币，此二字系这位商人住宅的代称。

L'INGRATITUDE ET L'INJUSTICE DES HOMMES ENVERS LA FORTUNE. Fable CXXXVIII.

一条装备简陋的船初航时失事，

另一条船因疏忽必要的武装，

被海盗袭击，

第三条船虽安然抵达港口，

却没有销路，不像从前

再有那样的丰富与运气。

最后，那些代理商骗了他。

而他还是照样大吃大喝地喧哗，

大肆娱乐，大兴土木，

一下子他变穷了。

他的朋友在差劲的马车上看到他，对他说：

"你的财富都到哪儿去了？""唉！都是命运。"

另一位说："算了吧，要是命运不会

使你幸福，至少该让你聪明些。"

我不知道他是否相信这项建议，

但是我知道在同样的情况下，每个人

都爱把自己的幸运归于才能，

如果我们的过失导致了挫折，

我们便会责怪命运。

事情在这方面没有更平凡的：

好的，是我们做的；坏的，则是命运；

人总有道理，而命运 ① 总是错误。

---

① 本诗中，译词"命运"，原文分别有"la Fortune""le sort"及"le destin"。最后一行用"le destin"，倒数第二行用"la Fortune"，倒数第四行用"le sort"。

一五、魔法师

（*Les devineresses*）

观念常是偶然产生的，

而此观念往往造成风行。

我能为各阶层的人士

解说这句开场白：一切都是偏见，

阴谋、顽固，完全不是或极少是正义的，

这是激流，怎么做呢？该有自己的航道。

过去是如此，将来也是。

巴黎一位妇女成了女巫。

人们前去向她请教每一件事，

诸如：遗失一件破衣，有没有情人，

丈夫太迷恋妻子，

母亲恼火，妻子吃醋。

他们跑到女巫家中，

以便得知他们所期望的。

这女巫的要领在于狡狯，

利用一部分技术名词及大部分的厚脸皮，

有时碰运气，恰巧一切都能符合，

因为一切正好常常造成奇迹喝彩。

即使二十四分之二十三[①]是外行，

她仍被看成是神[②]。

这神供奉在阁楼里。

在那儿，女巫的钱袋满满的，

却不知道利用其他的方法

来提高丈夫的地位。

她买下一间办公室和一间房子。

---

① 二十四分之二十三（vingt et trois carats），以金的纯度计算。

② 神（oracle），此处仅指神的感应，答人问者，而非平常所称天上的神。

LES DEVINERESSES. Fable CXXXIX.

现在，阁楼换了

一位新女主人，仍然挤满了来自全市的

妇女、女孩、仆人、大人物等，

他们跟以前一样探问命运，

这阁楼变成巫婆之洞①。

先前的臭女人②使这地方风行。

现在这个女人花招好，甜言蜜语地说：

"我？能占卜？笑话！

我识字？我曾学过字母？"

毫无理由的，她想利用预测与预言，

聚敛许多金币，

赚取比两位律师更多的钱。

还利用家具与装备从旁协助：

四张跛脚椅、一只扫帚。令人感觉出

夜半会议③的神秘气氛与神灵的化身。

后来这个女人如果在四壁贴有

花纸的房间说真话，

人们就会嘲笑她，这种风行

仍在阁楼里。阁楼才能得到信任。

先前的那个女人追悔莫及。

招牌引来顾客。

我在宫殿前看过衣衫褴褛

大赚其钱的人，这些人扮演

这类大师，在他背后拉住

勉强的观众。

---

① 巫婆之洞（l'antre de la Sibylle），Sibylle 为希腊神话中女巫的通称。

② 臭女人，含讽刺之意。

③ 夜半会议（Sabbat），中世纪传说，指魔法师在星期六夜半会议造成的喧哗。

一六、猫，黄鼠狼与小兔

（*Le chat, la belette et le petit lapin*）

一个美丽的清晨，年轻兔子的宫殿

被黄鼠狼夫人 ①

占去了，它够狡猾的。

主人不在，这当然是轻而易举的事。

它搬了灶神住下，这天，

曙光降临它家庭院的

唇形花与露水间。

吃吃草，散散心，兜兜圈之后，

兔子回到它地下的居所。

黄鼠狼正把鼻子贴在窗户。

被赶出祖产的动物说：

"好客的神啊！我看到了什么？

喂！黄鼠狼夫人，

你要溜走呢，还是

让我去通知所有的老鼠来对付？"

这位贵妇竖尖鼻子，表示

这地方是它第一位占有的。

它说："我只是爬着进来的，

一个住所已变成了争斗的好原因。

万一这就是王国，

我很想弄清楚什么法律

总是将王位让渡给

约翰、彼尔或居劳的儿子或侄子，

而不让渡给保罗或我！"

兔子约翰 ② 照惯例陈述一番，它说：

---

① 黄鼠狼系阴性名词。

② 约翰，兔子的名字。

LE CHAT, LA BELETTE ET LE PETIT LAPIN. Fable CXXXX.

"这些是它们的法律，证明

主人与领主送的，它们父子关系，

从彼尔到西蒙再到我约翰，一脉相传。

第一位占据的就较有法律上的权利吗？"

黄鼠狼说："好吧，不用再叫了，

我们去找拉米纳果毕 ①。"

那是一只猫，虔诚的隐士，

俨然是君子的猫，

猫中的圣人，健壮的法官，

任何情况的仲裁专家。

兔子约翰同意去裁决。

它们两个来到了

至高的法官面前。

格利普米诺 ② 说："孩子们，靠近点，

靠近点，我聋了，年纪大的缘故。"

一个一个靠过来，没有畏惧。

到了触手可及之时，它看着这两位争讼者，

格利普米诺，这位伪善者，

同时向双方伸出锐利的爪子，

将这两位同意起诉的，一个一个吃掉。

这样好像对争端有提醒作用，有时候

也可以适用于小国王与国王。

---

① 拉米纳果毕（Raminagrobis），猫族的王子，拉伯雷著作中的角色。

② 格利普米诺（Grippeminaud），拉伯雷笔下猫法官的亲王。

一七、蛇的头与尾
(*La tête et la queue du serpent*)

蛇有与人类为敌的

两部分：头与尾。

这两部分

挨靠着残酷的命运三女神

享有盛名。

以前，二者间

为了走路

发生了很大的争执。

头经常是走在尾的前端。

尾就向上天抱怨，

说：

"我随它高兴

走了很多英里路，

它以为我是可以这么利用的吗？

我是它卑微的仆人。

谢天谢地，上天本是要我

成为它的姊妹，而非女仆。

我们两个流着相同的血液，

也请以同样的方式对待我们吧，

同它一样，让我

携带迅速而强力的毒药①吧。

最后，这是我的请求：

请你下达命令，

轮到我

在姊妹头部的前端。

我会好好地领导它，

---

① 十六世纪的自然科学家认为毒蛇的毒药由尾部形成，且尾部能长出牙齿。

LA TÊTE ET LA QUEUE DU SERPENT. Fable CXLI.

不会让它有所怨言。"

为了这些誓词，

上天用一种残酷的仁慈答应了尾的请求。

他的谦和经常造成危险的事实。

它对盲目的希望装聋。

当时它并不知如此，而这位新向导

在大白天也跟在炉灶中一样，

看不见东西，

时而撞上石板，

时而撞上路人与树干。

它引领自己的姊妹笔直地撞入史蒂斯河。

在错误之下，跌进不幸的国度。

一八、月亮里的动物

(*Un animal dans la lune*)

当一位哲学家 [①] 坚信

人类常被他们的哲学意义愚弄时，

另一位哲学家 [②] 则肯定

他们并没有欺骗我们。

这两位都有道理。当哲学

说意义骗人等于人类被意义愚弄时，

哲学就是真的；

同样的，如果我们推远一点，

在大约中间的位置上，

以感官和以工具来矫正物体的想象，

那些意义就没有欺骗任何人。

大自然很明智地安排这些事，

将来有一天我会广泛地说出个道理来 [③]。

我观看太阳，它的外貌如何？

在地上看，这个大物体不过一米长，

但是，如果我在它的居地高高看它，

在我眼中，它会是大自然的眼珠吗？

它的距离使我判定它的伟大，

从角落与两侧，我的手可以决定。

无知的人认为它是扁平的，

但我使它的圆形增厚，

我使它静止，而地球运转。

总之，我否认人们认定

关于地球与太阳所组成的体系，

① 指德谟克利特（Démocrite，前 460—前 370），古希腊哲学家，有人称为"微笑哲人"。出生于爱琴海边色雷斯
　（Thrace）的阿波岱城。见第八卷第二十六首。

② 指赫拉克利图斯（Héraclite，前 540—前 480），古希腊哲学家，有"哭的哲学家"之称。

③ 指拉封丹撰述哲理诗的企图。

UN ANIMAL DANS LA LUNE. Fable CXLII.

这意义不会因错误而妨碍我。

我的心灵，在整个场合，

会揭穿掩在外表下的真貌。

我丝毫不同意

我的视觉，它可能略嫌急躁，

也不同意听觉，它传声太慢。

当水弄弯木棒①，我的理智将它弄直，

理智做重要的决定。

我的双眼，靠着这个帮助，

从不骗我。

如果我相信他们的报告，那错误就太普遍了，

一个女人的头就在月亮里。

她可能在那里吗？不。这想象由何而来？

某些不均匀地方，因为太远而造成这项事实。

月亮里没有一处像平坦的表面，

有些地方凹凸不平，有些较平，

黑暗与光明可能常常描绘出

一个人、一只牛或一头象的影像。

不久前，英国人就在那里看见相同的事物。

从望远镜看去，发现一只奇怪的动物

出现在这座美丽的星球上，

每个人都会惊叫起来。

它抵达上面，必然

预兆着一次大事变。

谁知道强国介入战争②

这不就是事实吗？国王③跑来说

他以国王身份热爱这些高级的知识。

轮到月亮里的怪物出现了。

---

① 光的折射作用导致水中木棒弯曲。

② 指 1672 年法荷战争（法国路易十四发动）。

③ 指英王查理二世（Charles II，1630—1685），他设立伦敦皇家学院，负责科学工作。

那是一只躲在玻璃间的小鼠，

在望远镜里看却是战争的起源。

有人笑了。幸运的人！何时法国人

同你们一样，也全然献身于这些工作？

战神要我们聚集光荣的丰收：

那是我们的敌人，害怕战斗，

是我们在寻觅胜利，

是路易的情人，在到处跟踪。

历史里，他的功绩使我们恢复威名。

记忆之女^①同样

不离开我们，我们享受快乐：

和平造成我们的愿望，而不是叹息。

查理二世懂得享乐：他知道在战争中

阐扬它的本义，且引导英国

直到今日，得享安宁状态下的游乐。

同时，如果他能平息争论，

将是多么值得称赞！有谁比他更值得尊敬？

奥古斯都^②的一生比不上

恺撒^③初期的卓越军功吗？

哦！太幸福的人！和平何时重现，

使我们同你们一样，能全部专心于美术？

① 记忆之女（Les Filles de Mémoire），指九位缪斯（诗神）。
② 奥古斯都（Auguste，前63—14），罗马帝国的贤君，统治期间（前27年到其死亡），替罗马人民带来和平。
③ 恺撒（Jules César，前110—前44），罗马帝国统治者，本诗中象征战争与侵略。

卷八

一、死神与将死的人
(*La Mort et le mourant*)

死神[①] 不会让智者措手不及，

他[②] 随时准备动身，

他事先知道自己

何时该消失于路途中。

唉！这时刻紧跟着任何时间，

以至使人们每时每刻都在享受着，

他毫不知情地坠入

命定的死亡，万物都在死神辖内。

王子们因阳光而眸眼的

最初一刻

就是偶然，

永远闭上眼皮之时亦如是。

让伟大保卫你，

陈述美丽、道德、青春，

因为死神无耻地强夺一切，

终有一天，整个世界会增加死神的财富。

至少他不会是无名的，

虽然我说他

一无准备。

一位将死的人，算算已活了百来岁，

他埋怨死神太仓促，

强迫他立刻动身，

事先没有通知他，

也等不及立好遗嘱。他说：

---

① 死神，系阴性名词。

② 指智者。

LA MORT ET LE MOURANT. Fable CXLIII.

"突然死去合理吗？等会儿，

我的妻子不愿我独个走，

曾孙还没做他应该做的，

允许我再添个厢房。

你太急迫了，残酷的女神！"

死神回答："老头子，我一点也不紧张，

你无端地埋怨我的急躁，

啊！你不到一百岁吗？你帮我找找

在巴黎有没有两位死人这么老，

在法国有没有十位死人这么老。

你说我应该通知你

让你安顿一些事吗？

我发现你的遗嘱立好了，

曾孙也能自谋生计了，楼房也完成了。

怎么说我没有通告你呢？

行动的、运动方面的因素，

精神的、感觉的，

这一切你已逐渐丧失，

你已不知味觉，耳朵也听不见，

一切事物对你都已不存在，

对你而言，阳光是多余的，

你后悔不能再摸摸财产。

我让你看看你的伙伴

或死者，或将死的人，或病人，

他们有哪个曾接到通知的？

走吧，老头子！不用辩驳。

不管到哪个国度，

你都立好了遗嘱。"

死神有道理。我想在这年岁

离开人生一如离开宴席，

感谢主人，然后整理行囊，

因为谁能够耽搁多少旅程呢？

老头子，你嘀咕！看看死去的年轻人，

看看上路的人，看看奔跑的人，

对死者而言，是真的，自豪的，美好的，

虽然残酷些，毕竟已肯定。

我唤过你，但我的热情无益，

因为最像死者的人死得最遗憾。

二、修鞋匠与金融家
(*Le savetier et le financier*)

一位修鞋匠从早到晚唱着歌，

看起来真过瘾，

听起来也很过瘾。他做的工作

要比希腊七贤士之一来得好。

相反的，他衣着华丽的邻居，

唱得少，睡得也少。

他是一位金融家。

如果天刚亮，他还在睡觉，

修鞋匠的歌声吵醒了他，

这位金融家就会抱怨

上帝的关怀

不曾像吃喝的东西一样，

可以在市场买到睡眠。

在府邸，他唤来这位歌者，

对他说："你好！葛列瓜先生，

你一年赚多少钱？"快活的修鞋匠

嗤笑着说："一年，天啊！先生，

这不是我谋生的计算方式。

我不是一天一天地

累积金钱，只要努力谋生到

岁末就行，

每天有每天的面包就可以。"

"那么，告诉我，你每天赚多少钱？"

"有时多，有时少，坏的情形是，

（没这情况的话，赚的钱是够用的），

坏的情形是，一年里

必须牺牲一些日子，用来做庆典。

一个庆典又妨碍着另外一个庆典，

LE SAVETIER ET LE FINANCIER. Fable CXLIV.

而教士先生

总是拿新圣人的事迹来做他的训诫。"

金融家天真地笑着，

对他说："今天，我要让你坐到王位上。

这一百银币 ① 你拿去，好好地保管，

需要时可以使用。"

修鞋匠回到家里，把银子存放在

地下室，兴奋不已。

至于歌唱，他已失去了声音，

当他工作时，引起了烦恼。

睡眠离他而去，

他忧虑，猜疑，

过分紧张。

整天，他带着窥伺的眼睛守着他的钱，

而夜晚，如果某只猫惊起声响，

他就拿紧银子。最后，这位可怜的人

跑到不再被他吵醒的人家里去，

对他说："还给我歌声与睡眠，

取走你的一百银币吧。"

① 值三百金法郎，原文为一百个埃居（écus）。

425

三、狮子，狼与狐狸
(*Le lion, le loup et le renard*)

一只患风湿症的老迈狮子，不便行动，

派人去找老人药。

向国王推脱不可能，是种错误。

狮子在各种动物里，

召唤医生，它精于此道秘诀。

从各地区来的医生赶到狮王前，

围绕着它，提供药方。

这些被邀的访客中，

只有狐狸谢绝，且默不作声。

狼就献媚起来，对躺着的国王

嘲笑同伴的缺席，君王立刻

派人到其住处向狐狸熏烟，

把它带来。狐狸来了，

它知道是狼搞的鬼，就对国王说：

"大王，我怕小诚意的报告

不足以帮我解决

对大王尊敬的困难。

但是我正在上香

为您的健康许愿。

同时，在旅途中，我看到

一位有学问的专家，他说陛下

您的孱弱可能只是由于

缺乏热气。

年岁太大耗损了热气的缘故。

所以您只要活生生剥下一层粘贴的皮肤。

是那种会热气腾腾的冒烟的皮肤，

无可置疑地，这秘密

对于衰弱的体质颇具成效。

LE LION, LE LOUP ET LE RENARD. Fable CXLV.

就请狼先生提供您一件睡袍吧。"
狮王赞同这项意见，
狼先生就被剥皮、剖割、
宰杀。君王吃了一餐。
还以它的皮裹身。

诸位谄媚者，停止毁灭你自己吧！
如果你有把握献媚而不会伤害你，
祸患将会以四倍的分量回报你。
毁谤者有他们另一个方式的诡计，
这一生中，你是无法赎罪的。

四、寓言的影响力

（*Le pouvoir des fables*）

——献给巴利邕先生 [1]

大使的品质

能低于通俗小说吗？

我能向您提供我的诗篇及其细腻的风韵吗？

如果它们偶尔出现雄伟之风，

那不是也受了您的影响吗？

我必定有

比兔子更重要的事。

读读它们，或不读它们，

但请阻止他们将整个欧洲

放在我们的臂膀。

让地球上的千百个地区

与我们为敌。

我同意这个，但是英国

希望我们两个国王结成盟友，

我很难忍受此事。

路易会满足吗？

哪一位赫拉克勒斯会不觉厌倦地

与这条多头蛇 [2] 战斗呢？他该

以其臂力对抗一颗新头？

如果你的心智由于口才与灵敏

而充满顺应能力，

能缓和勇气与改变这次打击，

我为你供上百头绵羊作为祭品，

---

① 巴利邕（Paul Barillon，1630—1691），法国外交家，1677 年 9 月至 1688 年出使英国。拉封丹此诗写于 1677 年末或 1678 年初。巴利邕的爵位是侯爵。

② 多头蛇（hydre），或谓雷仑（Lerne）湖的多头蛇（法文字典谓七头，英文则谓九头），是大力士赫拉克勒斯十二项武功之一。

LE POUVOIR DES FABLES. A M. DE BARILLON. Fable CXLVI.

对巴拿斯山的一位神祇来说，这太隆重了。

同时，容许我

以此素香献礼。

献上我赤诚的许愿，

与此时题献给你的这篇韵文童话。

主旨会让你同意的，我不再多说，

在令人羡慕的赞词上，

应该供认你是尽责的，

你不企望有人支持。

从前，雅典城内，人民虚荣轻浮，

一位演说家 [1] 眼看国家如此危险，

便跑到一座讲台上，以残忍的技巧，

希望加强共和国人民的勇气。

他以一般敬意侃侃而谈，

但没有人听他的，这位演说家

用最激越的形容，让死者从地下出来说话，

以便煽动最愚蠢的人。

他咆哮如雷，尽其所能地说。

风吹走一切，没有人感动。

脑袋轻浮的动物，也丝毫听不进这些话。

所有的人即使会为孩子的吵架停下脚步，

也不会为自己的演说驻足而听。

这位演说家 [2] 怎么办？

他采取了另外一种方法，

他开始说："色列丝 [3] 一天和

鳗鱼及燕子去旅行，

---

① 《伊索寓言》中指戴马德（Démade，雅典演说家，死于公元前 381 年）。但拉封丹则指为戴摩斯甸（Démosthène，约前 384—前 322），是雅典最著名的演说家。

② 前述演说家，原文 "Orateur"，此处为 "harangueur"，含有恶意。

③ 色列丝（Cérès），罗马神话农业女神，相当于希腊的 "Déméter"。

一条河挡住了它们，鳗鱼以游泳的方式

如同燕子用飞的，

不久就渡过此河了。"突然，

集会上喊出一声："色列丝，她怎么办？"

"她做了什么？一股急躁的愤怒

首先使她对你们生气。

怎样！她的子民①被童话弄得骚闹不已！

在希腊人中只有她的子民

不关心威胁自己的危机，

你们何不问问菲利普②做了什么？"

听了这谴责，会场上的人才因

这比喻的话而清醒，

开始倾听演说家的话。

一篇寓言有其光荣。

我们全然处在雅典的重要关头上，

而我自己，此刻做这项道德的阐述，

如果"驴皮故事"③是我说的，

我会得到最高的快乐。

有人说世界太古老了，我相信，然而

它还应该同孩子一样欢乐。

---

① 农业女神色列丝或"Démétre"，在 Attique 有神殿。

② 菲利普（Philippe），即马其顿王，征服了雅典。戴摩斯甸的演说即针对此一危机而发言。

③ 驴皮故事，流传于古代，童话大师夏尔·佩罗（Charles Perrault, 1628—1703）于 1694 年记下，比拉封丹此诗稍晚。

五、人与跳蚤

（*L'homme et la puce*）

人类经常为了一些不当的理由

让神被讨厌的誓词弄烦了。

似乎我们头顶的上天

应该被迫不断地睁亮眼睛，

似乎连最小的致命一族①

每一步所做的，每件琐事

也都应该为难奥林匹斯山及其所有的神祇，

如同涉及希腊与特洛伊②。

一位傻子被跳蚤咬了肩膀，

跳蚤从被单的皱褶跳开。

这位傻子说："赫拉克勒斯，你应该好好

清除春天来临时的大地之水蛇；

朱庇特，你在高高的云霄，

不会为我复仇，消灭这一族吗？"

为了杀死一只跳蚤，他想命令

这些神替他准备雷电与木棍呢！

---

① 指跳蚤。
② 特洛伊战争时，奥林匹斯山的众神分成希腊与特洛伊两派。

L'HOMME ET LA PUCE . Fable CXLVII.

六、女人与秘密

（*Les femmes et le secret*）

秘密是无法隐藏的，

对于女人来说则更加困难。

有关此一事实，我知道

一大群男人都像女人那样。

为了试试自己的妻子，一天晚上，

做丈夫的挨近她，嚷道："天啊，这是什么？

我从不知道啊！有人陷害我！

怎么回事？我竟生了一个蛋！""一个蛋？"

"是的，就是这个，刚生下的，还很新鲜。

你不要传出去，否则人家要叫我母鸡了，

记住不要说出去。"

这个女人，对于此事

跟其他事情一样深感新奇，

她相信此事，且发誓保密。

但此誓言随着

黑夜的影子消失了。

这位轻率笨拙的妻子

在天刚亮时就离床，

直奔邻居的家。

她说："我的教母①，发生了一件怪事，

千万不要说出去哦，不然他会打我。

我家男人生了一个四倍大的蛋。

让上帝作证，你可不要

把这个秘密散播出去。"

那位说："你撒谎？你一点也不

了解我。走吧，别担心。"

---

① 教母（Commère）另有饶舌妇、长舌妇之意。

LES FEMMES ET LE SECRET. Fable CXLVIII.

生蛋者的女人回家去了。

另一张秘密通信①已经传达此消息了，

她跑到十个以上的地方去散播，

而且以三个蛋，代替原来的一个。

这还不算，因为另一位长舌妇

又把它说成四个蛋，且凑近耳朵谈论此事，

认为这不再是件秘密。

由于舆论，这些蛋

从一张嘴到另一张嘴，逐渐增多，

在日落之前，

已增加到一百个以上了。

---

① 秘密通信（grille），指这类暗中传递的用纸。在诗中即暗示那位长舌妇。

437

七、用脖子送主人午餐的狗

(*Le chien qui porte à son cou le diné de son maitre*)

我们没有一个眼睛忍受得住美人的魅力，

也没有一只手忍受得住黄金的诱惑，

因为很少有人相当忠诚地细心

去保管一笔财宝。

某只狗它负责用脖子

替主人送午餐。

它节制得甚至看到一餐美食

都引不起胃口

它就是这样。但如果要我们放弃接近

财产的企图，将是多么困难。

多奇怪的事！人们向狗学习节制，

而无法向人学习。

这只狗经过打扮①之后，

有一只路过的看门狗，想夺取午餐，

没有获得预期的满意结果。

送午餐的狗放下食物，

以减轻负荷便于防御。

大的战斗开始了。其他的狗也跟进，

它们都没有固定的住所，

在大街上掠食，对打架战斗向来毫不在乎。

我们的狗自知势单力薄，

午餐已有明显的危险，

它也想要拥有自己的一份。

聪明的它就对它们说：

"先生们，不要生气，我已满足自己的一份，

其余的作为你们的利益。"

---

① 打扮，指在其脖子上挂好主人午餐。

LE CHIEN QUI PORTE À SON COU LE DÎNÉ DE SON MAÎTRE. Fable CXLIX.

说完话，先咬了一块。

其余的也都去抢，看门狗，坏蛋，

互相角逐，它们享用整个佳肴，

每一只都分得了一份糕点。

我相信城市里

用钱 ① 支配人的这幅画面。

邑吏 ②、市长 ③

都会获不当之利，最善于此道者

会作为其他人的表率。如同

观看清理一堆金币的娱乐。

如果有廉洁的人士以轻佻的理由

想看好银子而说了最少的话，

有人就会认为他是傻瓜。

这不难显示出：

第一个掠夺者马上就到。

---

① 钱，原文"denier"，法国古币。

② 邑吏（échevin），1789 年以前，巴黎市设有四位邑吏。

③ 市长（prévôt des marchands），巴黎古市长之称，或译作商会总裁。

八、善笑的人与鱼
(*Le rieur et les poissons*)

有人想找寻善笑的人，而我，我却回避他们。

但这种技巧比其他的人更需要才能。

上帝只为傻子创造了

说无聊的俏皮话的人。

我可能在寓言中介绍

一位傻子，也可能

某人听我说过。

一位善笑的人与金融家

同桌，在他这边只有

小鱼，所有的大鱼都离得很远。

因此，他拿起这些小鱼，用耳语对着它说话，

接着，他以同样方式假装

倾听它们的回答。别人感到惊奇了，

他才停止动作。

这时，这位善笑的人以认真的语气

说他的一位朋友，

一年前前往印度时，

发生了海难。

因此，他向这些小鱼询问结果，

但是，它们回答说它们

还未到真正知道他朋友命运的年龄，

那些大鱼或许会知道得更多些。

"因此，先生们，我能不能挑大鱼问问？"

如果这位同伴，

只是为了娱乐的兴趣而说笑，

我很感到疑惑，但毕竟，他了解

以相当古老的怪物来替他解说

在不会回来的陌生世界里

LE RIEUR ET LES POISSONS . Fable CL.

寻找者的所有名字，

以及百年后深渊下可以看到的

大帝国的古人。

九、老鼠与牡蛎
(*Le rat et l'hûitre*)

一只老鼠，是田野主人，脑筋不太灵光，

某天，它厌倦了自己的故乡，

撇下田野、麦粒与麦束，

离开自己的洞穴，跑到别处去。

它一心只想到陋室的外面，

它说："世界多宽广多辽阔！

那边是亚平宁山脉①，这里是高加索。"

一些小土堆在它看来就是山。

几天后，这位旅人抵达一处僻静的角落，

海神在岸边留下许多牡蛎。

我们这只老鼠看到它们，

起先以为是船只过高的甲板。

它说："的确，我的父亲见识浅薄，

它不敢出游，担心走到世界的尽端。

至于我，我已看到了海上的帝国，

我行经沙漠，也没碰过浓雾。"

老鼠碰到这档事，就像乡下教师，

无理地越过它们，述说着，

一点都不像啃过书的老鼠们，

显得像一个十足的门外汉。

在那些闭紧的牡蛎中，

有一个张开来，朝太阳打呵欠，

以快乐柔和的舞步

一启一合，非常开心，

洁白丰满，看起来就是不一样。

老鼠远远就发现这个牡蛎，

---

① 亚平宁山脉，意大利境内的山脉。

LE RAT ET L'HUITRE . Fable CLI.

它说:"我看到了什么?这是口粮,
如果我不介意食物的颜色,
今天我将吃得够痛快。"
这样,鼠先生经验老到地
靠近贝壳,伸长脖子,
它却觉得掉进了陷阱一般,因为牡蛎突然
闭合贝壳,这是无知造成的。

这寓言富有教育意味:
我们初次获得
不属于我们圈子内的任何经验,
往往会出其不意地打击我们。
此外,我们由此能学会一个道理,
认为捉住了的有时反而会被捉。

一〇、熊与花园爱好者

（*L'ours et l'amateur des jardins*）

一只山熊，缺乏哺养，

遭命运之神遗弃在孤寂的树林中，

这位新的恨神独自生活躲藏。

它变得有点愚蠢，按常理讲

它必定不曾长期住在人群社会中。

说话是好的，沉默更好，

但这两种过分就不好了。

这只熊住的地方

没有其他的动物，

即使是熊，

它也会烦恼这种生活。

正当它陷入悒郁时，

不远处，一位老头子

也同样地烦恼着。

他喜爱花园，是花神的牧师，

也是果神的牧师。

这两样工作都好，但他渴望

一位温柔而沉静的朋友，

因为要不是在我的书中，花园是不讲话的。

一天，厌烦了同哑默人群①共同生活，

使得我们这个人想到乡下去。

那只熊也带着同样的念头，

离开了它住的山区。

出其不意地，他们两个

相逢在转弯的路上。

那人有点害怕，但怎么回避？怎么办？

---

① 指花园中的树木，花草。

L'OURS ET L'AMATEUR DES JARDINS . Fable CLII .

最好说说话来摆脱一下，

于是他消除了胆怯。

熊，是拙于恭维的，

熊只对他说："你刚看到我了。"另一位回答：

"阁下，你看过我家，如果我有荣幸，

请你到我家用个野餐，

我有果实，牛奶，这可能不是

熊先生您平常吃的，

但我一定倾尽所有来招待你。"

熊答应了，一同走。

在路上，他们成了好朋友，

到家时，两位显得更亲密。

尽管如此，这两个傻子

最好还是各自生活，

熊整天不说一句话，

人也闷声不响地做自己的事。

熊出去打猎，带回猎物，

熊的主要工作是做个

好驱蝇者，赶走它的朋友，

睡觉时脸上的寄生昆虫——

那些我们叫作苍蝇的动物。

一天，老头子睡得正沉，

鼻尖上飞来一只飞虫，

惹得熊大怒起来，它想赶走这只苍蝇。

它说："我要好好打死你，看！"

这位忠实的驱蝇者立刻动手，

它捡取一块石头，笔直投过去，

弄死了苍蝇也砸碎了那人的脑袋。

坏的推理者比弓箭手好不了多少，

僵硬的死者摊直在他躺的地方。
没有比无知的朋友更危险的了，
我们宁可有一位明理的敌人。

一一、两位朋友

（*Les deux amis*）

有两位生活在莫诺莫塔帕①的知己朋友：

一个的所有必也属于另一位所有。

据说当地的朋友

都不下于我们这两个朋友。

一天晚上，当所有的人趁着太阳下山，

正享受着酣浓的梦乡时，

这两位友人之一慌张地离开床铺，

他跑到好友家里，唤醒仆人，

这时墨菲斯②已莅临宫殿门槛。

那位睡觉的朋友，惊醒过来，

他拿稳钱包，带着武器，

跑出去找另一位，说："当大家睡觉时

你跑了，我觉得你是最善于利用

预定时间以便睡眠的人，

难道你没有失去游戏时的钱财吗？

要钱，这里有。如果你要争吵，

我有剑，走吧！你不觉得独自睡觉

太无聊吗？一位颇具姿色的

女奴在我的身边，叫一个来，怎么样？"

朋友说："不！这不是一件寻常的事。

我感谢你的热忱。

睡觉时，我看到你脸现忧伤，

我怕那是真的，因而我跑来。

才知道是噩梦的缘故。"

---

① 莫诺莫塔帕（Monomotapa），南非地名，已成为乌有之乡的同义词。

② 墨菲斯（Morphée），睡神之子，泛指睡意，此句暗指瞌睡虫来了。

LES DEUX AMIS. Fable CLIII.

读者，请问你喜欢他们中的哪位？你又像谁？

这个困难正好提供了答案。

真正的朋友就是一件温馨的事！

他可以找到你心灵深处的需要，

他替你掩饰腼腆

而发现你自己的真貌。

当他摇醒喜爱的人，

一场梦 ①，一件小事都令他胆怯。

---

① 梦（songe），1678 年、1692 年版本为影子（ombre）。

一二、猪，雌山羊与绵羊

（ *Le cochon, la chèvre et le mouton* ）

雌山羊，绵羊和肥猪，

登上同一辆车子，前去赶集。

并不是送它们去玩的，

而是有人要卖掉它们，

车夫不是存心

带它们去看达巴汉 [①]。

猪爵士 [②] 一路叫着

仿佛有百位屠夫在压迫它。

它的咆哮使得别人缄默。

其他的动物，最温驯的生物，

善良的一族，都很惊讶它的求救叫声；

它们丝毫没感到恶运的恐惧。

车夫对猪说："你怎么这样诉苦呢？

你令我们讨厌。你怎么不沉默？

看看另外二位，比你还有礼貌，

你应该学学生活，或至少安静些。

看看绵羊，它说过一句话没有？

它很乖顺。"猪回答：

"它是笨蛋，如果它知道事情的发展，

它会像我一样喊破喉咙，

而另一位有礼貌的，

则会喊破它的头。

它们认为人们只会替它们减轻，

雌山羊的羊乳，绵羊的毛。

我不知道它们有没有道理，

---

① 达巴汉（Tabarin），著名的滑稽演员。其名字以后成为"卖艺者"的通名。
② 爵士（Dom），葡萄牙贵族称呼。

LE COCHON, LA CHEVRE ET LE MOUTON. Fable CLIV.

但至于我，只知道
好好地吃，我的死是确定的。
再见，我的屋顶与住屋。"
猪爵士以敏锐的角色推论着，
但有什么用？当恶运确定时，
抱怨与害怕都无法改变命运，
最低限度的先见总是最明智之举。

一三、狄尔西斯 [①] 与阿芒宏特 [②]

（*Tircis et Amarante*）

——献给西乐里小姐 [③]

我离开伊索

专心看薄伽丘 [④] 。

但有位女神

在巴拿斯山想重看

我这种方式的寓言。

没有适当的辩解理由，

就对她说："不！"

这不像一般人

同神打交道，

何况对方是一个

具有美丽的气质，

像女王一样统治人们的女神。

这原因无须隐藏，

西乐里热切期望

新的狼先生、乌鸦先生，

在我的书中再度用韵文交谈。

提到西乐里名字的人都用所有颂词，

仰慕这位公主，所以

很少有人回绝她这个高远的目标。

如何能呢？

言归正传，

我的故事在她的观念里

是隐微不明显的。美丽的心灵

---

① 狄尔西斯，拉丁诗人维吉尔在第七牧歌中的牧羊人之一。

② 阿芒宏特，意即鸡冠花。在本诗中是少女名字。

③ 西乐里小姐（Gabrielle-Francoise de Sillery，1649—1732），文学家拉罗什富科侄女，1675 年结婚。

④ 薄伽丘（Giovanni Boccace，1313—1375），意大利诗人、小说家，著有《十日谈》。

TIRCIS ET AMARANTE. POUR M.^{ELLE} DE SILLERY . Fable CLV .

未必懂得一切。

因此，让我们写些寓言

无须注解她即能看懂。

我们介绍牧羊人，接着将

狼与羊所说的话写成诗体。

一天，狄尔西斯对少女阿芒宏特说：

"啊！如果你同我一样了解令我们喜悦

令我们快乐的某种痛苦就好了！

它不是正好在我们同时出现的天空下，

容许我对你表达出来，

相信我，毋庸害怕。

我自信有一颗最富于温柔情感的心

送给你，我会骗你吗？"

阿芒宏特立即答辩：

"那种痛苦你怎么称呼呢？它叫作什么？"

"爱情。""名字很美，告诉我

如何认识它的特征？它的感觉如何？"

"虽然是痛苦，而国王的欢乐与之比较

也会显得烦恼乏味。忘我地，

独自在森林也是一种快乐。

可以在河边自赏一番，

看到的不是它本貌，只能看到影像，

它在各处不断出现，跟随。

对别人而言，它是没有眼睛的。

他是村里一名牧羊人，

他的风度、他的声音、他的名字，令人脸红，

人们对他恋慕不已。

人们不知为什么，然而却叹息，

害怕看到他，却又渴望着他。"

阿芒宏特毫不犹豫地回答：

"哦！你对我说教的就是那个痛苦吗？

它对我不算新鲜，我想我认得它。"
狄尔西斯以为目的达成了，
这位少女接着说："这正好是
我对柯利达曼 ① 的感觉。"
对方失望羞愧至极。
世上有许多人都像那个人一样，
想为自己工作，却
为他人作嫁衣裳。

---

① 柯利达曼（Clidamant），人名。少女的意中人。

一四、母狮的丧仪
(*Les obsèques de la lionne*)

狮王死了妻子，

每个动物连忙赶来

对悲伤得无以复加的兽王，

尽点问候安慰的义务。

它通知了辖区内动物

丧礼择定在某日某地

举行；司仪们

会规定礼节，

同时安排座席。

预计每个动物都能找到位置。

兽王伤心地吼叫，

以至于洞穴的回音隆隆，

因为狮群并无其他的殿堂。

依丧礼惯例，总是听得到

侍臣先生们用方言在咆哮。

我确定宫廷里所有来参加的动物，

有悲有喜，各个不同，而且对万事漠不关心，

为了取悦国王，即使不愿如此做，

最低限度也要这样表现。

没有节操的，狡猾的人，

有如一具灵魂牵动千身一样，

因为人都成了简单的发条。

言归正传，

公鹿没有哭。它怎么做得出来呢？

因为以前王后

咬死了它的妻子与孩子。

总之，它不哭。一位谄媚者过来报告国王，

并且说公鹿一直想笑。

LES OBSÈQUES DE LA LIONNE. Fable CLVI.

愤怒的国王，就像所罗门王那样，

够恐怖的，特别是此时的狮王，

但公鹿不善于领会。

君王对它说："林中的小主人，

你笑，你不懂这些呻吟声。

我们不计较你在太岁头上

耍弄许多侮辱。狼，过来！

为王后报仇，宰杀所有

这类对于伟大死者的叛徒。"

公鹿立刻回答："大王，哭泣的时间

已过，痛苦是多余的。

你那受尊敬的另一半，已躺在花丛间，

在我看来，离此甚近，

一开始我就认得。

她① 对我说，朋友，好好珍惜葬礼行列，

当我归天时，不强迫你掉泪。

在极乐世界，我陶醉于千娇百媚中，

跟那些同我一样神圣的人交往。

请你用这句话治疗国王的失望：

'我在那儿很快乐。'"它刚说完，

喊声群起："奇迹！万福临门！"

公鹿因此接受了一份礼物，避开了惩罚。

用梦想逗乐国王，

以愉快的谎言取悦他们，愚弄他们，

当他们内心充满愤怒时，

他们会轻信甜言蜜语，你就成了他们的朋友。

---

① 指狮王妻子的幽灵，故用阴性代名词。

一五、老鼠与大象
(*Le rat et l'éléphant*)

在法国，自认为杰出人物是相当普遍之事。

我们想成为重要的人物

往往只落个平民，

这正好是不幸的弗朗索瓦 ①。

荒唐的虚荣心对我们是特别的。

在另外一种方式，西班牙人也是虚荣的。

总之，我觉得他们的虚荣

甚于疯子，只是没有这么荒唐。

举个我们的例子，

就足以表明我们有别于西班牙人。

一只非常小的老鼠看见非常大的

大象，嘲笑这位门第高尚的动物

步伐如此缓慢。

象正载着一大家族缓缓而行，

背上是土耳其皇后带着

狗、猫与长尾猿，

鹦鹉、女仆及眷属，

前往朝圣。

老鼠惊讶于这群人，

靠过去看此一团体，

它说："简直就像用体积所占据的大小

来决定我们价值的多寡！

但你们人类赞美象的什么地方？

这庞大的物体岂不使孩子害怕？

我们虽小，但价值

绝不比大象少一毫。"

---

① 不幸的弗朗索瓦（le mal François），意即不幸的百姓。

LE RAT ET L'ÉLÉPHANT. Fable CLVII.

它滔滔不绝地说，
但是猫，从笼子跳出来，
看了看它，顷刻间，
老鼠知道，它毕竟不是大象。

一六、星　相

（*L'horoscope*）

人们经常在

有心回避的路上遭遇到他的命运。

一位父亲为了后嗣

因而过分疼爱儿子，直到

他同卜卦者商量到

有关儿女的命运。

这些卜卦者之一对他说，特别

要让孩子远离狮子，直到某个年龄，

二十岁，或更大些。

父亲为了完成

有关爱子性命安全的

预防，禁止

任何人让他跨出宫殿的门槛。

这个孩子可以不出去地满足他自己的要求，

他与同伴整日说笑，

跑跳，散步。

当他到了年轻人

最快乐的狩猎年纪时，

别人告诉他此项练习

卑贱，可是不管做什么，

建议、开会、教育或其他一切，

都丝毫不能改变他天生的气质。

这位不安、活泼、充满勇气的年轻人，

刚刚感觉到这样年纪的激动，

他爱慕这种快乐，

阻碍愈大，欲望就愈强。

他知道禁止他外出的不祥原因，

而这户人家极其豪奢华丽，到处都有图画，

L'HOROSCOPE. Fable CLVIII.

有锦织，有油画，

四面八方的狩猎图与风景图上，

这地方画的是动物，

那地方画的是人物，

年轻人看到画上的狮子很激动。

他嚷道："啊！怪物，是你使我

生活在黑暗与束缚中。"说完此话，

他沉入猛烈的愤怒中，

朝无辜的野兽挥拳。

在壁毯下碰到了钉子。

钉子伤了他，直抵

心灵的发条，而那有着亲爱的头脑的

埃斯科拉庇俄斯①的技术尽其所能也无济于事，

由这次忧虑所造成的损失，

引起人们的注目了。

同样的伤害也祸及诗人埃斯库罗斯②。

传说是一位卜卦者

恐吓说他家将倒塌。

他听了立刻离开城市，

在天空下，远离屋顶，旷野上放着床。

一只老鹰抓只乌龟从空中

飞掠而过，看见这诗人，

裸露的头颅没有头发，

老鹰以为是一块岩石，

就抛下它的猎物，好把乌龟炸裂，

可怜的埃斯库罗斯因此缩短了性命。

这星相术产生的教训，

如果是真的，人们就跌入

① 埃斯科拉庇俄斯（Esculape），罗马神话的医神，相当于希腊神话的"Ascléplos"。

② 埃斯库罗斯（Eschyle，约前525—前456），希腊悲剧诗人。

可怕的不幸中了。

但我可以证明确定那是错的。

我一点也不认为自然

会缚着自己的双手，也绑着我们的双手，

而在天空中记下我们的命运。

命运系来自

地点、个人与时间的偶然一致，

所以和这些江湖郎中所说的一致毫无关系。

牧羊人与国王在同一颗行星下，

他们之中一位手拿权笏，另一位拿木杖，

木星也想如此。

木星是什么？一具无认知力的物体。

它的影响为何会

造成此二人的不同呢？

又如何能深入我们的世界呢？

如何透过浓厚的乡村空气呢？

透过火星，太阳与无尽的真空呢？

一粒原子在路上能使它^①迂回：

星相的吹牛者到哪儿觅寻自然？

我们看到的欧洲局势^②

至少值得这些人之中的某位去预见。

他说了什么？没有一位知道。

莫大的距离，星辰的位置及其速度，

还有我们热情展开的速度等，

这一切能允许他们无知的脑

追寻我们人类的行动吗？

我们的命运依附于：永远不停的进步，

不重踏相同的步履，

---

① 指自然（la nature）。
② 当时正是法荷战争。

470

而这些人居然想以圆规

来描绘我们生命的轨迹！

不应该止于

我刚说过的那两件含糊的事实。

那位太受宠的孩子和好人艾思居尔

毫无关系。所有的瞎子与撒谎者都懂此诀窍，

一千次中他或许能击中一次目标，

这就是偶然的效果。

一七、驴与狗
（*L'âne et le chien*）

大家应该互助，这是自然的法则。

一天，驴子嘲笑这法则，

我也不知它为何背离这法则，

它是只善良的动物。

它由一只狗做伴走着，

两位严谨地，什么也不想，

跟随着一位普通的主人。

主人睡觉时，驴子吃草。

当时它在一处牧场，

草正合它的胃口。

然而没有蓟草 ①，这时没有也不妨，

总不能整年到头都要过得豪华，

也不会因为没有这道菜，

就瞧不起这宴席。

我们的笨驴 ② 这时没有这道菜，

也忍受了下来。饿昏头 ③ 的狗

对它说："伙伴，请你放低下来，

我好拿面包篮里我的那份餐食。"

没有回答一个字。这只驴马

担心失去一点点时间，

它就少咬了一口草。

它长时间地佯装没听到狗的请求。

最后它回答说："朋友，我建议你

等到你的主人结束睡眠吧。

因为他醒来必然会给你

---

① 蓟草（Chardon），植物名，或译作白术，飞廉。

② 笨驴，原文"baudet"。

③ 原文之意为"饿得垂死"。

472

L'ÂNE ET LE CHIEN. Fable CLIX.

该得的一份。

他不会睡太晚的。"

这时，一只狼走出森林，

朝这里来，又是一只饥饿的野兽。

驴子立刻向狗求救。

狗没有移动，说："朋友，我建议你

等到你的主人醒来再逃，

他不会睡太晚的。快点收拾，跑开。

如果狼抓到你，你可以踢碎它的颚骨。

主人会替你装上新的马蹄。如果你能相信我，

你会摆平的。"就在这场漂亮的演说当口，

狼先生掐死了无可救药的笨驴。

所以我确定我们应该要互助。

一八、总督与商人
（*Le bassa et le, marchand*）

一位希腊商人到某地去

做生意。有位总督 ① 做了他的后盾，

这位希腊人花钱不像商人，

而更像总督，如此，保护者的后盾

是多么可贵的物品！总督的代价如此高，

使得商人到处抱怨。

有三位权力较小的土耳其人

向商人提供普通保护。

他们三位想要的报酬

要比这位商人付给单独一人的低。

这位希腊人考虑了，想加入他们，

总督却知晓一切。

这时，有人对他说，如果您聪明，

应该使用策略对付他们，

将计就计，授给赴穆罕默德的使命，

直接送他们上天堂。

而且绝对不能拖延，否则他们

会先下手，因为他们到处都有

想替商人除怨的臣僚，

会用毒药送您到彼世。

听了这劝告，土耳其总督就模仿

亚历山大大大帝 ② 的故智，毫不猜疑地

直接前往商人家里，

一同上桌。

他的整个神态如此坦然，

① 总督（le bassa 或 pacha，bacha），指古代土耳其总督。

② 亚历山大大大帝喝下他的御医菲利普呈献给他的毒药，御医被控毒害大帝。

LE BASSA ET LE MARCHAND. Fable CLX.

仿佛毫无所觉。

他说:"朋友,我知道你要离开我,
同时有人向我提出警告。
但我觉得你是个堂堂大丈夫,
看来一点不像下毒之人。
我不想说得更多。
至于那些想支持你的人,
听我说。我不想说那些令你烦厌的
话与道理,
我只想向你谈谈一则寓言。

从前有位牧羊人,他的狗及羊群。
某人问牧羊人说,他养一头
每天吃一条面包的狗干什么。
最好将这头动物赠予村庄老爷。
你是牧羊人,可以更节省点。
最好养两三只小狗,
这样所费较少,看羊也比
只一条狗要好得多。
它比那三只吃得多,但劝告者却没说狼群
前来挑衅时,这只狗
有三倍大的力量。
牧羊人送出这只狗,要了三只小狗,
所费虽不像从前,但一战它们就逃走。
羊群也因此遭到惨境,你也感觉到
类似这种流氓的挑选。
如果你认为可以,就再回到我这边。"
这位希腊人首肯。就全盘而言,
这个显示给外省人以良好的信心,
信赖某个强有力的国王,
要比由数位小头头支持来得稳当。

一九、知识的利益
(*L'avantage de la science*)

从前一座城市里，有两位老百姓

常因彼此的意见分歧而烦恼。

一位穷，但能干，

另一位有钱，却无知。

这位有钱人想从他的对手那边

占点便宜，

他认为所有明理的人

都该懂得尊敬他。

这就是所有笨人的想法，为什么

崇拜没有价值的财产呢？

我觉得这理由微不足道。

他常常对这位学者说：

"我的朋友，

你自以为重要，

但是，告诉我，你有桌子吗？

你的同人不断看书有何益？

他们总是住在阁楼。

六月穿的衣服和十二月穿的衣服一样，

说到仆人嘛，那只是他们的影子。

共和国有许多

无所事事的人！

而我只知道有用的人，

就是那些过得荣耀，撒出千金的人。

我们的耗费，上帝知道，因为我们的快乐，

工人、店员、制裙的人

和做门的人，

连同你们这些把无聊却

价钱昂贵的坏书，献给

L'AVANTAGE DE LA SCIENCE. Fable CLXI.

金融界人士的人才有工作做。

这些充满荒谬的话

造成他们应得的命运。"

这位文人缄默，他有许多话要说。

战争替他报仇，比讽刺来得好。

战神摧毁了他们两个人居住的地方。

彼此都离开城市，

这位无知的人无处避难，

他到处受到轻视，

另一位则到处接受新的优待。

这样断定了他们争论的输赢。

别介意傻子，知识有其价值。

二〇、朱庇特与雷

(Jupiter et les tonnerres)

朱庇特眼看着我们人类造成的错误，

一天，他站在云端说：

"世界各地区已被

纠缠我、麻烦我的

这种族所居住的

新主人占满了。

墨丘利你到地狱去，

替我唤来地狱三女神^①之中

最冷酷的一位。

我最疼爱的种族，

这次你完蛋了。"

朱庇特对缓和他的激动

一点也不怠慢。

而你啊，王，你想做

我们命运的支配者，

你让愤怒

与风暴

休息一晚吧。

有翼的太神^②身体轻盈，

口语温和，

看着黑色姐妹去了。

不要狄西凤与梅捷

火神比较喜欢

残忍的阿尔克多。

这挑选使她如此自负

---

① 地狱三女神（罗马名为 Furies，希腊名为 Erinyes）。

② 指墨丘利，他也是一名使神。

JUPITER ET LES TONNERRES . Fable CLXII .

向冥王 ① 发誓：

整个人类

不久将被

冥府的神统辖。

朱庇特不同意

奥梅尼德 ② 的誓言。

便把她辞退，然而

他稍待片刻，

朝某位无信的人投下一颗霹雳 ③。

由那个人的父亲

用火光威胁

作为引导，雷

很满意于他对自己的敬畏，

只焚烧

无人居住的荒凉城郭。

所有的天神在一旁喊叫。

发生了什么事呢？我们人类

于是在这次赦免中扎根。

所有的奥林匹斯山众神抱怨，

云彩的收回神

对史蒂斯河 ④ 发誓，同意

造成另一次风暴，

众神确定了，他微笑，

他叫其他的一位神

执行另一次打雷。

由火神 ⑤ 承揽此事。

---

① 冥王（Pluton），地狱（冥府）之王，死亡之神。

② 奥梅尼德（Euménide），地狱三女神的别称。

③ 霹雳（Foudre），也指神怒，雷电。

④ 对史蒂斯河的起誓是众神起誓中最恐怖的一种。

⑤ 火神（Vulcan），也是金属锻冶之神。

这位神在他的炉灶里
贮满两种箭。
一种从不失误，
这种是由奥林匹斯山诸神
全体打发我们用的。
另一种会离开它的航道，
只有在山上才使用，
它常会失踪。
也就是后面这一种，在途中
由独一的朱庇特射向我们。

二一、鹰与阉鸡

（*Le faucon et le chapon*）

阴险的声音经常叫唤你，

但你绝对不要慌忙。

这不是傻子的行为，相信我

那样做的话会是尼维尔的狗 ①。

一位职业阉鸡的勒蒙 ② 市民

被控出席在

主人的乡里前，

我们命为休息室 ③ 的法庭。

所有人都斥责他隐瞒事情，说他：

"畜生！畜生！"但这位

一个半的诺曼底人 ④ 不在乎他们的斥骂。

他对主人说："你的贿赂太大了，

人们不相信我，不无理由。"

这时，一只栖在枝上的鹰看见

这位勒蒙人逃走。

阉鸡凭本能与经验

对我们缺乏信心。

其中一只轻易被逮住，

作为翌日的盛餐。

装成一盘，这只家禽的荣耀

即将成为过去。

猎鸟对它说："你悟解力不够

令我惊奇。你只是贱民，

粗人，没有心智，不懂得学习。

---

① 尼维尔的狗（le chien de Jean de Nivelle），一句俚语，意即有人上诉（叫唤）而逃走的行为。

② 勒蒙（Le Mans），巴黎以西 217 公里，十七世纪以阉鸡著名。其人民称作 "Les Manceaux"。

③ 休息室，原文 "foyer"，有炉灶之意。

④ 勒蒙离诺曼底很近，因而有此俗称。

LE FAUCON ET LE CHAPON. Fable CLXIII

而我，我知道打猎和回到主人身边。

你没看到他在窗口吗？

他在等你，你聋了？"

阉鸡回答："我只听到远方。

他想对我说

好厨师拿着大刀吗？

你为了呼唤才回来吗？

让我逃吧！停止说这些

没用的话，让我飞走，

当人们以如此柔和的声音叫唤我时。

如果你整日所看到的

是鹰做成的胸饰，

而我看到的是阉鸡，

你就不会对我做出类似的责备。"

二二、猫与老鼠

（*Le chat et le rat*）

四只不同的动物，分别是爱吃奶油的猫，

忧凄的猫头鹰[1]，咬东西的老鼠，

穿紧身上衣[2]的黄鼠狼夫人，

它们都是无赖，

住在一株古松的朽干里。

某个夜晚，有人在松树四周

布下网罟。一大早，猫

出来找寻它的猎物。

由于天色晦暗，它看不到网线，

它跌进去，生命垂危。

猫的哀叫，引来老鼠，

一位是失望透顶，另一位则是高兴万分，

因为它看到它的死对头在套索内。

可怜的猫说："亲爱的朋友，

我会在住处记下

你恩情的痕迹，

快来协助我离开，因为无知

害我跌入了陷阱。在你的朋友中

凭着我用双眼一直照顾你

疼爱你的情意，这理由够堂皇的。

我决不后悔，我感谢众神。

我对他们祈祷，

一如所有虔诚的猫利用每日早晨祈祷。

快来咬断这些绳结。"老鼠回答：

"我能得到什么报酬？"

---

① 猫头鹰，或译作枭，见卷五第十八首。

② 即身材修长。

LE CHAT ET LE RAT. Fable CLXIV.

猫迅速地回答："我发誓

永远与你结盟。

修理我的爪，保证

不顾一切地保护你，

如果黄鼠狼与

雌猫头鹰的配偶想吃你的话。

它们两个都想抓你。"老鼠说：

"笨蛋，我会当你的解放者？我不会如此笨。"

随后，它走回自己的避难处。

黄鼠狼就在洞口附近。

老鼠爬到最高处，那儿有猫头鹰，

危机重重，最急迫的是要救出它。

老鼠再回到猫这儿，

解开一个一个的锁链，最后

释放了这只伪君子。

就在这时，猎人出现了。

两位新同盟者都逃走了。

从此一段时间，我们的猫

老是远远地看着受其保护替它站岗的老鼠。

它说："啊，兄弟，过来抱抱我，

你的提防使我受辱。

你好像敌人似的望着我。

你以为我忘了

你对我的恩情吗？"

老鼠回答："而我，你以为

我忘了你的本性吗？哪一个条约

能强迫一只猫承认呢？

谁保证

联盟的必要性呢？"

二三、激流与河流

(*Le torrent et la rivière*)

夹杂轰隆的喧哗声，

激流自群山奔泻而下，

一切都在眼前流逝，恐怖尾随其后，

它使乡野震颤。

没有一位游客敢

越过如此强大的障碍。

有个人看到贼群，有点紧张，

他介于贼群与可怕的波浪之间。

水只是威胁与声音，并不深，

最后，这个人不再害怕。

渡过激流的成功给予他勇气，

那些贼群一直追赶他，

在途中他碰到

一条河流，

河水沉睡般的温柔、平和与宁静，

第一眼，他以为渡河是容易的。

没有陡峭的堤岸，砂石纯白干净。

他走了下去，马替他掩护贼群，

但这条没有黑色波浪的河流，

马与人同时被吞噬了，

因为他们拙于游泳，

便通往地府去，

其他河流要比我们的好。

无声的人是危险的。

因为他跟别人不同。

LE TORRENT ET LA RIVIERE. Fable CLXV.

二四、教 育
（*L'education*）

拉狄顿 [1] 与恺撒，原本是两只

漂亮、端庄、勇猛的名犬兄弟，

很久以前，由于两位不同主人的挑选，

一只出入森林，另一只则在厨房。

起先，它们分别有各自的别名，

各种不同的食物，分别

供应着幸运的这一只

与变坏的另一只——它是厨师的助手，

被命名为拉狄顿。

而它的兄弟则必须冒着千辛万苦，

穷追群鹿，与野猪搏斗，

做些犬类祖先 [2] 所做的事。

一位外行的女主人细心地注意

不让它后代的血统起变化，

相反的，被忽视的拉狄顿证明

它的柔驯已跟初来之时的勇猛完全不同了。

它全然改变了品种：

绞肉机使它在法国住家里

失去了冒险精神，只剩下躯体，

变成与恺撒完全相反的狗。

人们不再注意它的祖先与父亲，

粗心，岁月，在使它退化。

由于不善于本性与天赋的培育，

哦，有多少只恺撒正在变成拉狄顿呢！

---

① 拉狄顿（Laridon），意为猪油。在此是狗名，同恺撒一样。

② 祖先，原文是"第一只恺撒"。

L'ÉDUCATION. Fable CLXVI.

二五、两只狗与死驴

(*Les deux chiens et l'âne mort*)

善行结成姐妹，

恶习就是兄弟，

自从后者之一缠住我们的姐妹以后[①]，

一切随之而来，什么都不缺了，

我不曾听过敌对的人

能住在同一个屋顶下。

关于善行，我们极少看到它们

全部以不会分离的手紧紧握住，

为了一个高越的主题。

一种是勇猛但急躁，另一种是小心却冷漠。

在动物中，狗自夸

对主人细心与忠实，

但是它笨，好吃。

以两只看门狗证明，它们

远远地看见水面浮沉的死驴。

风逐渐将驴吹离我们的狗。

一只说："朋友，你的视力比我好。

你用心一点瞧瞧

我想我是看到某个东西了。是牛还是马？"

另一只看门狗说："唉！

管它什么动物，只要是猎物[②]就好了。

那一点是我们的，路程远了些，

此外，我们还得逆风泅泳过去。

让我们喝完这些河水，这样我们干渴的喉咙

也会舒服些，那个物体不久

① 指一种恶习染坏了所有善行。

② 猎物，原文"curée"，指打猎捕获物专喂猎犬的废弃部分。

LES DEUX CHIENS ET L'ÂNE MORT. Fable CLXVII.

就会干掉，而且

够我们一星期的粮食。"

我们的狗开始喝水，它们终于喘不过气来，

最后死去了，我们眼看着

它们在刹那间爆裂而死。

人们也是如此。说到激动时，

"不可能"从他的心灵消失。

自夸要获得财产或光荣，

不知费了多少誓愿，走了多少路途。

"如果我扩大了国土！

如果我能填满金库！

如果我学习了希伯来文，科学，历史！"

所有这些，都欲想饮尽海水，

但是，没有人会满足的，

为了完成一个人构想的计划

该有四具身体，还有，远离满足。

半路上，我认为一切都是枉然：

四位玛士撒拉①一位挨一位

毕竟无法实现各自的希望。

---

① 玛士撒拉，原文"Mathusalems"，系犹太族长 Néo 的祖父，据说他活了 969 岁，一般以其名代替长寿的人。

二六、德谟克利特与阿波岱人
（Démocrite et les Abdéritains）

我永远愤恨庸俗的思想家！

我觉得他们渎神、不公正与武断，

就介于他与事情中间，

且依他自己的观点来打量别人，

伊壁鸠鲁 [①] 的老师有过这种痛苦经验。

他的乡人认为他是疯子、小人物！唉！

没有一个人在家乡是先知。

那些人是疯子，德谟克利特则是贤人。

错误太离谱了，阿波岱城派

文人与特使

到希波克拉底家，访问他，

以便恢复病人的理性。

他们哭着说："我们的同胞

已丧失心智，读物毁了德谟克利特。

如果他无知无识，我们认为会更尊敬他。

他说世界无法限定任何数字，

可能它们已无限量地充塞于

德谟克利特。

不满足这种梦想，他又加入了原子，

脑袋炸裂的孩子，看不见的幻影，

只估量天空而不移动地面，

他了解宇宙却不了解自己。

有一段时间他晓得调和争执，

此刻他自言自语了。

神医，请您帮忙，他的荒谬言行到了极点。"

希波克拉底对这些人不太信任，

---

① 伊壁鸠鲁（Epicure，前 341—前 270），希腊哲学家。

DÉMOCRITE ET LES ABDÉRITAINS . Fable CLXVIII .

然而他动身了。我请你看看

在一生中造成命运的

何种遭遇？希波克拉底到达时，

相传已丧失理性和判断的德谟克利特，

正在探索理性存在于人兽①体内何处？

在心脏？还是头部？

他坐在河边的浓荫下

全心思索，

脚边放着许多书，

他依平常的习惯骤神专注，

几乎没有发现朋友的前来。

他们客套数语，如同会思想的人。

贤人总是慎时慎言的。

除了轻浮的会话外，他俩

对于人与心智，讨论了许多，

他们也谈到道德问题。

毋庸我陈述

他们彼此所谈的。

前面的故事已充分证明

人民是应该拒绝的仲裁者。

那么，真实的判断是

我在某处读过的：

"人之声即上帝之声。"

---

① 正常的人或愚蠢的人。

二七、狼与猎人

（*Le loup et le chasseur*）

全意累积财富的热情啊，以其双眸

望着众神所有财宝的怪物啊，

我不停地白费力气在此书中同你争斗吗？

你问遵从我的忠告需要多少时间？

人类不听我的声音和贤人的声音，

不曾对我说："够了，让我们行乐吗？"

朋友，加油！你活不了那么长。

我聒聒向你说这句话，因为它值回一本书。

行乐吧——我会的——何时呢——明日起。

啊！朋友，死神可能今天就在路上取你性命呢！

今日行乐的，请留心在我寓言中

猎人与狼类似的命运。

猎人用他的弓射倒一只斑鹿。

一只小雌鹿奔过去，迅即

成为死者的伴侣。两只横卧草上。

猎人的成果可观，一只斑鹿和一只小鹿，

所有谦虚的猎人有这些是该满足了。

这时，一头庞大的野猪

还诱惑着我们的弓手。

史蒂斯河的另一位居民命运三女神

拿剪刀用力剪去，这位地狱女神

对该死的怪物补缀几次①。

终于在猎人有力的打击下，野猪倒下。

够丰收的了，但是，

征服者的大胃口是填不满的。

在带野猪回家的途中，弓手

---

① 命运三女神用丝补缀生命。

LE LOUP ET LE CHASSEUR. Fable CLXIX.

看到一只竹鸡沿犁沟走着，

微小的念头又扩大了，

他依旧拉紧弹簧。

这时野猪鼓其生命余力，

冲向他，撂倒他，做了死前的报复，

而得以逃命的竹鸡感谢它。

故事的这部分是针对贪婪的人，

剩下的例子是对吝啬的人。

一只路过的狼看到前面可怜的场面，

它说："命运之神啊！我答应替你盖座神殿。

横躺四具尸体，好棒的财富！

应该节省一点，这样的巧遇是难得的。"

（所有吝啬的人也如此申辩。）

狼继续说："够我吃上一个月，

一、二、三、四,四具尸体，四个礼拜，

如果我懂得计算，大概就这样。

雨天后再开始享用，现在先吃吃

弓弦，想必是用真正的肠子

做成的，味道可以证明出来。"

说完这句话，它扑向

松弛的弓，成为箭下

新的亡魂，狼的肠子被戳穿。

言归正传，人们应该行乐，

由这两个馋嘴者受到共同命运的惩罚可以证明：

一个为贪婪丧生，

另一个因吝啬而死。

卷九

一、不忠实的受托者

(*Le dépositaire infidèle*)

感谢缪斯诸子，

我歌颂那群动物；

其他的英雄可能

比我获得的荣誉还更少。

在我的作品中，

狼以诗句对狗说话；

许多许多野兽

在此扮演各种角色，

有的愚笨，有的聪明，

聪明的反被

愚蠢的占上风；

方法是最公道的。

我也在这舞台上

安排了骗子、无赖、

暴君、忘恩负义者，

很多粗心的笨伯

和许多傻瓜与谄媚者；

我还添入

一群撒谎者，因为

智者 ① 说："所有的人都是撒谎者。"

如果只安排

下层社会的人，

他们就丝毫无法

忍受人类的缺点；

即使我们都这样，

大的或小的还是都说谎，

---

① 智者指所罗门王，他说："所有的人都是撒谎者。"

LE DEPOSITAIRE INFIDELE. Fable CLXX.

连其他人也说，

我肯定反面说话的人——

一个真正说谎的人决不会

像伊索、像荷马

那样说谎，

因为经由他们美丽的艺术创造

表现出来的许多柔美诗篇，

在捏造的外衣下，

向我们提示真理。

他们两位著述

一册我认为应当却未尽精致的

好书。

一如他们虽然能够，却都没有说谎。

但是说谎者该知道，

遭自己真言惩罚的

一位受托者

是小人，是傻瓜。

事情是这样的：

一位波斯商人，

有天，外出做生意，

他托邻人保管一百公斤的铁。

当他回来时，说："我的铁呢？"

邻人回答："你的铁？不在了，我很后悔地

对你说，它们全被一只老鼠吃掉了。

为此，我斥骂了家人，但有什么用呢？

阁楼总会有洞口的。"商人惊讶于

这件咄咄怪事，但他假装相信。

几天后，他诱拐那位

不诚实邻人的孩子，然后，准备晚餐邀请

那位做父亲的，父亲婉言谢绝，哭着说：

"求你原谅我，

我所有的快乐都丧失了。

我爱孩子胜于自己的生命，

我说过我只有他，唉！现在我没有了！

一定是被人拐走了，请可怜我的不幸。"

商人回答："昨日黑昏，在暮霭中，

一只猫头鹰飞来劫走你的小孩，

我看见他被带进一座古老的建筑。"

父亲说："你怎么能让我相信

一只猫头鹰竟带得走这样的一个猎物呢？

相反的，我的孩子倒是可能捉住那只猫头鹰。"

对方说："我不跟你说了，

但我说过，是我亲眼看到的，

决不强迫

你相信此事。

你是否感到奇怪？

被一只老鼠单独吃掉

一百公斤铁的地方，

难道不会有猫头鹰劫走

五十公斤重的小孩呢？"

另一个于是肯定这是商人编造的故事，

他将铁还给商人，

并且要回自己的宝贝。

这种事同样发生在两位旅人的争论上。

其中一位就像不曾使用显微镜

来观察东西而说故事的人们，

他们认为一切东西都高大，听他们说，

欧洲跟非洲 ① 一样充满了恶魔。

---

① 依据古代作家叙述非洲人是恶魔繁衍的。

510

这个人相信这样的夸张。

他说："我看到一棵白菜同房屋一样大。"

另一位说："而我看到一个瓶子同教堂一样大。"

第一位嘲笑着，另一位回答："小心点，

有人会摘你的白菜。"

说瓶子的那人开心，拿铁的那人则狡猾。

过分荒谬，人们就会以

理智来打击错误，取得荣誉，

因为太短期的涨价，不会惹起恼怒。

二、两只鸽子
(*Les deux pigeons*)

两只鸽子彼此亲爱，

其中一只为住处烦恼，

笨得想从事

一趟远方的旅行。

另一只对它说："你怎么去？

你想离开你的兄弟吗？

你不在我身边是我最大的痛苦，

多残忍啊！至少，旅行中的

疲惫、危险与辛酸，

会改变一些你的勇气。

还有，季节也转凉了！

等待和风吧，何必这么紧张？乌鸦

刚才还对某些鸟预报过不幸呢！

我不敢想象你会碰到什么不吉祥的，

或是鹰，或是捕鸟网。我说，

唉！下雨了，我的兄弟可要满足于现况啊，

有好餐，好住家，还要什么呢？"

这些谈话激荡着

我们这位鲁莽的旅人，

但是想看看外面世界的愿望与不稳定的心情

终于占了上风。它说："别哭了，

只要三天我就会如愿以偿了。

我会回来将冒险的事迹

逐一向兄弟叙说，

任何人不曾看过和说过的

来为你解解闷。我的旅行故事

对你是一个绝顶乐事。

我说，我就在那儿，所有的事摆在眼前。

LES DEUX PIGEONS. Fable CLXXI

你会以为那就是你自己。"

说完这些话，它们哭着道别。

那位旅人飞远了，到达某地，

乌云迫它寻求蔽身处所。

眼前出现了一棵独立树，风雨

无视于枝叶依然伤害了这只鸽子。

天放晴了，它全身冻僵，

希望能弄干被雨淋湿的身子。

在田野旁，它看到一堆麦束，

也看到一只挂着鸟笛的鸽子，

这情景令它羡慕。

它飞过去，被捕住，原来麦束盖着圈套，

那是虚伪险恶的诱饵、

圈套陈旧，它用翅膀、

双足和喙奋斗，这只鸟终于挣脱了，

羽毛有点损伤。而更坏的命运是

一只秃鹰，它残酷的锐爪正

觊觎我们这只刚挣脱

细绳和圈套逮获的不幸者，

它正像一个幸免的苦工。

当浓云消散，出现另一只张翅的鹰，

秃鹰也要抓它的猎物。

那只鸽子利用它们的冲突飞走，

停落在一间破屋附近，

它想，这下子，它将因此意外

结束它的不幸。

谁知一位顽童（不知同情的年纪）

拿着弹弓 ① 差点击中

---

① 弹弓，原文"fronde"，投石器（古代军器）或投石袋（玩具），可在四百步外射杀。路易十四时内乱的一党派即以此
字类名。

514

这只可怜的禽鸟，

它咒骂自己的好奇心，

抱着翅膀与喙，

半跛半死地

直接回家，

不管好坏，它

没有再带着其他不愉快的事情回来了。

这就像我们人类，我留待裁判

他们付出多少痛苦而得到多少快乐。

情人，幸福的情人，你们想旅行吗？

该到邻近的地方去。

让你们彼此置身永远美好、

永远多变、永远新奇的世界，

你们接纳各个地方，不考虑其他的。

有一阵子，我喜爱（当时不觉得）

卢浮宫及其瑰宝，

苍天及其穹庐，

被可爱的牧羊少女及其

跫音所震撼，明眸所燃亮，

就是她，在爱神之子下，

我发过初愿地被俘了。

唉，类似的时刻何时再现？

如此温柔迷人的许多事物

我岂该带着不安的心灵而生活？

啊！要是我的内心还敢重燃爱火的话！

我不再感觉到扣人心弦的魔力了吗？

我已过了恋爱季节吗？

三、猴子与豹
(*Le singe et le léopard*)

猴子和豹

在市集上赚钱，

它们各自招揽生意。

豹说："诸位先生，我的名誉

与价值有口皆碑，国王也想看我，

如果我死了，他就可以

用我的皮做成皮手笼①，

我的皮满是斑点，

斑纹美丽而且柔软。"

那斑驳的颜色惹人欣赏，每个人都过去看。

但只一下子，马上就走开了。

猴子这一边说："请过来，诸位先生

过来。我可以为你们做百次的消遣。

变化多端饱你眼神，

我的邻居豹先生只提它自己的外表，

我，我的可贵表现在心智上，

你们的仆人吉尔，表哥与女婿贝当，

教皇不朽的猴子②，

坐三艘特使的船抵达此城

在阴凉的地方对你们说话。

它说话，别人听得懂；它懂得跳舞，

玩各种把戏，

跳过铁环；每次值六布朗③！

不，诸位先生，我只收一苏；如果你们不满意，

---

① 皮手笼（manchon），或译作腕套，以前仕女们戴用，偶尔男士也有。一般都以虎皮或水獭皮做成，天寒时保护手，较手套长些。

② 吉尔（Gille）、贝当（Bertrand），猴子名。教皇尤利乌斯二世（Jules II）有只猴子，成为意大利小说的英雄。

③ 布朗（blanc），值两个半苏（sou）。一苏为二十分之一法郎。

LE SINGE ET LE LÉOPARD. Fable CLXXII.

LE SINGE ET LE LÉOPARD. Fable CLXXII. 2.e Planche.

我会在门口奉还你们的钱。"
猴子有道理，变化多端令我们高兴的
不是衣服，而是在心智上。
一位总是提供可爱的事物，
而另一位却在刹那间就让观众厌倦。
哦！愿伟大的领主，不是跟豹一样，
金玉其外，败絮其中！

四、橡子与南瓜
（*Le gland et la citrouille*）

上帝把它做的事情都安排得很妥当。

我们不须到处找寻证据，

从南瓜上头我们就知道了。

一位乡下人想

为何南瓜的果实如此大而茎枝却这么小？

他说："造物者究竟是怎么想的？

他把南瓜放错了位置吧！

的确如此！我试着把南瓜

悬挂在那边的橡树吧，

这样比较好些，

因为以这样的果实配这样的树木，恰得其所。

可惜，冬烘先生[①]，你不曾

参加牧师讲道会，

因为一切都应该美好。举例来说，

为何橡子跟你的小指头一样大

却悬挂在此处呢？

上帝是错了，我愈思索

这样安放的果实，愈觉得

上帝像一位做错事的冬烘先生。"

这深思搞糊涂了我们这个人，

他说："当一个人理智清醒时，

他就不会睡着。"

在一棵橡树下，他很快睡着了。

一粒橡子落下，打着他的鼻子。

他醒来，用手摸摸脸，

---

① 冬烘先生（Garo），是法国文学家贝热拉克（Cyrano de Bergerac，1619—1655）的喜剧《学究》（Le *Pédant joué*，1645）中的角色。

LE GLAND ET LA CITROUILLE. Fable CLXXIII.

发现橡子还粘在下巴的胡须上。
受伤的鼻子使他声调改变。
他说："哇！我流血了！怎么
这棵树居然掉下这么重的东西，
这橡子竟比南瓜重？
上帝没有糊涂，它毕竟有道理，
此刻我找到了原因。"
满怀感激上帝之情，
冬烘先生回家了。

五、小学生，学究与花园主人

(*L'écolier, le pédant, et le maitre d'un jardin*)

有一个小孩由于讨厌学校的古板

加上年轻与特权的为害，

而这特权是学究们破坏理性造成的，

致使这个孩子变得双重愚蠢、双重淘气。

据说，他曾在邻居的家园里

偷窃花朵与水果。这位邻居，在秋天时，

有比果神 ① 献给我们的还更美丽的礼品，

有花，而别人却没有。

每个季节都有专属的贡品，

在春天，他还享有

比花神 ② 献给我们的还更美丽的礼品。

一天，在他的花园里，出现了我们这位小学生，

他放肆地爬上一棵树，

破坏嫩芽，这些温柔脆弱的希望，

这些可以预期丰收的先导。

甚至，折断树枝，到了最后，

花园的主人

派人到老师那里诉苦。

老师率领一群孩子而来。

现在果园满是比

第一位学生更顽劣的人。学究擅自

率领这群失教的孩子来，

更增加了这邻居的不幸。

一切就像他说的，实施体罚

以作为例子，使后来的犯者

---

① 果神（Pomone），神话中花园与水果的女神。

② 花神（Flore），神话中花园与花朵的女神，爱上西风之神（Zéphire），为春天的母亲。

L'ECOLIER, LE PEDANT, ET LE MAITRE D'UN JARDIN Fable CLXXIV.

当作一次教训而牢记在心。

接着，他引证维吉尔与西塞罗

以及知识的有力特点。

他的演说冗长到让可恶的败类

有时间破坏花园的一百个地方。

我痛恨这种方式的谬误

与无终止的说教，

而且世上比小学生

更坏的笨蛋，该是这位学究。

说真的，作为邻人，这两类中最好的

丝毫不引我高兴。

六、雕刻家与朱庇特雕像
(*Le statuaire et la statue de Jupiter*)

一块如此精美的大理石

使得雕刻家买了下来。

他说:"我的雕刀该怎么处理它呢?

做成神,桌子,或脸盆?

做成神,甚至我要

它的手上握着雷。

人类,发抖吧!就这样对它许愿:

"那是大地的主人。"

工匠如此善于说明

偶像的特征,

使得人们觉得他

并无失信于朱庇特。

然而有人说这位工人

勉强完成雕像后,

他自己比谁都先发抖,

因为害怕自己的作品。

从前,也有诗人^①像雕刻家这么胆小,

他惧怕自己创造的众神的

恨与怒。

在这方面,他是孩童,

孩童们只有忙碌的心灵,

---

① 诗人是神话与众神的创造者。拉封丹也说过,荷马是诸神与优秀诗人之父。

LE STATUAIRE ET LA STATUE DE JUPITER. *Fable* CLXXV.

不停地关怀着，

人们不对他们的洋娃娃生气。

内心轻易地跟随才智：

这源流发展成

多神教的谬误，而这谬误已

在如此多的民族中扩展。

他们狂烈地拥抱

他们空想的兴趣。

皮格马利翁 ^① 爱上了自己创造的

维纳斯女神。

每个人都把自己的梦想，

尽量当作现实，

人类对真理冷如冰，

而为空想燃如火。

---

① 希腊神话中，雕刻家皮格马利翁（Pygmalion）雕塑一尊完美的少女，他向爱神维纳斯祈祷，而与此美女石像结婚。

七、化身为女孩的鼹鼠

(*La souris métamorphosée en fille*)

一只鼹鼠从猫头鹰的嘴里掉了下来，

我没有将它拾起，

但是一位婆罗门教徒做了，我乐意相信此事，

因为每个国家有它的思想。

这只鼹鼠伤势很重。

对这种动物，

我们很少关心，但婆罗门教友

待之如兄弟，他们有种观念，

当我们的灵魂由国王的身上脱出，

进入微虫，或这类讨命运之神喜欢的

动物体内。这是他们的法律观点之一。

毕达哥拉斯[①]到这个国度吸取了这项奥秘。

基于此点，婆罗门教徒深深认为

应向魔法师祈祷，使鼹鼠

住进从前一位主人的身体里。

这位魔法师使它成为十五岁的

少女，容貌如此娇艳，

以至于被普里阿摩斯[②]的儿子看上了，

且恨不得那是希腊美女。

婆罗门教徒惊讶于此事新奇的发展。

他对这位如此柔弱的物体说：

"你只有选择；因为每个人

都热切地以成为你的丈夫为荣。"

她说："在此情况下，我要选择

最强有力的丈夫。"

---

① 毕达哥拉斯（Pythagore），公元前六世纪希腊著名哲学家，创办"毕达哥拉斯学社"。据说他曾东游至印度。

② 普里阿摩斯，特洛伊城最后一位国王，其次子帕里斯（Pâris）诱拐希腊美女海伦而引起特洛伊战争。

LA SOURIS METAMORPHOSÉE EN FILLE. Fable CLXXVI.

这时，婆罗门教徒跪着喊道：

"太阳，就是你，要成为我们的女婿。"

太阳说："不，浓云比我还具有

威势，因为他收藏我的光芒，

我建议你找他。"

婆罗门教徒对浮云说："好！

你是为我女儿而生的吧？""唉！不，

是风任意驱赶我，使我由

一个国度到另一个国度，

我无法处理北风^①的权利。"

生气的婆罗门教徒嚷道：

"那么，风啊！

快到我们美女的臂弯来吧！"

风要溜跑了，途中，一座山将之挡住。

这次轮到山了，

山也放弃，说："要是跟老鼠

争吵，得罪它，

那是疯狂的举动，它会刺穿我。"

这位姑娘很快就

听到老鼠这个字，决定选它为夫。

一只老鼠！一只老鼠！这是

爱情造成的，

然而我们时常谈这个故事。

我们总会通晓我们来的地方。这寓言

正好证明此点，但我们更进一步了解，

某些诡辩在于特征之间，

因为选择怎样的丈夫不也是在

最可爱的太阳下决定的吗？我说过

---

① 北风，北风之神，见《太阳与北风》。

巨人比不上跳蚤 ① 有力吗？然而跳蚤咬了他。

这只老鼠也还原了，做得好的，如

美女变猫，猫变狗，

狗变狼。利用这种

循环论点的方法

毕耳培 ② 最后溯源到太阳，

太阳以美丽的少女为乐。

如果可能，让我们回到化身这个问题上：

婆罗门教徒的魔法师显然做了一件事，

抛离证明，只看到虚幻的事物。

底下，我直指同一位婆罗门教徒，

应该根据人类的学说，鼹鼠，虫，每种

都吸取他的灵魂，被当作普通的宝贝看待。

那么，万物都有相同的性格，

但只有根据嗓音

来分辨族类，

有的高昂，有的低吟。

哪里来如此精良组织的躯体

都无法迫使他的主人

与太阳结合呢？一只老鼠亦有其温柔性。

全盘讨论，仔细深思，

鼹鼠的灵魂与美女的灵魂

彼此间大不相同了。

总是应该回归他的命运，

也就是说回归上天固定的法则。

你对魔鬼说，你利用魔术，

但你绝对挣脱不了他的意图。

---

① 见《人与跳蚤》。
② 毕耳培，印度智者，编辑印度古典寓言。

八、出售智慧的疯子

（*Le fou qui vend la sagesse*）

如果你挨近无从理会的疯子，

我不能给你较明智的建议。

并不是同样的教育

就能避开轻率的理智。

我们从课本上常常看得到。

君王获得快乐，因为课本上

总是提出奸诈，笨蛋，滑稽的特点。

一位疯子在所有的十字路口上嚷着

他出售智慧，轻信的人类

跑去购买，每个人都专注于此事。

人们去掉许多伪装，

接着以自己的钱购得

一个巴掌，一根两英里长的线。

大部分人都很生气，生气对他们有什么用呢？

这是最大的嘲弄，风度比较好的是笑一笑，

或挨了巴掌带着线，

不说一句话走开。

他们采寻此事的意义，

一如外行人自嘲一番。

什么理由保证

这是疯子所为？意外是

造成脑部受伤的主要原因。

然而一天，一个对线与巴掌百思不得其解的

受骗者去找聪明的人，

聪明人毫不迟疑地

回答："这真是难解的事。

那些善于听教，一心想要做好的人，

LE FOU QUI VEND LA SAGESSE. Fable CLXXVII.

在自己和疯子之间常隔着那条线一般的长度，
否则他们应该如此挨一个巴掌。
你并未受骗，那位疯子是出售了智慧。"

九、牡蛎与诉讼人
(*L'Huître et les plaideurs*)

一天，两位旅客在海滩看见

一只被潮水带上来的牡蛎，

他们都用眼睛盯着，用手指着，

至于彼此的牙齿却互相排斥了。

甲弯腰准备捡取这个猎物，

乙推开他，说："我们应该弄清楚

该由谁来享受它。

第一位看到的

该拥有它，另一位只能干瞪眼。"

他的同伴回答：

"如果依此裁判，真感谢上帝，

我的视力很好，我先看到它的。"

另一位说："我也没有毛病，

我发誓我比你先看到它。"

"好吧！就算你先看到它，

我却比你先感觉到它。"

就在这个意外争执时，

贝林·但田 ① 来了，他们请他裁决。

贝林很严厉地敲开牡蛎并且吃掉里头的肉，

这两位先生望着他。

随后，他以庭长的语气说：

"拿去吧，法庭各送你们一片

不新鲜的贝壳，你们可以回家了。"

记住惹起今日诉讼的教训，

盘算着留给许多家庭的事，

---

① 贝林·但田（Perrin Dandin），拉伯雷创造的一位人物，随后剧作家拉辛也采用这个角色。

536

L'HUITRE ET LES PLAIDEURS. Fable CLXXVIII.

你就会看到贝林获得了钱，

却撇下沙袋与九柱戏 ① 给诉讼人。

---

① 比喻诉讼人花钱却一无所得，就好像贝林拿走赌注，两位赌徒只望着沙袋与九柱戏。

一〇、狼与瘦狗

(*Le loup et le chien maigre*)

从前那条小鲤鱼 [1]

不管怎么辩护、陈述都没有用，

还是被人放进锅里煎煮。

当它还在渔夫手中时，

还以侥幸的心希望渔夫会释放它，

那是再愚蠢不过了。

那位渔夫有道理，小鲤鱼也没有错。

每个人都会说维护自己生命的话。

现在，我要强调

当时还可深入的事实。

某只狼，笨得正同聪明的渔夫相反，

它看到村子外有一只狗，

狼想把它弄死。狗一副

瘦骨嶙峋的样子，对狼说："现在

我这副德行，阁下抓住了也不会满意，

您等着吧，我的主人快将

唯一的女儿出嫁。您想到

婚礼时，我该可胖些吧！"

这只狼相信，便放了它。

过了一段时间，狼回来

看看它的狗是否胖得可以抓了。

但这个坏蛋躲在家里，

隔着栏栅对狼说：

"朋友，我就要出去。

如果你想等着，看门的和我，

我俩即刻就属于你了。"

---

① 见《小鱼与渔夫》。

LE LOUP ET LE CHIEN MAIGRE. Fable CLXXIX.

看门的是只猛獒，

曾经弄死几只狼。

狗料想得到狼会害怕，狼说：

"看门的，那免了！"便跑了，相当敏捷。

但是它不够灵巧，

因为这只狼还不了解其职业。

一一、不矫枉过正 ①
（*Rien de trop*）

我不曾见过

自持节制的人。

那是大自然的主人想

维持万物可靠的均衡的方法。

人们做到了没？一点也没有。

是好是坏，无法预期。

金发女神色列丝的麦子

经常太过于丰硕而侵占耕地，

剩余物照例四处散溢，

且生长过密，

便从果实夺去了养分。

为了矫正麦田，上帝允许用羊群

去减少收成的过度浪费。

羊群加入后，

损害一切，吃光所有。

如此一来，上帝允许狼群

去吃一些羊。它们将羊吃光，

即使它们没有吃光，也会尽力去吃。

接着，上帝允许人类

惩罚狼群，人类就滥用

这项神旨的伎俩。

在所有的动物中，人类

最有极端性的倾向。

我们应该责备

最小与最大的极端性。没有人

不犯此毛病。"不矫枉过正"

是一项人人不断说却无法遵守的论点。

---

① 此句智慧言刻于希腊古城德尔斐（Delphes）神殿的门口顶端（fronton 指入门处三角形顶端的装饰）。

RIEN DE TROP. Fable CLXXX.

RIEN DE TROP. Fable CLXXX. 2.ᵉ Planche.

RIEN DE TROP. Fable CLXXX. 3.ᵉ Planche.

一二、大蜡烛

(*Le cierge*)

这是蜜蜂 ① 群飞的众神居所。

有人说，众神住在

伊姆特 ② 山，且大吃着此地

西风之神所保养的宝物 ③。

当有人从上天女儿们的宫殿里

盗走她们闭室内的佳肴，

或者，以平白的语言说明

养蜂场没有蜜之后，

只剩下蜜蜡，人们用以制造许多蜡烛，

制造成许多饰上花纹的大蜡烛。

其中一支蜡烛看到火烧的砖土，

禁得住岁月的考验，它也以为自己能够。

于是，像火焰烧身的恩培多克勤 ④ 那样

不管自己的生性

而投身火中。这是难以理会的，

大蜡烛丝毫不懂得哲学。

一切的一切都变化多端，你要去除

别人与自己同样形成的想法。

这位恩培多克勤——蜡烛拥抱蜜蜡自融，

与人类的恩培多克勤同样愚蠢。

---

① 古人认为蜜蜂带有一部分神的智慧。

② 伊姆特（Hymette），雅典南方 Attique 的山名，以杰出的蜜及大理石的采石场著名。

③ 指蜜。

④ 恩培多克勤（Empédocle），公元前五世纪阿格里真托（Agrigente）的哲学家、医生，不了解 Etna（西西里岛的西北方）火山奇迹，很轻率地进入火山口。

LE CIERGE. Fable CLXXXI.

一三、朱庇特与旅客

(*Jupiter et le passager*)

如果我们想起自己曾许的愿，

灾祸是何等地提高众神的重要性啊！

但是，等灾祸一过，人们

再也记不得曾对上天许诺，

他只计算他在地面上的负债。

无神论者说："朱庇特是个好债权人，

它从不使用看门人。"

啊！那么雷是什么？

这些警告你如何称呼？

正当风暴来袭时，一位旅客许愿

将一百头牛献给征服巨人族的这座神。

事实上他一头也没有，即使许愿

大象一百头也不值得什么。

当他过了岸时，遂燃烧一些牛骨头。

朱庇特闻到那些上升的烟。

这位旅人说："朱庇特[①] 先生，

请接纳我的还愿，

你所呼吸的这些是牛的芬芳，

烟归于你，我没欠你什么了。"

朱庇特笑了，

几天后，神逮着了机会，

托梦对他说

在某地有某笔财宝。这个

许愿的男子救火似的奔去财宝处，

他碰到一群小偷，小偷们用尽所有的方法

只在他的钱袋里找到一埃居。

---

① 此处原文是"Jupin"。

JUPITER ET LE PASSAGER. Fable CLXXXII.

JUPITER ET LE PASSAGER. Fable CLXXXII. 2.ᵉ Planche.

他曾答应给予一百个金达龙，

这笔金币已预埋在一个小村里。

那儿似是一个会发出恶臭的地方，一个小偷

对这个喜欢许诺的人说："兄弟，

你欺骗我们，纳命来，带你那一百个金达龙

到地狱去吧。"

一四、猫与狐狸

（*Le chat et le renard*）

猫与狐狸，仿佛两位道貌岸然的小圣人，

要前往朝圣。

它们真的是两位小人，两位骗子，

两位真的是笑里藏刀，它们的旅费是

偷咬许多家禽，诈骗许多乳酪，

彼此互相竞赛似的。

它们以争论来打发

旅途的漫长与无聊。

争论有很大的帮助，

没有它，人总是觉得要昏昏欲睡。

我们的朝圣者于是就这样大声嘶叫。

刚争论完又提到亲友。

最后狐狸对猫说：

"你主张狡猾，

那么你知道我吗？我袋子里有百种妙计。"

另一个说："不，我的褡裢里只有一种，

但是这一种抵得上千种。"

它们又开始抢先争论，

这一点，它们两位势均力敌，

一群猎狗来了，平息了这次争吵。

猫对狐狸说："朋友，在袋子里检查看看，

用你诡计多端的脑子找一找

你确实可用的策略。而我，当下就有。"

说完这句话，它美妙地爬到树上。

而狐狸要了一百次都没有用，

躲进一百个洞，露出一百个毛病，

552

LE CHAT ET LE RENARD. Fable CLXXXIII.

都是比佛^①的同伴。

它到处想找掩蔽所，

却到处不成功，

连矮脚猎犬也找得到它。

狐狸刚由洞穴脱出，两只动作敏捷的狗

一跳过来就掐死了它。

太多的方法有时反而会破坏事情，人们

浪费太多时间在选择上，人们企图想做完一切。

但实际上只需一种方法，但要精良。

---

① 比佛（Brifaud），这群猎狗的头目。

一五、丈夫，妻子与小偷

(*Le mari, la femme, et le voleur*)

一位丈夫相当疼爱，

相当疼爱他的妻子。

他外表看是幸福的，其实却不幸。

从没有得到妻子的青睐、

温存体贴的谈话、

爱意的字眼，也没有柔笑

来对待这位可怜的先生，

她让他怀疑他是否真的是被爱。

我想他就是这样一位丈夫，

他一点也不认为婚姻

满足了他的命运，

他不感谢众神，

为什么？如果爱情只是

调和婚姻给予我们的快乐，

我不认为这样是好的。

我们这位妻子就是以此为基础，

不懂以其生命来恩爱她的丈夫。

一天晚上，他正怨怼不平。一个小偷

打断这股诉情。

可怜的妻子如此害怕

就在丈夫的臂弯

找寻保护。

他说："小偷朋友，没有你，

如此温柔的幸福不会赐给我。取走

我们家里所有你认为适合的东西，

包括这栋房子。"小偷不是

无耻之徒，但也不会相当高尚，

小偷抓住了这个机会。我归纳此故事：

LE MARI, LA FEMME ET LE VOLEUR. Fable CLXXXIV.

最强烈的感情

就是害怕，它克服了反感，

有时也克服爱情，有时却又是爱情克制它。

我有这类情人作为证据，

焚烧房子只为了拥抱妻子，

透过火焰带走她①。

我非常喜爱这种激烈的行动，

这个故事永无止境地令我喜欢，

一颗西班牙式的心灵

还比疯子来得狂烈。

---

① 指维拉·马狄亚纳（Villa-Mediana）伯爵钟情于伊丽莎白王后（1602—1644，西班牙国王费利佩四世的妻子）。

一六、财宝与两个人

（*Le trésor et les deux hommes*）

一个人既无信用，又缺乏谋生的方法，

而钱袋住着魔鬼，

也就是说：阮囊羞涩时，

可以想象出他准备

自缢了断自己的不幸，

因为饥饿也会使他死的，

但这种死法不适宜

这类缺少好奇尝试死亡的人。

在这心愿下，一处断垣残壁

成为发生奇遇的舞台。

他带条绳子，想用钉子

在墙上高处套住马络。

这堵墙，古老而不坚固，

敲了最初几下就摇摇晃晃，掉下一堆财宝。

我们这位绝望者将它收集起来，

留下马络①，带着黄金离去，

意外之财，这笔钱令这位先生兴奋。

正当这位君子迈着大步回家时，

财宝的主人来了，发现

他的金子已经不在。

他说："怪事！我失去这笔钱还活着？

我没自缢吗？如果真的做了，

我怎么没拿绳子来？"

绳子早准备好了，只缺少一个人。

这个人自行缚住，好端端地自缢了。

足堪安慰的是

---

① 指拴马的绳。——编者注

LE TRESOR ET LES DEUX HOMMES. Fable CLXXXV.

另一位替他付了细绳的费用。
金子、马络还是同样地有了主人。

吝啬的人很少无泪地结束生命，
他紧紧抓住少许的财宝，
为小偷，为亲友
或为土地而储存。
但是，命运女神赐给吝啬者的交易
又要如何解说呢?
这就是她的特点，她以此为乐。
伎俩愈怪异，她愈满足。
这位易变的女神
本着神明袖手
旁观一个人自缢，
而自缢的那人
至少应该等一等再做。

一七、猴子与猫

（*Le singe et le chat*）

贝当与拉东，一个是猴子，另一位是猫，

它们同住一间房屋，有共同的主人。

就为恶的动物而言，这是太好的菜盘，

它们为所欲为，我行我素。

它们在这房子里破坏了什么，

附近的人也不会说话。

贝当什么都偷，而拉东只看中

身旁的乳酪，对老鼠却漫不经心。

一天，在炉火一角，我们这两位骗子老手

凝望着烤栗子。

诈骗这些栗子是轻而易举的事，

我们的绅士分成两种利益去做，

先取好的，再取其他坏的。

贝当对拉东说："兄弟，今天

应该是你显示本领的时候了，

替我取栗子。如果上帝赋予我

火中取栗的天赋，

这些栗子必定要蒙受大害。"

说完开始做事，拉东用它的脚趾

以纤细的方式，

拨开些灰烬，抽出前爪，

接着，取了好多次，

拿一颗栗子，两颗，三颗，

同时，只当剥开来吃。

一位女仆回来，"再见，人类"，

有人如此说，拉东并未满足。

同样地，大部分王子

LE SINGE ET LE CHAT. Fable CLXXXVI

为求某位国王的利益，

也以相同的角色，

侵犯外省地区。

一八、鸢与黄莺

（*Le milan et le rossignol*）

著名的猎禽鸢飞过以后，

四邻响起警钟，

村庄的孩童对它大声呼叫，

一只黄莺很不幸地落在他手中。

这只春天的使节鸟求鸢饶命：

"吃只有声音的鸟就够了吗？

最好再听听我的歌，

我将为你叙述泰罗斯① 及其嫉妒心。"

"谁，泰罗斯？那是鸢的食物吗？"

"不是，那是国王，他的怒火

使我记恨他的罪恶，

我为你唱支扣你心弦的美丽歌曲，

我的歌令每个人都喜悦。"

这时，鸢向它解释：

"真是的，我正空着肚子，

你却对我谈音乐。"

"我常对国王谈呢。"

鸢笑着说：

"被国王抓住时，

你可以对它谈这些奇事。

但对一只鸢，

饿扁的肚子是丝毫没有耳朵的。"

---

① 泰罗斯（Térée），神话中的色雷斯国王，普洛涅（Progné，见《菲洛美尔与普洛涅》）的丈夫。

LE MILAN ET LE ROSSIGNOL . Fable CLXXXVII.

一九、牧羊人及其羊群

（*Le berger et son troupeau*）

"怎么搞的！这些瘦小动物

总是少了一两只！

一定是给狼吃掉了！

我明明数得好好的，它们有一千多只，

连可怜的罗宾① 也遭了殃，

绵羊罗宾经过城市

为了面包跟着我，

它跟我到天涯海角。

唉！它听得出我的风笛之声！

知道我在周围百步地方，

啊！可怜的绵羊罗宾！"

当吉略特做完这篇祭文，

想起有关罗宾的美好记忆后，

他对整个羊群致辞，包括

领袖，成群的羊，甚至最小的羔羊，

要它们振作起来。

只需远离狼就好了。

以荣誉保证的羊群，它们答应他

全体不会超过界线。

它们说："我们要抓住取走

绵羊罗宾的狼獾。"

每一只羊都点头保证。

吉略特相信它们并感到庆幸。

这时，天快黑了，

发生了新的骚动。

狼出现了，所有的羊群四处奔逃，

---

① 罗宾（Robin），为法国文学家拉伯雷著作中一只绵羊的名字。

566

LE BERGER ET SON TROUPEAU . Fable CLXXXVIII.

但那不是狼，只是一个影子而已。

向平庸的士兵致辞，
他们只会拼命答应，
而当面对最小的危险时，
就会失去他们所有的勇气，
你的教训与喊叫无法留住他们。

二〇、两只老鼠，狐狸与蛋 ①
(*Les deux rats, le renard, et l'œuf*)

两只老鼠寻找食物，它们发现一粒蛋。

这餐点对这种动物来说是足够的！

因为它们并不是经常可以寻获一粒蛋。

满怀愉快与食欲，

它们正要享用各自的一份，

这时有个无名氏出现了，那是狐狸先生。

真是来得不是时候。

如何救这粒蛋呢？最好是包起来，

然后用前脚一起运走，

或推，或拉，

这就如同侥幸是不可求的事。

它们需要替自己

想出个办法来。

只要它们能弄回住家，

距离此地四分之一里的地方，

一只仰身抱住蛋，

不管碰撞到什么，不管如何难走，

另一只总用尾巴拉着它。

在这样的故事之后，希望有人支持我，

动物未必没有才智。

至于我，如果我是老师，

我同孩子一样会把蛋给予它们。

这些孩子，在年纪更少时不曾想到吗？

因而有人会考虑到那并不能满足它们。

---

① 此诗有些版本标题为《对拉沙波利叶夫人的演说》(*Discours à Mdame de la Sablière*)，原诗计 237 行，此处仅译第 179 至 237 行。

举一个共通的例子，

我归因于动物，

依我们看它们没有具备任何理智，

但它们同样具有甚于盲目的动机：

我揉细一片东西，

小到不能轻易感觉到它的存在，

它是由光抽出的极小的原子，

我不知道还有比火更猛烈更活跃的

东西：因为最后，如果森林造成火灾，

烧尽的火灾不能给予

我们的灵魂某些观念，而且从金子

取得出铅心来吗？我使我的作品

能宜于感受和判断，别无其他，

而没有猴子，

最少的论证就造成了不完美的判断。

对于我们其他的人类，

我把它当作更无尽的命运：

我们有两种财富，

其一，完全同我们一样的心灵，

不管智者、疯子、孩童、白痴，

同是动物名下的万物之王。

其二，是另外一种心灵，介于我们与天使间的，

形成某一层次，

而这项财富除了

跟随空中的天兵天将

进入至高至大的境界以外，

尽管开始，永无结束，

尽管奇怪，却为真事。

虽然幼稚期持续着，

这位空中少女在我们面前

只化身为一道温柔微弱的光芒。

器官最刚强，但理智贯穿

物质的隐微处，

它总是牵连着

另一具不精致不完美的心灵。

卷十

一、人与蛇

（*L'homme et la couleuvre*）

一个人看到一条蛇。

他说："啊！坏蛋，我来做一件

愉悦全世界的行动。"

听到此话，这只邪恶的动物上当了，

（我说的是蛇 [①]，

不是人，人们很容易弄错）

被抓住，放进袋里。它是最阴险的，

不管是否犯错，人们都要置它于死地。

为了提出一些坏理由来作为证据，

这个人说了一些话：

"你这个忘恩的象征！想让坏蛋学好，

是可笑的，那么去死吧，你的愤怒与牙齿

就不再妨害我。"蛇，用它的语言

尽最大能力说："如果要

惩罚世上所有的忘恩家伙，

谁能获得宽恕？

你自己，你进行你的诉讼：我

以你的原本教训做基础，去掉你的偏见。

我的生命在你手上，解决吧，你的正义

是你有效的理由，你的快乐，你的幻想

依据这些法律，审判我，

但至少在临死前，

让我向你说句坦白话，

忘恩的象征

不是蛇，是人！"这些话

阻止了这个人，他退后一步。

---

① 本诗中，出现的蛇有二字：前一种"couleuvre"（阴性），此处用"serpent"（阳性）。这两个字全诗分别都有使用。

L'HOMME ET LA COULEUVRE. Fable CXC.

最后回答："你的理由无关紧要。

我能决定你的命运，因为权利属于我，

但你可以请人再裁决一次。"

爬行动物说："就这么办。"

一头母牛在那儿，叫了它。它走来，

听完情况。它说："这是简单的事，

仅为了这个还叫我来？

蛇先生有道理，为什么要说假话呢？

我经年累月长期地养育人，

但他却没有一天让我过得舒舒服服的，

都只为他一人。我的奶水和孩子

使他坐在家里赚了满手的钱，

同时，恢复了他的健康，这些年

变了，我的辛劳

都为了他的快乐与需要。

现在我老了，他把我放到没有草的

角落，他还想让我吃草呢！

但我被绑住，如果我有一条蛇作为

主人，它该不至于忘恩负义

至这种地步吧？再见，我说的都是我想的。"

这个人，惊讶于如此的判决，

对蛇说："该相信它说的吗？

那是胡言乱语，它失掉了理智。

我们取信于公牛吧。"爬行动物说："可以。"

这么说就这么办。一只公牛慢步走来。

它脑子里反复地思考整个情况后，

它说多年来的劳动，只为了人们，

它担负着最大程度的忧虑，

不停地在辛劳的园地里奔波，

恢复色列丝给我们的

田地，且帮人们贩卖动物。

在这些工作之后

所得的代价是暴力打击，

绝少感激。随后，当它老了，

人类尊敬它的方式是

购买它的血液来求神宽恕。

公牛如此说道。这个人说：

"烦人的演讲者不要再说了，

它尽找些伟大的空话来这里发泄，

代替裁判原告，

我也否认它。"树木被请来做裁判，

这更糟。它供给我们避身处

来防热、防雨、防烈风。

单单为我们人类，它点缀了花园与田野，

树荫不是它唯一赐给我们的财产，

它还为果子弯下腰来。然而乡下人

却砍掉它作为工资，这是他对树木残酷的奖励，

虽然长年它都大方地给予我们

或是春天的花朵，秋天的水果，

或是夏天的阴凉，冬天火炉的快乐。

人们难道只是修剪枝叶就不曾用过斧头吗？

由于它的体质，它还能活着。

这个人，觉得树木所说的比他所相信的还要坏，

他想尽全力要拥有既得的利益。

他说："我非常善良，听听那些人所说的！"

他即刻拿起袋子和蛇

朝向墙壁，这样杀死了这只动物。

大人物也是这么利用万物的。

理由会触犯他们，他们脑子里想着

万物为他们而生，不管是四脚动物，

人，或是蛇。

如果某人松掉他的牙齿，

那是傻瓜。——我同意。但该怎么做呢？

——站远说，或者保持沉默。

二、乌龟与两只鸭子

(*La tortue et les deux canards*)

一只乌龟，头脑简单，

它厌倦自己的洞穴，想到外界看看，

人们向来重视陌生的地方，

跛子向来讨厌住在家里。

它跟两只很熟的鸭子

安排了一份能够让

它满意的计划。

"你看见这条大路吗？

我们可以从空中送你到美洲去，

你可以看到许多共和国，

许多王国，许多人民。你会增加很多见闻，

你可以了解各种风俗习惯，

如同尤利西斯 ① 那样。"对这种事情

人们不期望做个尤利西斯。

乌龟同意这建议。

双方决定好了，两只家禽造了

一个运送旅客的工具。

在乌龟的嘴部横放一根木棒。

它们说："咬紧，别放松！"

接着，两只鸭子各握住木棒的一端。

乌龟被抬起来了，到处都惊讶地

注视这只迟钝的动物与它背上的房子

那种可笑的模样，

正好走进两群鹅中间。

"怪事！快来看，云端上

有乌龟女王飞过去了。"

---

① 尤利西斯，希腊神话中的英雄，在特洛伊城战后，经过长期的漂泊流浪才回到家乡。

LA TORTUE ET LES DEUX CANARDS . Fable CXCI.

"女王！不错，我是女王！
不骗你们。"在旅程中，
乌龟要是不说话，一定可以相当快乐，
可是因为放松牙齿说话，木棒脱落了下来，
它也摔了下来，惨死在观众的脚下。
不谨慎是它的死因。

粗心、空谈、愚蠢的虚荣
和不着边际的好奇心，
都具有相同狭隘的血缘关系。
这些都是同一个家族的后裔。

三、鱼与鸬鹚
(*Les poissons et le cormoran*)

在池塘的所有邻居中,

鸬鹚①一点都不必捐税。

养鱼池替它缴付膳宿费,

它的捕鱼技术不错,但是长期的

结冰,对这只可怜的动物来说,

要捕条鱼就很不容易了。

所有的鸬鹚都要替自己预备食物。

我们这只鸬鹚,有点老态,

看看水底,没有渔网,

要忍受相当大的饥饿。

它怎么办?它想出了

一个策略。在池塘边,

鸬鹚看到一只虾子。

它说:"老兄②赶快

向你的族人传达

重要的警告。你们快要灭亡了,

此地的主人六日后要捕鱼。"

这只虾子急忙

传达此一状况,引起了大骚动。

它们跑来跑去,集会,向这只鸟

讨教:"鸬鹚阁下,

你从何处听来这消息?你的保证是什么?

你确定这件事吗?

你知道如何挽救吗?怎么办呢?"

它说:"迁移此地。""我们怎么做呢?"

---

① 鸬鹚,鸟名,游禽类,俗称"水老鸭",渔人常饲养作为捕鱼之用。

② 原文为阴性(Commère,教母),因虾子为阴性名词。

LES POISSONS ET LE CORMORAN . Fable CXCII.

"不用担心，我一个一个将

你们全部带到我的住处去。

只有上帝跟我熟悉这条路途。

我不再保留秘密了。

是大自然自己挖成的养鱼池，

不为阴险的人类知道，

你们全族将获救。"

它们都相信鸬鹚的话。这水栖民族

一个接一个地被带到

人迹罕至的岩石下。

在那里，鸬鹚这个伪善者，

把它们放在一个证明的

地方，既小又浅，

不费力气地吃掉它们，一天一只。

鸬鹚以它们生命的代价来教导它们，

不该信任

人类的饕餮者。

它们大都不在那儿死亡，因为人类

同样懂得吃好东西，

谁吃掉你又有何关系？人或狮，所有肚子

在这事情上，都会出现同样的结果。

早一日，晚一日，

都没什么区别。

四、掩埋者及其教父 ①

(*L'enfouisseur et son compère*)

一位守财奴有一大笔款子

不知该存放在何处。

吝啬是无知的同伴与姐妹,

使他很难

挑选一位受托者。

然而他已有了一位,这是他的理由:

"只有把它埋起来,如果放在家里,

这笔钱必然会日渐减少,

我自己就是窃贼。"

窃贼?什么!自己扮演偷窃?

我的朋友,我同情你的最大错误,

在这次教训中学学我:

除非加以利用,否则财产不算幸福。

虽然没有它是痛苦的。你想为

不再有用的年纪与岁月遗留财产吗?

辛苦地赚取,小心地保存,

会从人们认为必要的黄金中夺去它的价值。

为了减轻这样的忧虑,

我们这个人有必要找个可靠的人。

他比较喜欢土地,于是请他的教父前来协助。

他们把财宝埋起来。

一段时间之后,他去看黄金,

只看到空无一物的洞穴 ②。

他当然怀疑他的教父,他马上

去对他说:"你准备好,我还

_____

① 此处教父,另有同谋人之意。

② 洞穴(gîte),有矿坑、矿脉之意。

586

L'ENFOUISSEUR ET SON COMPERE, Fable CXCIII.

留有最后一笔款，我想把它们通通放在一起。"

教父立刻把偷来的钱

放回原处，很有把握地想

一次就取得所有的钱。

但这下，另一位聪明了，

他将全部拿回家去，尽情享受一番，

不再堆放，不再埋起来。

而这位可怜的小偷，不再受到保证[①]，

而从高处摔下来。

拐骗骗子并不困难[②]。

---

① 此句另意为：不再看到他的寄托物。

②《公鸡与狐狸》中，拉封丹如此结尾："拐骗骗子是一件双重的快乐。"

五、狼与牧人

(Le loup et les bergers)

一天，一只满怀仁慈的狼

（如果世界上真有这回事的话）

对于它自己的残性，

虽然只由于需要而去施行，

做了深度的反省。

它说："我为谁所恨呢？为每一个人所恨。

狼是大家共同的敌人：

狗、猎人和村民集合起来想致狼于死地。

朱庇特高高在上厌烦它的哀吟声，

因为这样，狼在英国绝迹 ①，

人们拿我们的头去领奖。

那是针对我们

公布这样一个悬赏的诏书，

母亲以狼来恐吓

哭叫的小孩。

这一切就是为了我们吃掉那些患癣的驴，

生病的绵羊，几只好斗的狗，

好吧！我们不再吃这些有生命的东西，

让我们吃草，我们宁可饿死。

这是如此残酷的事吗？

最好别再引起普遍的仇恨。"

说完这些话，它看到牧人

正在吃一串烤的羔羊肉。

它说："啊，我谴责

这种血液的人。羔羊的保护者

正吃着羔羊，

---

① 十世纪英国国王埃德加（Edgar le Pacifiqu）统治时期，下令捕捉三百头狼则给予奖金。

LE LOUP ET LES BERGERS.   Fable CXCIV.

而我们狼族就得细心谨慎地不去吃它们吗？

不，不为神所允许。我太荒唐了。

看小羊的狄保特^①走过去

没给我一块肉，

不仅是他，还有哺乳他的母亲

和生养他的父亲。"

这只狼有道理。它是说看见我们

以全部的捕猎物来庆典时，

吃着大鱼大肉，当然我们能够这样，

但它们岂该减少唾手可得的食物？

它们岂有铁钩和锅子？

牧人！牧人！狼没有错，

当它不是最强壮时，

难道你要它隐居生活吗？

---

① 狄保特（Thibaut），十五世纪时一出滑稽戏《帕塞林的闹剧》（ *La Farce de Pathelin* ）中牧羊人的名字。

591

六、蜘蛛与燕子

（*L'araignée et l'hirondelle*）

"哦！朱庇特，我知道你

利用新分娩的秘密，从你优秀的脑子里

拉出帕拉斯 ①——从前我的敌人，

在你一生中这么一次请听我的诉怨！

普洛涅 ② 偷走我的小东西，

绕个圈子，它掠过空中，掠过水面，

取走我门口的苍蝇，

我说那是我的，而我的网

无法网住这只坏鸟，

我要用更坚韧的物质来编织。"

这只曾是刺绣女

也是纺织女的蜘蛛，

以如此无理的演说抱怨着，

要求逮捕所有的飞虫。

菲洛美尔的妹妹 ③，注意蜘蛛的猎物，

尽管那只小动物在空中攫住苍蝇，

为了小孩，为了自己，为了

享受无情的娱乐，

而它嗷嗷待哺的小孩，也正张着喙，

音调嘎嘎吞吞吐吐的，

以表达不清楚的叫声要求着喂食。

可怜的蜘蛛不再拥有

头与脚和多余的手艺，

眼看自己被举起。

---

① 帕拉斯（Pallas），雅典娜的别号。古代利德（Lydie）少女阿拉希涅（Arachné）善于纺织刺绣，遭帕拉斯嫉妒，因而变为蜘蛛。

② 普洛涅，即化身燕子的故事，见《菲洛美尔与普洛涅》。

③ 即普洛涅，燕子。

L'ARAIGNEE ET L'HIRONDELLE . Fable CXCV.

燕子飞过时弄坏整个网，
连吊在末梢的那只动物也被掠走。
朱庇特为了每种情况，在世间安置两张桌子，
灵巧的，谨慎的，刚强的
都坐到第一桌；较小的
在第二桌吃剩下的部分。

七、竹鸡与公鸡
(*La perdrix et les coqs*)

一群粗鲁，不懂礼貌，

整天吵闹嚣张的公鸡中间，

生活着一只竹鸡。

它希望以自己的性别①可以得到好色的

这群公鸡以客卿相待，

获得整个房舍的欢迎。

然而这群经常狂怒的公鸡

很少尊敬这位怪夫人，

经常以喙狠狠地啄咬它。

起先，它很伤心，

一旦看到愤怒的这群

就彼此开战，戳穿腰部，

它自我安慰，说："这是它们的习惯，

不用控告它们，宁可同情这些人。

朱庇特没有把万物造成一个形式。

公鸡有公鸡的天性，

竹鸡有竹鸡的特质。

如果由我决定，我将在

最有礼貌的同伴中度过一生。

可是此地的主人却采取另一种安排。

他以竹鸡网捉住我，

让我与公鸡同住，并砍掉我的翅膀，

唯一应该埋怨的是人类。"

---

① 竹鸡为阴性名词。

LA PERDRIX ET LES COQS . Fable CXCVI.

八、被割下耳朵的狗

(*Le chien à qui on a coupé les oreilles*)

"我到底做了什么坏事，

我自己的主人把我弄成残废？

使我陷入这样的惨状！

在其他的狗面前，我还敢露脸吗？

动物之王或暴君啊！

谁要你们做这样的事呢？"

年轻的猛獒穆福拉① 如是哀叫，而人们

一点也不在乎它尖锐的痛苦叫声，

无情地割下它的耳朵。

穆福拉几乎认为自己要死了，它曾在

得意的时光中生活过，现在由于大自然

侵害它的同类，多次的灾祸

改变了它自身及带来了厄运的这部分：

好斗的狗总是被割下耳朵。

被别人的牙齿咬下最少的

就是最好的。

当它只有一个地方要保护时，

它会因担心出丑起而防卫，

穆福拉备有护颈② 即可证明，

正如我手上没有耳朵那样，

这只狗也没有耳朵，

狼就不知道要从何处咬住它。

---

① 穆福拉（Mouflar），狗名。

② 护颈（gorgerin），保护喉咙的东西。

LE CHIEN À QUI ON A COUPÉ LES OREILLES . Fable CXCVII.

九、牧人与国王
(*Le berger et le roi*)

有两个鬼灵精任意瓜分我们的生命，

并用财产赶走我们的理智。

我不曾看过为他们牺牲的心。

如果你问我他们的样子与名字，

我称一个为爱情，另一个为野心。

后一个会扩展他的帝国到最远处，

同时伸入爱情之内。

我看得很清楚，但我的目的是在说明

国王如何让一位牧人到宫中去的故事。

故事发生在很久以前，不是在我们的时代。

国王发现一群在整片田野上奔跑的羊，

这些羊胃口好，又健壮，几年来增产不少，

国王就要重重地酬谢牧人的照顾。

牧人因殷勤地照顾羊群而使国王很欣悦。

他说："你足以担当人民的牧人，

留下你的绵羊，来管理百姓。

我封你为最高法官。"

现在我们的牧人权柄在握。

虽然他不曾见过别人，只看过一位隐士，

他的羊群、看门狗、狼，就这一切，

他很有良知，其他的美德也不缺乏。

总之，他颇想施展一番作为。

邻人隐士跑来对他说：

"我睡醒了，我没做梦吧？

你得宠了！你伟大了！小心会冒犯国王，

他的恩宠容易消失，有人上过当。

最坏的东西，他当作珍宝；同样的错误

会使你产生天大的不幸。

LE BERGER ET LE ROY Fable CXCVIII. 2.ᵉ Planche.

你不懂得他请你去的用意，

我以朋友的身份告诉你——要怀疑一切。"

牧人笑了，这位隐士继续说：

"看看宫中，就已经够使你发愣了。

我看过一位瞎子，在旅途中

把一条冻麻的蛇

握在手中，他拿它作为鞭子，

因为他的鞭子从腰际掉下遗失了，

他很感谢上天赐给他这个好机运。

一位路人喊道：'你干吗？天啊！

扔掉那只阴险有害的动物，

那是蛇。''是鞭子。''是一条蛇，

我何苦与你争论呢？

你想保留这宝贝吗？''为什么不？

我的鞭子坏了，我要找根更结实的，

你只是因为羡慕才这么说的。'

瞎子仍然不相信，

但他旋即丧生——

灵活的蛇咬了此人的手臂。

至于你，我敢预言

有些坏事将降临在你身上。"

"喂！没有比死亡更坏的吧？"

这位先知隐士说："千种忧伤皆会发生。"

事实的确如此，隐士没有错。

宫中有不少坏人，借着许多阴谋

使得法官的率真与才能

受到国王的怀疑。有人设圈套，唆使

原告及被捕的受害人。

他们说："他用我们的财产盖宫殿。"

国王想看看这么庞大的财富，

他各处查看，一切无啥异样，

牧人仍显得寒酸与贫穷，

这即人们控告他的所谓的华丽住宅。

有人说："他的财富全在宝石上。

满满地装了一大箱，用十门锁锁住。"

国王亲自掀开箱子，使得

所有的骗子和阴谋家大吃一惊。

敞开的箱子里面只是一些破布，

一件牧羊人的衣服，

小帽、披衣、面包袋、牧杖，

我想，还有风笛。

这是牧人说的："甜美的宝贝！亲切的保证！

你们不曾受羡慕与梦想诱惑，我要再跟

你们在一起。我们走出这些富丽的宫殿，

如同走出梦境一般。

陛下，原谅我的感叹。

我已预料爬得太高会摔下来。

现在我太满足了，但脑子里

谁没有野心的小种子呢？"

一〇、鱼与弄笛的牧人

(*Les poissons et le berger qui joue de la flûte*)

一天，狄尔西斯为唯一的安奈特

制造和声的

回响与能够

感动死人的风笛，

在水波流入牧场、

西风之神居住的繁花盛开的乡下，

沿河岸唱着歌。

这时，安奈特一竿在手垂钓，

但没有鱼儿靠过来。

这位牧羊女懊恼自己的苦心。

遂利用牧人的歌声，牧人

曾经吸引住非情动物，

遂也想以不幸引来鱼类。

他对它们如此歌唱："水浪的居民，

让水神回到深洞去。

前来看看超过千倍动人的东西。

不用担心进入美女的牢狱，

她只对我们残酷，

你们会受到温柔的招待，

我们不想要你们的生命，

一处比精致水晶还清澄的养鱼池正等着你们。

一旦鱼饵对某些人是必要时，

死在安奈特手上是我期望的命运。"

这篇精彩的演说奏效不大，

听众聋得跟哑巴一样。

狄尔西斯能说善道，但那甜蜜的话

随风扬去，

他拿来长长的渔网。现在网到鱼了，

LES POISSONS ET LE BERGER QUI JOUE DE LA FLUTE. Fable CXCIX.

这些鱼都被放到牧羊女的足前。

哦！你们，人间的牧师，不是雌绵羊，

相信由才子的理智所赢得

奇怪人民的国王，

他们不曾借此方式完成的，

应该有别的方式，

你使用你的渔网，权力造成一切。

一一、两只鹦鹉，国王及其子

（*Les deux perroquets, le roi et Son fils*）

两只鹦鹉，一只父亲，另一只是儿子，

国王以烤肉作为它们的家常饭。

这两位半神人物，儿子及父亲，

把这两只鸟当作宠臣看待。

年龄使他们之间

结成真挚的友谊：两位父亲相爱，

两个孩子，敞开童心，

彼此之间也习惯于

吃相同的食物及共同上课。

这对年轻的鹦鹉而言是相当荣耀的，

因为孩子是王子，父亲是国王。

因命运三女神授予的天性，

王子喜欢鸟。一只爱漂亮的麻雀

是整个外省地区最热情的，

它也分享王子的疼爱。

一天，这两位对手一起玩耍，

如同年轻人发生的一样，

游戏演变成争吵。

那只麻雀，不留神，

招惹了不少的喙咬，

呈现半死的样子，翅膀也落地，

看来是无法医治了。

愤怒的王子把鹦鹉

弄死。消息传到父亲那儿。

不幸的老头 [①] 哀哭伤心。

一切都枉然，它的哀鸣无益，

---

① 指鹦鹉父亲。

LES DEUX PERROQUETS, LE ROY ET SON FILS. Fable CC.

爱说话的鸟儿已到了船上 ①；

说好听些，就是这只鸟已不再能说话，

对国王的儿子的气愤，使它不顾

与国王的交情，伤了王子的眼睛。

它立刻逃走，选择松树梢

作为栖息所。在大自然的怀抱里，

安静而固定的地方回味它的报复。

国王亲自跑去，诱引它，说：

"朋友，回到我家来，要让我们哭吗？

怨恨、报复与悲哀都甩到门外去。

我沉痛地宣称，

虽然我极为难过，

错误由我们而起，我儿子是先下手者。

我儿子！不，是创造者的致命一击。

命运三女神在其书页上写了

我们的王子之一丧失了生命，

而另一个则因此失去了眼睛。

我们彼此安慰吧！回到你的笼里。"

鹦鹉说："国王陛下，

你以为受到这样的凌辱后，

我该信任你吗？

你对我托词命运，

就你的情况来说，你是想以

渎神的话作饵引诱我吧？

不管是上帝或命运

决定了世间的事，

他在深邃森林的

松树树梢顶上写下

我远离你是因为

---

① 指夏隆（Charon）的船。夏隆是地狱史蒂斯河上摆渡亡灵到地狱的船夫（神）。

608

恨与怒的正当理由。

我知道报复

它对国王而言是小事，因为你活得像神一般。

你能忘记这种凌辱，

我相信可以，然而我应该

最好避开你的手和你的眼。

我的朋友国王陛下，去吧，你白费力气，

不要再劝我回去。

彼此分离，可以治好爱的伤痛，同样

也是缓和恨的药方。"

一二、母狮与母熊

(*La lionne et l'ourse*)

狮妈妈失去它的婴孩。

婴孩被一位猎人逮走。

这位可怜者吼声震天

使得整座森林都忍受不了。

夜、晦暗、安静

及其他魅力

都阻止不了林中之后的叫嚣，

动物也不得安眠。

最后，母熊对它说："长舌妇，

不要再叫了，所有进入

你牙缝的孩子，

他们难道都没有父母吗？"

"他们有。""既然如此，

死去的每一位的母亲的哭声

不就要令我们的头震破了吗？

既然这么多的母亲都沉默，

你怎么不也沉默呢？"

"我沉默？我，多么不幸！

啊！我失去了孩子！我将

活得像个苦恼的老太婆。"

"告诉我，谁迫使你受到刑罚呢？"

"唉！一定是憎恨我的命运。"这些话

是每张嘴在任何时候都可能说的。

可怜的人类，这是对你说的，

我只听到无谓的怨言的回响。

任何人处在这种情况，皆自认遭天所恨，

他该想到赫卡柏①，也该感谢上帝。

---

① 赫卡柏（Hécube），特洛伊城国王普里阿摩斯的妻子，战争中看到城市的沦陷，丈夫与十余个儿子遭到残杀，最后她
成为俘虏。

LA LIONNE ET L'OURS , Fable CCI.

一三、两位冒险家与符咒

(*Les deux aventuriers et le talisman*)

任何一朵路边野花都不会招来光荣。

我只能以赫拉克勒斯及其任务来作证，

因为这位神祇并无对手，

在神话中很少，历史上更少。

然而，现在有一个人，看到一张古老的符咒，

便到神奇国度去碰碰运气。

他和一位同伴去旅行。

同伴和他看到一根柱子

上面贴着告示：

"冒险家先生，如果你抱着渴望

来看，而看不到任何流浪骑士，

你只要渡过这道激流，

然后，抱着

卧在地面上的石象，

带着它，一口气跑到

以高傲的额头恫吓天空的山顶。"

两位骑士之一没有这种勇气。他说：

"如果浪急又深，

就算有人能渡过去，

又怎能扛得起一只大石象？

多荒唐的事！

那位魔术师出了这样

让人只能走四步的难题，

何况要一口气跑到山上！这

不是凡人能力可及的，至少

那座雕像绝不可能只是矮小的象。

有人想以咒文陷害我们，

这是骗小孩的谜语，

612

LES DEUX AVANTURIERS ET LE TALISMAN. Fable CCII.

LES DEUX AVANTURIERS ET LE TALISMAN . Fable CCII . 2.ᵉ *planche*

因此我只有离开大象和你。"

好推理者走了，那位冒险家继续往前走，

闭着眼睛，涉过水。

既不深也不急，

不受阻挡，依着那张告示，

他看到他的象躺在对岸。

他扛起它带走，抵达山顶，

发现一座广场，接着是一个市镇。

人群拿着武器蜂拥而出，

象的吼声立刻发出。

要是其他的冒险家，听到武器碰撞声，

早已逃之夭夭了，他，避开一边，

想牺牲生命，英雄般地赴死。

这支军队拥他为王，以代替刚死的国王，

使他整个吓呆了。

他说他只祈祷遵行礼节，

还有，这项重任有点不简单。

大家拥戴西克斯特五世[①] 为教皇时说的，

（作为教皇或作为

国王是否不幸？）

大家很快领悟他的这些话。

盲目的运气跟随盲目的冒险[②]。

聪明人偶尔认真执行，

在把时间交付智慧之前，

在观察事实，不经磋商之前。

---

① 西克斯特五世（Sixte Quint，1520—1590），在 1585 年到 1590 年当选教皇。

② 维吉尔有诗句："运气促成勇敢。"

一四、对拉罗什富科公爵先生的演说 ①

(*Discours à Monsieur le duc de La Rochefoucault*)

看到某种人的举动，

经常引起我思量，他以

千种理由对待自己，一如各类动物：

那些人的国王没有比理由

更少的缺点，大自然

赋予每种生物

一堆足以吸取才智的种子，

我熟悉才智的精义

我将证明我说的话。

防备的时刻，应该是日光

把光线沉入潮湿的居所时 ②，

应该是太阳回到它的路程时 ③，

不再是黑夜，尚未是白天，

我爬上某座森林边缘的树木，

而新的朱庇特，在这奥林匹斯山顶，

我随意地吓走

一只没有思维的兔子。

却发觉兔子全族一下子就

拔腿逃跑，它们原来是

睁着眼，凝神谛听，在灌木丛间

玩乐的，百里香大放芬芳。

一记声响便使这群

奔进地下市区

寻求安全，

然而危险一过，这么大的畏惧

---

① 本首寓言，有些编辑者冠以标题《兔子》(*Les lapins*)。拉罗什富科为《箴言集》一书作者。

② 意为太阳似乎沉入海里。

③ 意为太阳马车重上路程。

LES LAPINS . Fable CCIII.
Discours à M. le Duc de la Rochefoucault.

立即消失。我又看到这些兔子

比先前更快乐地回到我的手下面。

人类他们不也是这样子吗?

船被一场风暴弄得支离破碎,

勉强抵达港口,

过后他们还是要冒着可能来袭的

同样的风、同样的海难出港。

跟兔子一样,你会看到他们

生活在命运的支配下。

这例子让我联想到一件普遍的事。

几只外地狗经过

不是它们辖区的某地,

我想那天大概是什么节日吧!

当地的狗,只想到要维护它们

美味的利益,便向它们吠、咬,

要追赶这些路客

直到边界。

财产的,崇高的,荣耀的利益。

各省的省长,某些朝廷官吏,

各行各业的人,都是这样处理。

通常,人们看我们大家

犹如不速之客,向我们展示他们的皮肤。

爱打扮的女人与作者都是这类性格,

对新作家这是多么不幸。

只有少数的人能吃到甜头,

这是游戏规则,是重要的。

有百种例子可以支持我这场演说,

但是最短的著作

总是最好。我可以找到

所有的艺术大师来作为向导,且认为

应该在最美的主题上留下某些思考:

这样，演说该停止了。

你认为我这样是健康的，

它的虚心等于伟大，

不曾无耻地听到

最被容许的称赞

最正当最好的获得，

最后，我还勉强取得你，

让你的名字在此受到崇敬，

时间与批评家保护我的著作，

就像多年来民众认得的名字，

使法国引以为荣，

比任何地方最多产的伟大名字还超过，

至少允许我向全世界报告

你给我这些诗的主题。

一五、商人，贵族，牧人与国王儿子

(*Le Marchand, le gentilhomme, le pâtre, et le fils de roi*)

新世界 ① 的四位寻觅者，

这些近乎赤裸的逃亡者渴望喝水，

商人，贵族，牧人与国王儿子，

沦为贝里楔 ② 那样的命运，

要求路过的人

减轻他们的灾难。

虽然他们四位出身不同，

但要谈到他们碰在一起的命运经过，

称得上是篇耗时间的故事。

总之最后，他们坐在泉水旁。

这几位可怜人就在那儿开会。

王子因莫大的痛苦而躺下来，

牧人避开追忆

过去的遭遇，提出意见，

建议每个人该如何尽力去做，且努力

获取普通的生活所需。

他补充说："埋怨能医治一个人吗？

工作吧！就是这样引我们到罗马 ③ 去。"

牧人如此说，他相信

上天不会把智慧与理性

只给王族，应该也给

所有的牧羊人同所有的绵羊，

知识岂会受到限制？

这个意见立刻被

---

① 指美洲（美国）。

② 贝里楔（Bélisaire）是位大将军，以后沦落街头。这是传说的故事。

③ 即俗谚"条条道路通罗马。"

LE MARCHAND, LE GENTILHOMME, LE PÂTRE ET LE FILS DE ROY. Fab. CCIV.

漂泊在美洲海岸的三位认同。

有一位（是商人）懂得算术，

他说："这一个月，我可以授课。"

"我可以教教政治。"

国王的儿子回答。贵族接着说：

"我，我懂得徽章学，我来主持学校。"

就这样，在西印度边缘，他们的智慧

就是这种无关痛痒的话，愚蠢虚荣。

牧人说："朋友，你们说得好，但怎么做？

一个月有三十天，依你们看，

到了期限，我们就要断食吗？

你们给了我美丽的

希望，但太遥远了，到时我已饿昏了。

你们之中谁能供应明日的午餐呢？

或者，告诉我，你们

要以今日的晚餐做基础的保证？

撇开别的，这要牵涉：

你们的知识短缺的地方，

我将用我的手将之补齐。"

说完这些话，牧人走进

树林内，他砍柴，

当天或次日卖掉，

延缓一次长的断食，最后，

总算不至于让他们到地狱去练习才华。

面对这段遭遇，我的结论是：

不该如此以知识保护一个人的生命，

感谢天赋的礼品，

手是最可靠与最敏捷的帮助。

卷十一

一、狮　子
(*Le lion*)

从前，豹皇帝 [1]

由于接受意外的遗产，

牧场里有许多牛，森林中有许多鹿，

平原上有许多绵羊。

它在邻近的森林里养了一只狮子。

受到各方面的恭维，

如同那些大人物所做的，

皇帝召见它的大臣 [2] 狐狸，

这只经验丰富、手段独到的动物。

皇帝对这位大臣说："你惧怕

我卧榻旁的幼狮，它父亲已死，

它又有何作为呢？只不过是个可怜的孤儿。

它顶多做件事，

如果它想要叫命运负起责任，

就没有侵略的企图。"

狐狸摇摇头，说：

"大王，这样的孤儿不值得我同情，

它该保留友情，

或者趁其锐爪利齿还没有威胁时

尽量毁掉它们，我们该在此状况下

抚养它，不要浪费任一时刻。

我看过它的星相，它是为战争而生长的；

就地面上它的朋友而言，

它堪称最杰出的狮子；

全力照顾它，否则

---

① 皇帝（sultan），指土耳其皇帝，亦作苏丹。

② 大臣（vizir），指土耳其大臣。

LE LION. Fable CCV.

全力使其衰弱。"这番说教无用。

正当皇帝憩睡时，它的辖区内，

每个也在憩睡，动物，人，最后，

幼狮长大成真的狮子了。警钟

立刻因它而响，警报各处

鸣响。这位大臣

带着叹息说：

"你为何为那狮子生气？事情已无可挽救。

我们召集千人来帮助也无用。

召集的动物愈多，费用也愈多，它们

除了吃分得的羊之外，什么也不能。

与狮子和谈：允它以权威通行于

我们利益所及的盟邦。

狮子有三项值钱的东西，

即勇气、力量与警惕性。

迅速地扔只绵羊在其利爪下，

如果它不满足，再扔多些。

集合牧场上的牛，挑选其中

最肥大的作为献礼。

这样才能挽回其余的。"这劝告

不合皇帝意。皇帝生病了，

它邻近的强国陷于穷困，

没有什么可收成的，一切都失去了。

这个国家与这世界为敌。

他们惧怕狮子成为主人。

建议你同狮子做朋友，

如果你想留下它就要信任它。

二、众神想教育朱庇特之子
(*Les dieux voulant instruire un fils de Jupiter*)

——献给殿下缅恩公爵 [1]

朱庇特有位儿子，自觉

他出身神族，

具备所有神的灵魂。

其他孩子不喜欢的，这位年轻的神 [2]

恰与他们相反，把恋爱和喜欢的温柔关怀

当作主要的事情。

对于他，爱情与理智

走在时间之前，唉！每一季

时间的轻巧羽翼都到得太早。

笑盈盈、秋波迷人的花神

首先触及这位奥林匹斯青年的心。

能感受灵敏感动的激情，

细腻与充满温柔的情感，

哭泣，叹息，他都懂，总之，他没忘记这些。

朱庇特之子从出生开始

就具有与其他神祇不同的

心智与上天的赠礼。

似乎他只受记忆事物的影响，

似乎他从前的职业是当情人的，

这方面他做得很完美。

然而朱庇特想给他实施教育。

他集合众神，说："以前我

单独且无伴地统辖宇宙，

---

① 缅恩公爵（Le duc du Maine），原名路易－奥古斯都（Louis-Auguste），法王路易十四与蒙特史班（Montespan）夫人的法定儿子，出生于 1670 年。1679 年 1 月 1 日（或 1677）出版一册豪华的《七岁作者杂文集》。本诗有些版本以副题作为标题。

② 指缅恩公爵。

LES DIEUX VOULANT INSTRUIRE UN FILS DE JUPITER. Fable CCVI.

现在可分配给新神

不同角色。

对于这位爱子，我提出这项看法。

我的血统，已经充满在他的祭坛。

为了配得上不朽的行列，

他应该知晓一切。"

雷神鼓舞地说：

"为了知晓一切，孩子需要有许多的心智。"

战争之神说："我想

指点他我个人这方面的技术，

利用拥有奥林匹斯的荣誉

与扩大此帝国的许多英雄。"

博学金发的阿波罗说：

"我可以作为他写诗的老师。"

披着狮皮的赫拉克勒斯回答：

"而我，作为他克服恶习的老师，

遏止这只有毒大怪兽的激情，

这怪兽如同多头蛇常在心中死而复生，

我要教他以萎靡诱惑的敌人。

通往道德阶段的荣誉的

踏实小路。"

当希坨岛 ① 神来时

他说他要指导一切。

爱的话不错，有了理智，又愿对人

怀着好意，何事不能成呢?

① 希坨岛（Cythère），爱琴海上的岛屿，岛上供着爱神维纳斯神殿。

三、佃农，狗与狐狸

（*Le fermier, le chien, et le renard*）

狼与狐狸都是怪邻，

我从不与它们为伍。

狐狸全天候地窥伺

佃农的鸡群，但尽管精明，

它无法抓到家禽。

一方面是食欲，另一方面有危险，

又无共谋者来解决小困难。

它说："什么东西！那个坏蛋

竟逍遥自在地嘲笑我？

我就去，我自个儿做，

我想了一百回，庄稼汉静静地在家，

计算他的阉鸡与家禽

值多少钱，还有铁钩上的鸡鸭，

而我，此道老手，当我捕着一只老公鸡时，

我已经乐昏了头！

为什么丘班先生赐我

狐狸① 这身份呢？我对奥林匹斯诸神及

史蒂斯河的权威发誓，我值得此项称呼。"

它私心决定要报仇，

它选择一个疏于戒备的好睡眠的夜晚，

每一位都进入深沉的梦乡，

住家的主人、仆人和

母鸡、雏鸡、阉鸡都睡了。佃农

让鸡埘开着，

犯了一项最大的愚蠢。

小偷走遍了它窥伺的地点，

---

① 狐狸，有狡猾之意。

LE FERMIER, LE CHIEN, ET LE RENARD, Fable CCVII.

到处残杀，

它残酷的记号

与黎明同时出现：人们看到

一场到处布满流血的躯体与屠杀的展览。

差点儿太阳就因恐怖

而转身回到流动宅院 ① 去。

这样，以相同的景色，

发怒的阿波罗对着傲慢的阿特里德 ②

在其营帐内撒满死人：人们看到

几乎被毁灭的希腊军队，这是一夜之间造成的。

还有在他的帐篷周围，

急躁的大埃阿斯 ③，

残杀遍地的绵羊和山羊，

以此认为杀了他的对手尤利西斯 ④ 的军队，

这些不义的作者

利用这样获取奖金。

这只狐狸——另一位大埃阿斯，在不幸的家禽中

带走它所能带的，而留下大部分。

主人只能迁怒他的人与狗，

已无计可施，这是世上的惯例。

"啊！可恶的动物 ⑤，屠杀开始时，

你不通知我，却跑到哪里去死呢？"

"真搞不懂，你为什么不加防备？

你是主人也是佃农，只关心家禽，

不先看看门关了没有再去睡，

我这个与此事无关的狗，

---

① 流动宅院（le manoir liquide），指大海。

② 阿特里德（Atride）指 Atrée 后裔，特别是 Agamemnon 和 Ménélas 等位大将。

③ 大埃阿斯。希腊名将阿喀琉斯死后，军队归尤利西斯与大埃阿斯统辖。大埃阿斯不如尤利西斯。全部军队归尤利西斯，大埃阿斯则屠杀羊群当作杀了其敌人。

④ 尤利西斯，希腊名为奥德赛，特洛伊战役的英雄。

⑤ 佃农责骂他的狗。

失去休息去做没有利益的事吗？"

这只狗说得太中肯了，

它的推论如果

从主人的口中说出，

那就正确无比。

但是，一只狗这样说，

人们就会认为它一无是处。

可怜的动物还挨了皮鞭痛殴。

因此你，你是一家之主，

（我不曾羡慕你这个荣誉。）

当你睡觉时却期望别人睁眼，那是错误。

看一看关好门，你最后就寝。

一件事情非常重要，

别让别人代你去做。

四、一位蒙古人的梦

(*Le songe d'un habitant du Mogol*)

从前一个蒙古人梦见一位大臣

在极乐世界 ① 拥有

享受不尽的荣华富贵，

同一个做梦者又在另个国度，

看见一位身处炼狱的隐士，

不禁同情那些下地狱的人。

这情况显得怪异，有违常态，

米诺斯 ② 似乎把这两位死者弄错了。

睡梦者醒来，颇为惊奇。

他揣测梦中的奥秘，

求人解说。

解梦者对他说："你不用惊讶，

你的梦深具含义。这一点，

就我所知的少数惯例来看，

正是诸神的警告。在人间，

这位大臣寻找孤独时，

而这位隐士则向大臣献媚。"

如果我敢将这位解梦者的话添上一些，

我将于此加入爱情的隐蔽所：

她毫无困难地把财产奉给情人，

全部财产，来自上天的礼物。

孤独，我到哪儿找一个温柔的秘密，

那是我一直喜欢而不曾抵达的境界，

远离俗世与尘嚣，享受阴影与清凉？

---

① 极乐世界（Champs Elysiens），至为幸福的地方。巴黎市街有此地名。

② 米诺斯（Minos），地狱三位判官之首，另二位为埃阿科斯（Aeacus）和拉达曼迪斯（Rhadamante）。

LE SONGE D'UN HABITANT DU MOGOL. Fable CCVIII.

啊！谁在你阴暗的隐蔽处挽留我？

当九缪斯远离宫廷与城市，

能全部占拥我，指导我

凡人肉眼不能得见的天上各种运行，

我们不同的命运与习惯所赖的

那些明亮行星的名字与效力！

至少小溪赐给我柔和的景象！

让我以我的诗篇描述一些繁花怒放的河畔！

手拿金丝的命运三女神不曾美化我的人生，

我不曾在富丽堂皇之下睡眠。

但是睡眠会因此失去价值吗？

睡眠会因此不够深沉、不够幸福吗？

我将在荒漠之地供出新的牺牲。

一旦找到死者，

我会乐观地生活且无悔地死去。

五、狮子，猴子与两只驴

（*Le lion, le singe, et les deux ânes*）

狮子，为了便于统治，

于是想研究修身学，

在一个晴朗的日子，

请来动物界的人文大师——猴子。

这位顾问所实施的第一课是这样的：

"伟大的国王，为求明智当政，

任何君王与其喜爱俗语所说的自尊心，

不如热心国事。

因为自尊心是鼻祖，

是动物所承认的

所有缺点的创始者。

想让这感觉的整个观点离开你，

不是一天可完成的

芝麻小事，

需很多能力来克制这项情意。

要做到这个地步，高高在上的你

本来就不容许

荒谬与不义。"

国王回答："给我

两个例子吧。"

这位博士说："所有的品格

（我从我们猴类开始），

都主张在内心思索，

研究其他无知识的人，

鉴定他们的愚蠢，

而此类讨论对我们无益。

相反地，自尊心会把同类抬到

最高的地位，因为这也是

LE LION, LE SINGE ET LES DEUX ÂNES. Fable CCIX.

自我抬高的好方法。

上面我提出来的意见非常好，

世上许多才能纯粹是伪装，

结党和无知者比学者更易学得的

夸示自己的技术。

某天，我尾随两头驴，

它们轮流携带香炉，

轮流夸耀，仿佛习惯似的，

我听到其中一头对同伴说：

'阁下，你没见过非常不义又非常痴笨的

人类这种完美的动物吧？他侮辱

我们的盛名，认为任何一头驴子

都是无知识的，既笨又呆，

他还妄用一个字眼，

以驴鸣来形容我们的仪式与演说。

人类自以为比我们高一级，

真是可笑极了。才不哪！这是我对你说的，

他们的演说家应该闭上嘴。

他们才是真正的驴鸣（叫嚣）者哪。

别再谈他们啦！

你听着我，我听着你，

这就够了，至于你神圣歌曲的

美妙，会震破耳朵的，

菲洛美尔 ① 在这方面算是新手，

而你却胜过蓝贝 ② 。'另一头驴子回答：

'阁下，我欣赏你说的一言一语。'

这两头驴，如此自褒犹觉不够，

走到城里去，

① 菲洛美尔（Philomèle），指黄莺。见《菲洛美尔与普洛涅》。
② 蓝贝（Michel Lambert，1610—1696），著名的歌唱家与音乐家。

彼此又夸奖一番。它们各自

尊重同伴，认为它做了相当好的事，

要求荣誉属于它。

今天，我认为这种例子很多，

不仅在驴类之中，也在上天

赋予最高级的权力之中，

它们希冀改变最单纯的杰出角色，

如果它们敢的话，就要拿陛下下手了。

我可能说了不该说的，想必

陛下会保守这秘密。

我觉得与其谈别的事，

不如让陛下听听这个嘲笑人类的

自尊心的例子。

说到不义 ①，那得要再花多一些的时间。"

猴子说完了。它不知道对我而言

它提到了另外的观点，因为那是很微妙的。

而我们不算痴笨的人文大师，

把那狮子看成了可怕的陛下。

---

① 以上所谈的是荒谬事情的例子，至于不义，猴子并未提出。

六、狼与狐狸

(*Le loup et le renard*)

对于狐狸，伊索同意的一点是什么？

那就是伎俩上，过分的狡猾。

我想找一找理由，却一无发现。

当狼需要保卫自己

或攻击别人时，

它不会运用与狐狸同样的智慧吗？

我相信狼聪明得很，而且我可能

敢以某些理由反驳我的老师以前所教给我的。

现在有一情况，所有荣誉却发生

在这位洞穴的主人身上。一晚，狐狸

看见井底的月亮，那圆形的画面

像极了一片大乳酪。

两个水桶

交互地汲水。

我们的狐狸饿得发昏，

顺着上端的桶子下去，

而另一个水桶吊起。

现在，这只动物降到井底，

才发现那是一项错误，更坏的是

死亡就在眼前。

除非另一只被同样画面

诱引住的饥饿动物，

继承了它的不幸，

如何以同样的途径脱离困境？

两天过去了，没有谁来到井边。

不停流逝的时间经过两个夜晚，

按例月亮圆圆的脸庞

被额前银亮的星星截成了弧形。

LE LOUP ET LE RENARD . Fable CCX .

LE LOUP ET LE RENARD. Fable CCXXII. 2.ᵉ Planche.

狐狸先生失望极了。

这天晚上，狼先生喉咙干渴，

经过那里，狐狸对他说："同伴，

我请客，你看到这东西吗？

这是可口的乳酪。牧神 ① 做的，

伊欧 ② 母牛供应的牛奶。

朱庇特要是病了，

就尝尝这种菜肴来开胃。

我已吃成弧形，

剩下的够你吃了。

坐上我特地留的水桶下来吧。"

在最坏的环境里，它还能编故事，

这只笨狼竟然相信。

它下去，它的重量翘起另一端，

狐狸先生又升回高处。

不要以此嘲笑笨狼，我们也会

因同样薄弱的理由受诱惑，

每个人最容易相信

他畏怕的与他想要的。

---

① 牧神（Faune），田野与林间之神，人首羊身。
② 伊欧（Io），朱庇特恋上的一少女，被朱庇特善妒的妻子变为母牛。

七、多瑙河的乡下人
（*Le paysan du Danube*）

不该以貌取人。

这劝告是好的，但不算新鲜，

从前小鼹鼠的错误

帮我证明了我前面的论点 [1]。

现在，为建立这项基础，

我有了善良的苏格拉底、伊索及

多瑙河畔一位名为马克·欧黑尔 [2] 的乡下人

作为我们非常忠实的画像。

人们认识前两位，至于另一位，

容我在此做个简单的介绍。

他的下巴有一丛稠密的胡子，

全身毛茸茸的，

令人想到熊，笨拙的熊 [3]。

浓眉下眼珠深藏，

眼睛斜视，歪鼻，厚唇，

披着羊毛袍 [4]，

腰间系着海藻。

此人也是多瑙河流经的

城市的代表。这条河不是避难所，

当时，罗马人的贪婪

并未深入，也没有遭受占领。

因而这位代表来了，发表这篇演说：

"罗马人，和你们元老院的人坐下来听我说，

---

① 指《小公鸡，猫与小鼹鼠》。

② 马克·欧黑尔（Marc-Aurèle），在葛瓦拉（Guevara）的《君王之钟》里第一次提到这位人物的轶事。拉封丹所熟悉的则在卡桑德所著的《历史相对论》中。

③ 笨拙的熊（un ours mal léché），意指粗人，没有受教育的人。

④ 袍（sayon），在腰间系着带子的古战袍。

LE PAYSAN DU DANUBE . Fable CCXI.

在所有帮助我的诸神前，我恳求：

祈愿死者们，我舌头的领导人

让我说出不受责备的话！

没有他们的帮忙，这些话无法进入

所有祸患与不义的心灵：

求援的错误，人们违背了他们的法律。

证明我们，惩罚罗马人的吝啬：

依我们所受的苦难较之它的功勋看，

罗马是我们的酷刑的工具。

害怕吧，罗马人，你们害怕有一天，

上天不会将你们的眼泪与灾难撤走，

且以正义的回归加在我们手上，

军队将受到严厉的报复，

在它的愤怒下，

轮到你们做我们的奴隶。

为什么我们受制于你们呢？是谁对我说

你们以什么凌驾于别的民族？

是什么法律使你们成为宇宙的主人？

为什么来扰乱无罪的生命呢？

我们静静地耕耘幸福的田园，我们的双手

非常适合于同耕作一样的机械技术。

你们知道向日耳曼民族学习吗？

他们有智慧与勇气，

如果他们跟你们一样，

有过贪婪与暴力，

可能就在你们的土地上握有权力，

且予以残忍地使用。

而你们的行政长官对我们的试探，

只勉强加入这种思想。

你们祭坛上的陛下

受凌辱了，

因为知道死者
眼神朝着我们。感谢你们的教训，
他们在众目睽睽前只有恐怖，
无视于他们与他们的殿堂，
直到疯狂的贪婪。
从罗马来的人永不对我们满足：
大地与人们的工作
为他们用尽了过多的努力。
把他们赶回去，人们不再
为他们耕种田地了。
我们离开城市，逃到山里；
我们撇下亲爱的同伴；
我们只跟那些可怕的熊生活，
失望于痛苦的日子，
失望于为罗马移民压迫的一个国度。
至于你们已经出生的孩子，
我们希望不久看到他们的末日，
你们的行政长官加添给我们罪恶。
把他们赶回去：他们只教我们
怠惰与恶习，
日耳曼人同他们一样
变成劫掠与贪婪的人。
这是我抵达罗马所看到的一切。
目前人们没有事可做吗？
没有可给予的吗？这是由于他们
期望的避难所落空，还是他们的
工作遥遥无期？这篇演讲，有点激烈，
一开始就令你们不高兴。
我结束了。请以较真诚的
哀怜处死我。"
说完此话，他叩头。吃惊的是，

每个人都赞赏他那伟大的心灵，良知，
孤傲的口才，同叩头。
人们封他为侯，这是人们认为
此一演说值得的回报。他们
选择别的行政长官，元老院
书面记下这人所说的话，
当作未来善说者的模范。
人们不知道这种口才
在罗马能维持多久。

八、老头子与三位青年

(*Le vieillard et les trois jeunes hommes*)

一位八十岁的老头在种树。

"这把年纪还在种树!"

邻居的三位青年这么说,

当然说者无心。

"看在上帝分上,

您这工作能得到什么好处呢?

您都老得够受人尊敬了。

您这样无益地为未来着想

不会太劳累您的生命吗?

往后您该只想想昔日的错误了,

避免漫长的希望与浮泛的念头,

但这一切都不适合我们。"

老头子回答:"那当然不适合你们。

所有的创造都来得太迟

且不够持久。被你我岁月

染白的命运之手同样把玩。

我们的期限短暂极了。

我们之中谁能

把蔚蓝苍穹的光明留在最后享受?

谁能保证能够再活一秒?

我的子孙将得享我造成的荫影,

好! 你们聪明地禁止自己

付出关怀来使别人喜悦吗?

现在种植,就是我今日品尝的果实。

接着,明日我也能享受,且尚有若干时日,

最后,说不定我还能计算有多少次的

黎明照在你们的坟头上呢!"

老头子说得有道理。这三位青年之一

LE VIEILLARD ET LES TROIS JEUNES HOMMES. Fable CCXII.

在前往美洲时于码头溺死；
另一位，为了爬升官位，
在战争中被意外的一枪
结束了他的生命；
第三位从一棵他自己
接枝的树木上摔下来；
而那位惋惜的老头，将我
刚刚讲的故事刻在大理石上。

九、鼹鼠与猫头鹰

(*Les souris et le chat-huant*)

不应该对人说：

"去倾听一句好话，去道听一件奇事。"

听众们，你可知

尊敬你的同类？

然而现在有一种情况例外。

我将它当作奇迹，这样的寓言

具有形式与特点，还富含真实性。

由于太古老，有人砍掉一棵松树，

这是猫头鹰的老宫殿，这是阿特洛波斯

作为乡孔树干传话用的

鸟的阴郁栖身处。被岁月侵蚀的树干，

住着另外的居民，

许多无脚、圆肥的鼹鼠。

这只鸟利用麦堆喂养它们，

且以其喙弄断它们的脚。

这只鸟猜想：它们该对它坦诚。

于其时，它搜捕鼹鼠。

它最初逮捕的逃离了住处，

为了预防鼹鼠逃生，这个坏蛋

把以后抓到的弄成残废。它们没有腿，

猫头鹰就可以依其方便吃掉它们，

今天这只，明日另一只。

一次吃光是不可能的，

而且还得考虑健康问题。

它的先见同我们人类一样远大，

维持生活

与获取食物。

后来，一位笛卡尔派哲人坚持说

LES SOURIS ET LE CHAT-HUANT. Fable CCXIII

这只猫头鹰是时钟，是器械！
是什么引发了它
切去关在笼里一群的脚呢？
如果这无法推论，
理智对我而言将是陌生之事。
看它所做的论点：
"当这一群被逮时，还会逃脱，
必须立刻咀嚼被攫住的那只。
全部吃掉是不可能的。为了将来需要，
我不该保留它们吗？因此，应该
小心地喂养没有逃走的。
但怎么做呢？切断它们的脚。"现在
它替我找着人类最精确的管理之道了。
依你看，亚里士多德及其后继者，
他们教导了人们什么思想技巧呢？

　　这一篇丝毫不是寓言，不管怪异或近乎不可信，事情的确发生过。我可能对这只猫头鹰的先见扯得太远，因为我不主张对这种动物固定同类的推理过程，但是这些夸张在诗中是许可的，特别是我所写的方式。

跋
(*Épilogue*)

这也是我的缪斯[①]，在纯洁波浪的岸边，

借用大自然的声调，

陈述那么多的动物，

并把一切翻译成上帝的语言。

我以各种动物的译员，

以演员方式把它们写入我的作品[②]，

因为宇宙万物都在世间呈现，

都有自己的语言。

它们彼此间比在我诗中更雄辩滔滔，

如果我描绘得不够忠实，

如果我的作品不算是顶好的样本，

至少，我打开了这条路：

其他的人可以在此添上最后一笔[③]。

九缪斯宠爱的人啊，完成此项工作吧！

赐给我遭我省略的许多教训，

必须用新的形式陈述它。

然而你的工作太多。

当我那纯真的缪斯从事愉悦的工作时，

路易十四统治了欧洲，正以一只强壮的手掌

引领我们到史无前例的君王的

最崇高计划。

九缪斯看中的人啊，这才是克服

命运三女神与岁月的主题。

---

① 缪斯（Muse），诗神，阴性。

② 见《樵夫与墨丘利》：一出互不相同的百幕大喜剧，却以世界为舞台。

③ 笔，原文为"手"。

卷十二

一、尤利西斯的伙伴们

(*Les compagnons d'Ulysse*)

——献给勃艮第公爵[①]阁下

王子：关怀不朽的唯一对象，

你要忍受我的香料芬芳你的祭坛。

我稍后将向你提供我的缪斯的礼物：

每个片刻取代我所减少的才智

人们看到你的才智增加了。

它[②]不用走的，而是用跑的，仿佛挥着翅膀。

把英勇的资质传给你的父王，

热望能和战神做同样的工作；

你强调胜利，不为自己，

在光荣的生涯中，

你并不迈着巨人的步伐。

某些人拦住你，这是我们的君主，

以一个月时间，你成为莱茵河的主人与征服者。

当时，这快速是需要的，

在今日，可能就显得鲁莽了。

我该沉默了，笑神与爱神[③]

无疑地喜欢长篇大论。

你的宫廷由这几种神组成，

他们不会离开你。这毕竟不是

其他的神，不在最顶端，

因为意识与理智统御了万物。

你同这两尊神磋商希腊的一件事实，

希腊人不小心加上缺乏审慎，

---

① 勃艮第公爵（Le duc de Bourgogne，1685—1712），本名 Louis de France，法王路易十四的孙子，路易十五的父亲。
　　公爵头衔为未晋封王子前的封号。
② 指王子才智增加。
③ 笑神（Les Ris）、爱神（les Amours），均多数。

LES COMPAGNONS D'ULYSSE. *a M*. *le Duc de Bourgogne*. Fable CCXIV

茫然间中了将人类

化身为牲畜的魔术。

尤利西斯的伙伴们，十年战乱之后，

遭不可靠的命运，随风流浪。

他们停泊在

日神女儿的岸边，

色西 ① 当时在宫廷招待。

她给他们甘美的

饮料，但那却是致命的毒药。

起先，他们失去理智，

过些时候，他们的躯体与面庞

变成各种动物的外貌与特征。

现在他们成了熊、狮、象，

一些体格魁梧的动物，

另一些变成别的样子；

他看起来像是来自小人国，例如鼹鼠。

只有尤利西斯幸免。

他知道不能相信狠毒的甜酒。

仿佛他融合了智慧

英雄的面貌与温柔的谈吐。

如同那位女魔所做的，

他放少量跟她的不同的别种毒药。

一位女神说她的一切都包含在内心，

因为她表明她的爱情。

尤利西斯竟聪明得不会利用

类似的机会。

他找到了别人来恢复那些希腊人物。

这位水仙 ② 说："他们渴望接受吗？

---

① 色西（Circé），日神（太阳神 Helios）的女儿，爱伊亚岛（Aeaea）上的女魔（女巫、妖妇）。荷马史诗《奥德赛》中，把奥德赛（即尤利西斯）的部下变为猪。

② 水仙（nymphe），神话中山林水泽的仙女。

去同部下商量。"

尤利西斯跑回去，说："女魔还在

调配她的药，我拿来给你们，

亲爱的朋友，你们想再变为人吗？

早已有人让你们说话了。"

狮子吼着说：

"我脑袋才不会这么笨。

我，肯放弃我才得到的天赋吗？

我有利爪锐牙，凡攻击我的

必被撕成碎片的食物。

我是王，要我变为伊塔克①的市民吗？

你可能还要我当普通的士兵呢！

我一点也不想改变现况。"

尤利西斯从狮子跑到熊那儿说：

"嘿，兄弟，你怎么啦！看你很快乐吧！"

熊以它的方式回答：

"啊！真的，我们就是这样，

既然这么造我，就该做只真正的熊。

谁说另一种样子会更好呢？

那是依你的样子来判断我们吧？

我从一只母熊的秋波里产生了我的爱情。

你对我不高兴？走吧，留下我，上你的路！

我生活得自由、适意，没有任何烦恼压迫我，

我的一切都明确、平坦，

我一点也不想改变现况。"

这位希腊王子再到狼那儿商量，

也得到相同的回绝。

他对狼说：

"同志，我被一位

---

① 伊塔克（Ithaque），神话中的地名，现在的 Thiaki 或 Theaki。

年轻漂亮的牧羊女弄糊涂了，

她说一群贪吃鬼

要你去吃她的绵羊。

从前，有人看你解救了她的羊圈，

你那时过着正派的生活。

离开森林，从狼

再变为人类吧。"

这只狼说："是吗？我，我什么也没看到。

你这个人曾以食肉兽对待我，

你说是不是？没有我，你就不会

吃全村哀怜的动物吗？

依你看，如果我是人类，

我就会比较不喜欢屠杀吗？

从前，为了一句话，你们缢死所有人，

你们人类彼此不是狼吗？

总之，仔细考虑，我赞成你，

让无赖汉归无赖汉，

做一只狼要比人来得好。

我一点也不想改变现况。"

尤利西斯受到所有部下同样的警告。

他们每位的答复都一样，

大的和小的都没有差别。

自由，森林，还有食欲，

就是他们最崇高的幸福，

大家都放弃了对美丽行动的礼赞。

他们认为随心所欲就是摆脱束缚，

他们是自己的奴隶。

王子，我想让你选择一个

我能兼顾有趣与有益的主题，

如果这种选择容易，

无疑地这是个好构想。

最后，尤利西斯的伙伴们都牺牲了。

他们在龌龊的世界里拥有相同的抵抗力，

这些人，为了劳动，我严禁

你们的责难与怨恨。

二、猫与两只麻雀
(*Le chat et les deux moineaux*)
——献给勃艮第公爵[①]阁下

一只当代猫从摇篮时代

就和一只年轻力壮的麻雀生活在一起，

笼子与篓篮其实具有相同的意味。

这只猫经常受到鸟的激怒：

一只伸出利喙，而另一只直跺脚。

后面这只还算宽待它的朋友。

它只矫正一半，

却尽最大的细心

武装自己的威严。

比较粗心的麻雀

却猛力地啄它。

像聪明审慎的人一样，

猫先生宽恕了这些戏谑。

在朋友间不能

真正生气。

它俩从小认识，

长久的习惯使双方彼此维持了和平，

游戏不曾转变成真的战斗。

附近一只麻雀

来探访它们，成为

急躁的皮埃罗与聪明的拉东[②]的同伴。

这两只鸟起了争端，

拉东下定决心[③]，

它说："这位陌生人，

---

① 勃艮第公爵，见前一首。

② 皮埃罗为第一只麻雀名，另有丑角、麻雀之意。拉东（Raton），猫名，见《猴子与猫》。

③ 另有获得利益之意。

LE CHAT ET LES DEUX MOINEAUX. Fable CCXV.

前来凌辱我们的朋友!

邻居麻雀要来吃我们!

不! 吃所有的猫。" 趁战斗当儿,

它咬了那只外来的麻雀。猫先生说:

"的确不错,麻雀美味可口。"

这种深思亦使它吃掉了另一只。

这件事使我能归纳出什么道德呢?

什么也没有,整个寓言是未完成的作品。

我想找出一些特征,但阴影蒙骗了我。

王子,你立刻可以发现:

这是为了你的游戏,而不是为了我的缪斯;

她及其姐妹①都没有你所具备的才智。

---

① 缪斯(诗神)有九位姊妹,俗称九缪斯。

三、聚财者与猴子
(*Du thésauriseur et du singe*)

一个人攒积钱财。人们知道

这错误已经走火入魔。

这个人只想着达克特与毕斯托尔 ①。

但当那些财产闲置时，我认为它们失去了价值。

为了财宝的安全，

我们这位吝啬人住在安费提特 ②

一个防止小偷由各处登岸的地方。

在那儿的快乐，我觉得微乎其微，

而他却相当贪心，他还是不断地聚财。

多少个白天，多少个夜晚，

他不停地数着，算着，计着，

一项一项地算，计，数，

因为他老是觉得数目有错，

依我判断，他那一只比主人聪明的大猴子，

总是会从窗户扔出几个杜普隆 ③，

使他造成计算上的失误。

锁得好好的房间

还是可能让银子搁在柜台上的。

在一个晴朗的日子，唐·贝当 ④

想奉献祭品给流动宅院。

至于我，当我衡量过

猴子与吝啬人的快乐，

我无从老实地给予评价。

---

① 达克特，金币（约值十至十二法郎）；毕斯托尔（Pistole）分作西班牙及意大利金币，与法国金币类似。这两种金币
　在当时和法国的金路易（Louis）差不多等值。

② 安费提特（Amphitrite），女海神，为海神之女。此句意指这位守财奴住在海岛上。

③ 杜普隆（Doublon），西班牙金币。

④ 唐·贝当（Dom Bertrand），唐是葡萄牙贵族尊称。贝当为猴子名，见《猴子与豹》《猴子与猫》。

LE THESAURISEUR ET LE SINGE. Fable CCXVI.

唐·贝当在某些人的判断中似乎获胜了。

这理由要用太多的话来推论。

一天，这只动物只想着破坏，

它把这堆钱分散，几个杜普隆，

一个贾柯毕，一个杜卡顿，

及几个蔷薇钱①，

试验它的灵巧与力气，

它把这些人类寄予重望的

金属片扔出去。

要是它最后没听到那位计算员

把钥匙上了锁，

那些金币②都会走上同一条路，

构成同一桩奇事。

它会让全部钱都飞滚进

海难频繁的深渊，直到最后一个钱。

上帝啊，愿你拯救许许多多

不善于用钱的金融家。

---

① 贾柯毕（Jacobus），古英国金币。杜卡顿，金币（值五至六法郎）。蔷薇钱（noble à la rose），英国金币，币值同贾柯毕。
② 原文达克特（Ducats）。

四、两只雌山羊

（*Les deux chèvres*）

雌山羊群吃饱了草，

自由的心情

使它们想要寻求机运。它们旅行般地

朝着牧场，

向人迹比较少的地方走去。

要是无路可通，

这些夫人就任意散步，

没有什么能阻止这种攀爬动物。

因而有两只放纵的山羊，

它们的腿部全白，

甫离开各自的低矮草坪。

彼此相向地想要碰碰好运。

它们在溪上的木桥相遇，

不久前两只黄鼠狼才勉强在此擦身而过，

此外，急浪与深溪

使两位娘子军胆战心惊。

尽管如此危险，它们之中的一位

仍把重量压在木板上，另一位也如法炮制。

我眼前出现路易十四

与腓力四世

会谈的岛 ①。

我们的冒险家

一步一步地往前走，鼻子碰鼻子，

它们两位傲慢得很，

来到桥的中间，

---

① 指费松（Faisans）岛，位于毕达苏亚（Bidassoa）河的沙洲。暗指路易十四（1638—1715）与西班牙国王腓力四世
（1605—1665）两人于1659—1660年在此岛的会谈。

LES DEUX CHÊVRES. Fable CCXVII.

互不退让。它们列举自己
血统（也可以说历史）的光荣，
一只肯定自己的功绩举世无双，
是波利菲玛给伽拉岱的赠礼 ①，
而另一只自认是阿玛耳忒亚 ②
系由朱庇特抚养长大的。
由于彼此互不相让，它们一同摔到桥下，
两只都坠入水中。
在命运途中，
这种意外并不新鲜。

---

① 波利菲玛（Polyphème），最著名的独眼巨人，为讨好水仙伽拉岱（Galatée），把礼物送给她，却白费心思。
② 阿玛耳忒亚（Amalthée），系由天神朱庇特抚养。

五、献给勃艮第公爵阁下

他要求拉封丹先生写一篇寓言，
取名为《猫与鼹鼠》

应年轻王子的要求，传信女神
在我的著作中预定了一座殿堂，
我于是写作了一篇寓言，取名为
《猫与鼹鼠》。

在这诗篇里，我该描绘一位美女，
她外表温柔，内心却冷酷无情，
施展她的媚力去戏弄人心，
犹如猫对待鼹鼠。

我采取命运之神的戏弄，作题材，
没有什么更适合她，这是多么平常呀！
我对待大家认为是朋友的人，
犹如猫对待鼹鼠。

我来介绍一位国王，在宠臣中，
这位美女唯一尊敬的国王，为她驾车，
不畏惧整队的敌人，
威力无比的国王，只要她高兴，就戏弄他，
犹如猫对待鼹鼠。

但不知不觉，在我采取的伎俩中，
我的构想出现了。如果我没有自误，
我能借最长的故事来讨好大家。
届时，年轻王子将戏弄我的缪斯，
犹如猫对待鼹鼠。

六、老猫与年轻鼷鼠
(*Le vieux chat et la jeune souris*)

一只年轻鼷鼠缺乏经验而被逮住。

鼷鼠认为老猫会受到感动，遂求它发发慈悲，

向拉米纳果毕讲道理，希望挽回生命：

"让我活吧，因为一只

如我这般体格与消耗量的鼷鼠，

在这住宅内有何负担呢？

依你看，我让

主人、女主人与全世界的人挨饿了没？

一粒麦子就够我吃了，

一颗核桃就可以令我圆嘟嘟。

现在我太瘦小，等过些时候再吃我吧。"

这只被逮的鼷鼠对猫如此说。

对方回答它："你错了，

你想跟我说这种话？

那就像跟聋子说话一样，没有用。

猫，尤其是上了年纪的，求它原谅是不可能的。

按照法律，到另外一个世界去，

走吧，就此一步，

去向命运三女神讲道理。

我的孩子也可以找到其他餐点。"

它说得有道理。

在我的寓言中，

包含着这样的道德：

年轻人自负且认为可以获得一切，

但老年人是无情的。

677

LE VIEUX CHAT ET LA JEUNE SOURIS. Fable CCXVIII.

七、生病的鹿
(*Le cerf malade*)

鹿的国度里，一只老鹿病倒了。

许多同伴立刻

跑到床前来看它，帮助它，

至少安慰它，这成群的讨厌鬼。

"唉！先生们，让我死吧。

允许命运三女神以普通形式

打发我，你们不用哭了。"

这些安慰者完成了这漫长的悲伤任务之后，

才在上帝满意的时候回去。

也就是说填满了肚子，

征收了牧场的使用税之后才回去。

所有的鹿都在邻近的森林吃草。

老鹿的粮草因此减少了许多，

它找不到可以入口的东西。

病越来越严重，

最后终于由于缺粮到

断食而饿死。

来帮助的人都要收取很高的代价。

生理医生、心理医生莫不皆然。

这个时代哦，这个习俗啊！我大声疾呼有何用，

人人都收费很高。

LE CERF MALADE. Fable CCXIX.

八、蝙蝠，荆棘与鸭子
(*La chauve-souris, le buisson, et le canard*)

荆棘、鸭子与蝙蝠

三位觉得在家乡的

运道不太好，

想到远方一起生活，做生意。

它们有账房、代理商、经纪人，

智慧和更高程度的细心，

收支详细的账簿。

一切就绪，当即买进货物

经过某些地方

阻碍重重，

而行程又非常困难，

一切货物只好打包放入

与地狱之底 ① 为邻的仓库里面。

我们这三位时而发出许多无谓的牢骚，

时而宁可不发泄什么。

连最小的商人对这点也有学问，

为了挽回信用，它们应该掩饰损失。

不幸地，这三位开始觉得无法忍受，

因为情况被发现了。

现在没有信用，没有经纪人，没有方法，

准备戴绿帽子 ②。

没有人资助它们。

本金和大量的利息，

执行官，诉讼人，

债权人，从

---

① 地狱之底，原文"Tartare"。

② 即无力偿还入牢狱。

LA CHAUVE-SOURIS, LE BUISSON ET LE CANARD Fable CCXX.

日出就守候在门口，

逼得这三位编造出许多理由

来满足这支军队。

荆棘全然地钩住路人。

它说："先生们，请告诉我们，

深渊攫取了我们的货物藏在何处。

潜水鸟在水底进行探索。

蝙蝠这只鸟在白天

不敢靠近任何屋子，

执行官紧紧地跟着，

一直藏身于洞里。"

我知道许多债务人，不是蝙蝠，

也不是荆棘或鸭子，绝不会跌入此情况，

单纯的大领主，每日

都利用隐形梯来避债。

九、狗与猫，猫与鼹鼠间的争端

(*La querelle des chiens et des chats, et celle des chats et des souris*)

挑拨女神总是君临宇宙，

我们的世界因而出现千种不同的教训。

在我们人类身上，这位女神

给予了一种以上的懊恼。

就从世界元素开始：

你会惊讶地看到任何时刻

它们都在争辩。

除了地水火风四元素，

所有的国家中有那么多

都处于永远的战争状态！

从前有一户住家满是狗与猫，

主人用庄严的方式逮捕了千百次，

才了结了它们所有的争执。

主人规定它们的职责、餐点，

以鞭子恐吓有争端的任何一只，

于是这些动物生活得如同表兄弟。

这种团结如此温存，近乎兄弟般，

感化了所有邻居。

最后，这团结中断了。有个马铃薯盘子

被偏爱骨头的一位多放了几块骨头，

引起另一党的全体愤怒，它们前去主人那边，

指认它们受尽凌辱。

我看到新闻记者将此情况归因于

一只分娩的母狗受到了礼遇。

不论他是否说对，这场争论

在客厅与厨房间形成一片混乱，

大家纷纷表明态度支持猫或狗。

LA QUERELLE DES CHIENS ET DES CHATS ET CELLE DES CHATS ET DES SOURIS Fab. 22.

LA QUERELLE DES CHIENS ET DES CHATS, ET CELLE DES CHATS ET DES SOURIS. Fab. CCXXI. 2 Pl.

进行调停，猫却不服，

整个一区发生了大骚动。

猫的律师认为最好

乞援于协议书。但百寻不着。

起先，它们的经纪人把协议书藏在角落，

最后被鼹鼠咬了。

于是另一件新的诉讼开始：鼠族因此遭了殃。

许多聪明狡猾诈骗的老猫

觊觎这一族类，

窥伺它们，捕捉它们，杀害它们。

这住家的主人得到了意外的幸运。

他过来对我说，天底下，看不到

一只动物，一个生命，任何生物

会没有克星，这是自然法则。

要找出理由，则是多余的关怀。

上帝做好一切①，我只知道这样。

据我所知，我经常看到

小事常会演变成大争端。

人类，你们虽已行年六十，

仍须送到小学老师那儿。

---

① 原意：上帝把它做的事情都安排得很妥当。同《橡子与南瓜》。

一〇、狼与狐狸

(*Le loup et le renard*)

不知道为什么，世界上竟
没有一个人会满意自己的身份。
有的人一心想成为军人，
军人却羡慕他。

据说，某只狐狸想
变成狼。唉！谁能说
任何一只狼不会憧憬于
绵羊的职业呢？

令我惊奇的是，八岁时
王子用寓言表示这种想法，
而白发苍苍的我
尽最大时间编造的诗
比他的散文还不合理。

他那篇流传的寓言的特点，
诗人的著作中找不到，
也没有一个表现胜过它，
对王子的称赞因此达到最完整的境界。

在风笛上唱歌，
是我的才能，但我期待
我笔下的英雄，能在短时间内
让我吹响史诗的喇叭。

我不是一位伟大的先知，
然而我领会得到天底下的事。

LE LOUP ET LE RENARD. Fable CCXXII.

不久他的光荣事实

将请求几位荷马来颂扬，

然而时世不大会产生这种诗人。

撇开所有这些神秘，

让我们试着成功地叙述一则寓言。

狐狸对狼说："好朋友，我吃的食物

总是老公鸡或瘦雏鸡

这些已经令我厌倦的肉。

你的运气比较好。

我靠近房舍，你站远些。

伙伴，劳你教我你的技艺，

让我第一次以族人供给的

铁钩，钩住肥羊，

你将不会把我列入忘恩负义之列。"

狼说："我愿意帮忙。它弄死我的一位兄弟，

去取它的皮①，你可以拿来当衣服穿。"

它去了，狼说："现在你应该

先引开羊群前的那些看门狗。"

狐狸穿好这种皮，

复诵着老师给它的忠告。

起初，它做得并不好，然后好了一点，

再好一点，最后，完美无缺了。

它勉励学习它所能学到的，

一群羊靠过来。这只新狼跑过去，

在此地附近形成恐怖气氛。

如此，阿希尔穿着军服，

巴托克②在营区与城市中敲起了警钟，

———————————————

① 指死去的狼皮。

② 巴托克（Patrocle），特洛伊战争中，希腊名将阿喀琉斯的好友。

母亲们、儿媳们、老人都跑进庙里。

这群咩咩叫的军队以为看到五十头狼。

狗、牧羊人与羊群都往村子逃，

留下一只绵羊作抵押。

小偷将它抓住。就在此时，离此几步远的地方，

它听到邻近一只公鸡啼叫，

这位徒弟立刻直奔那只公鸡，

扔下学生服，

忘了羊群、忠告、教师，

以迅速的步伐奔去。

伪装有什么用呢？

觊觎同变化一样是一种幻想：

一有机会，

又会回到原初的习惯上。

没有什么能与你的才智相比，

王子，我的缪斯握有全盘的计划。

你给了我主题、

对白与道德。

一一、虾及其女儿
（ *L'écrevisse et sa fille* ）

聪明人有时候就像虾子，

后退走路，背部朝向港口。

这是水手的艺术，也是这类人的

伪装技巧，为了掩饰某些强大力量，

他们注视与目标相反的一点，

让对手奔向那地方。

我的主题小，附带目的才大。

我可以把它运用在一个霸者身上。

只有这个人便使百头联盟 [①] 不能得逞。

这霸者所企图和未曾企图的

首先只是秘密 [②]，接着成为无数的征服。

注视他要隐藏的实情，是白费力气，

这是命运之神的决定，谁都不能阻止。

到最后，激流总变得无法越过。

一百位神祇对付朱庇特一人是起不了什么作用的，

我觉得路易与命运关联着

宇宙的和谐。继续我们的寓言——

一天，虾妈妈对女儿说：

"天啊！看你！不能直着走吗？"

女儿说："你自己怎么做的呢？

不模仿别人，我能走吗？

别人斜着走，能要求我直着走吗？"

它是有道理的，所有

家庭教训的

德行是普遍的，不管它是

---

① 指 1688 年的奥格斯堡联盟（La ligue d'Augsbourg），路易十四统辖期间的第二次战争，在这次战争中，法国几乎与
全欧洲为敌，战争持续到 1697 年。这则寓言写的就是 1689 年或 1690 年法国军队的退却。（本诗第二行）
② 秘密，指路易十四对自己时代的夸赞。

L'ECREVISSE ET SA FILLE. Fable CCXXIII.

好的还是坏的，所有一切成为聪明，愚笨，
更有赖于这些。至于背部朝向
目标，我也能到达。方法都是好的，
特别是贝罗娜^①的职业，
但应该伺机而动。

---

① 贝罗娜（Bellone），罗马神话的战争女神。此句指发动战争。

一二、鹰与喜鹊

（*L'aigle et la pie*）

鹰[1]，这位空中女王，同喜鹊玛戈[2]的

脾气、语言、才智及服饰

均不相同，

当它飞过草原的尽端，

很意外地，它们在拐弯的角落处会合。

喜鹊满心[3]害怕，但鹰刚吃得很饱，

便设法使喜鹊安心，对它说："我们一起作伴。

众神之主统治宇宙

都免不了觉得厌烦，

我也一样会，我，大家知道是替它服务的[4]，

你可以跟我说话，不用客气。"

这时，喜鹊更为喋喋不休，

关于这，关于那，以及一切。霍拉斯笔下的人[5]

说好说坏，信口开河，也不如

我们的喜鹊饶舌。

它向碰到的所有动物，

从此地到另一地的飞禽走兽提出警告，

上帝知道这是好的间谍。但是它自讨没趣，

鹰生气地对它说：

"不要离开你的住家，

喜鹊，我的朋友，再见。我只有

让一位饶舌者留在我的庭院，

这是非常讨厌的性格。"

---

① 此处鹰，指雌鹰。

② 玛戈，意即喜鹊。

③ 此处原文为 agasse（agace）。

④ 鹰，又称作朱庇特之鸟。

⑤ 霍拉斯笔下人物 "Vulteius Mena" 是一位公开叫喊者。

L'AIGLE ET LA PIE. Fable CCXXIV

对玛戈来说，这倒很好。

进入神的住家并不如想象那么好，

这种光荣常伴着致命的忧伤。

爱说话的人、间谍假装态度殷勤，

内心则全然不同，会惹人讨厌，

虽然喜鹊同样在这些地区，

它却穿着两截的衣服①。

<hr>

① 指十六世纪法国天主教堂仆役所穿的衣服。

一三、鸢，国王和猎人

（ *Le milan, le roi, et le chasseur* ）

——献给康迪亲王殿下 [①]

由于众神都是善良的，他们希望

国王也一样如此，因为这是宽容

造成他们最美丽的权利，

而不是报复的甜言蜜语。

亲王，这是你的意见。愤怒在你的心中萌生，

人们就知道马上会消失。

阿喀琉斯不能控制自己的恚愤，

所以不像你那么有英雄气质。

这头衔在人类之中只属于

在世上实行百善的人，一如黄金时代的往昔。

在现在这个时代，伟人中很少有这种禀赋，

远离你注视的这些例子，

一千个仁慈行动会让你名列殿堂。

阿波罗 [②]，这位宏伟神祇的居民

要求在他的诗篇中颂扬你的大名，

我知道人们在神的宫殿等你，

在此逗留一世纪会令你满足。

结婚女神 [③] 想同你逗留一整个世纪。

愿她那最温柔的命运

为你组成

时代所限的命运！

亲王妃和你相配，

我以其美艳作为证明；

[①] 康迪亲王（ le prince de Conti, 1664—1709 ），本名 Francois-Louis de Conti，拉封丹的保护人。1688 年 6 月 29 日与 Marie-Thérèse de Bourbon 结婚。1697 年被选为波兰国王，但无法保住王座。拉封丹写的这篇寓言是祝婚诗。

[②] 阿波罗（ Apollon ），太阳神，司太阳、音乐、诗等。

[③] 结婚女神（ Hymen ）。

LE ROY, LE MILAN ET LE CHASSEUR. *à S.A.S. M.gr le Prince de Conty.* Fable CCXXV.

上天为你挥霍它的天赋，

只有跟你一样的长处

才能美化你们年少的青春，

我拿这些最美好的来证明。

波旁[①]则以其才智糅合娇艳，

上天亲自从中撮合，

懂得尊敬的

匹配懂得疼爱的。

这本不该由我来炫耀你们的快乐。

那么，我该沉默，

写一只猛禽的诗。

一只鸢在巢中

被猎人活捉，

被当成礼物献给国王。

这稀罕的献礼该获得一笔奖金。

被猎人谦卑地呈献于国王的鸟，

如果故事不是虚构，

它用锐爪正对着

陛下的鼻子掐去。

"怎么！正对国王的鼻子？"

"国王也是人啊。"

"当时，他没有拿权笏或戴冠？"

"即使拿了，也一样是人。"

如同普通人的鼻子，国王的鼻子被抓住了。

弄臣们群起叫嚣，不知所措，

百般努力皆无效。

国王丝毫没喊叫，因为叫喊

对至高的皇上而言是失礼的。

---

① 波旁（Bourbon），康迪妻子（亲王妃）的姓。

LE ROY, LE MILAN ET LE CHASSEUR. Fable CCXXV. 2.ᵉ *Planche*.

那只鸟停在原处不动，想尽快

让它飞走也没用。

捕主被叫来，呼喊、难过，

给它诱饵，拳头，都无效。

看来那只锐爪异常的动物

将不顾一切，想停在那儿，

在神圣的鼻子上过夜，直到明日。

人们急着要它放开爪子。

最后，它离开国王，国王说：

"放走这只鸢，它让我受够了。

他们两位都离去，

一位是鸢，另一位是森林居民。

我，自己知道国王该如何处理，

我免除他们的惩罚。"

宫中群起欢呼。兴奋的弄臣们

赞扬这样的事件。

即使是国王们，都很少会做出如此楷模，

带猎犬的猎人脱险了，

唯有犯过罪的，他和那只动物，

才明白太接近主脑人物的危险。

弄臣们没有学习认识

林中主人 ①。这是如此大的不幸吗？

毕耳培在恒河附近有过一段奇遇。

在那儿，没有人类曾

被动物噬咬而流血。

国王同样怀疑地靠过去。

他们说："我们知道要是

---

① 指林中的各类禽兽。

这只猛禽不是特洛伊的毕达哥拉斯[①]，

即可能是最高傲的

国君或英雄。

那是从前的事，但还会再出现，

我们相信，在毕达哥拉斯[②]之后，

我们会变形为动物，

有时是鸢，有时是鸽子，

有时是人类，然后是家禽，

都有家人在空中。"

就像人们谈过猎人意外事件的

两个教训，现在是别种方式。

一个养鹰者狩猎时，

猎到一只鸢（这不可能发生），

因为很稀奇，

想献给国王。

这情形百年中难得发生一次。

这才是饲鹰的绝佳结果。

这位猎人穿过廷臣趋向御前，

热情溢满全身，涌起一生中仅这么一次的亢奋。

在献礼中这是最高的礼物，

他认为这下可飞黄腾达了。

这时，系铃的动物

野性依然，全身健壮，

带着钢般的硬爪，

抓猎人的鼻子，咬这位可怜先生。

他哀号，每个人都在笑，

包括国君与弄臣。谁不笑呢？至于我，

---

① 毕达哥拉斯，他曾希望自己就是特洛伊战争中的一名军人 Euphorbe。

② 拉封丹认为毕达哥拉斯对轮回的看法来自印度人。如《化身为女孩的鼹鼠》。

我不曾为一个帝国而离弃我的地方。

我不敢确定，一位教皇是不是

笑了，但我认为国王

非常地不幸，要是他不敢笑的话。

这是众神的快乐。尽管黝黑的眉毛威严无比，

朱庇特和不朽的众神，也笑了。

历史记载，

火神 ① 拖着跛脚来饮酒，朱庇特发出爆笑声。

让不朽的人显示聪明与否，

我以正当的理由改变我的主题：

因为，既然问题在于道德，

猎人不祥的奇遇给了我们

新的教育吗？通常，我们看到

愚笨的养鹰者多于宽容的国王。

---

① 火神（Vulcain），罗马名，相当于希腊的赫菲斯托斯（Héphaistos）。朱庇特与朱诺的儿子，爱神维纳斯的丈夫，长得畸形而丑。他也是金属与劳动之神，他曾在小岛上开过打铁店。

一四、狐狸，苍蝇与刺猬

(*Le renard, les mouches, et le hérisson*)

拖着血迹，这位林间的老主人，

聪明、精灵、狡猾的狐狸，

被猎人所伤，跌入泥沼，

吸引了从前我们称为苍蝇的

这种有翼的寄生动物。

它责备天神，觉得非常奇怪，

这样的命运令它伤心，

竟然让苍蝇飞来吃它。

"怎么啦，竟扯到我头上，扯到

森林所有主人中最能干的我的头上来了？

什么时候狐狸成了这道佳肴？

我的尾巴有什么用？没有用的重荷！

去吧！上天会因你而吃惊的，可恶的动物。

为什么不以平民为食？"

在我的诗篇里有一个新角色——

邻居刺猬，

它想从这群贪婪的讨厌鬼中

救它出来。

它说："我用刺几百次地刺穿它们，

邻居狐狸，以了结你的痛苦。"

另一位回答："朋友，算了，

什么也甭做，请你让它们用完餐点吧。

这些动物吃饱了，新的一群

会更贪婪、更残酷地准备扑向我。"

我们只看到世间太多的饕餮者：

有的是宫中侍人，有的是行政官员 [①] 。

---

① 行政官员（magistrat），另有法官、司法官之意。

LE RENARD, LES MOUCHES, ET LE HÉRISSON. Fable CCXXVI.

亚里士多德对人类提过这种寓言。

这些例子都是普遍的，

特别是在我们的国家。

街上这类人愈多，他们就愈不受排斥。

一五、爱情与疯狂

(*L'amour et la folie*)

爱神的事，一切都是神秘的，

包括他的箭、箭囊、火炬、幼稚。

这不是一天

就能讲完的知识。

因此我丝毫不想在此说明一切。

我的目的只是依我的习惯说出

这个瞎子（其实是神），

他如何消失了光明，

这痛苦引来什么后果，可能是幸福吧。

我在此批判一位情人，而不去解决它。

一天，疯狂神与爱神一起游玩。

当时爱神尚未被夺去眼睛。

争端发生了：爱神希望

召开众神会议。

另一位没有这种耐心，

她 ① 狠狠地挥出一拳，

以至爱神失去天上的光明。

维纳斯要求复仇。

女人与母亲，足够以她们的哀鸣做批判：

众神非常震惊，

朱庇特、奈美西斯 ②

与地狱判官，最后结成一党。

她 ③ 扮演离奇的案子。

她的儿子没有棍子不能走出一步。

---

① 指疯狂（此字为阴性）。另"爱情"一字为阳性。

② 奈美西斯（Némésis），嫉妒女神或复仇女神。

③ 指爱神维纳斯。

L'AMOUR ET LA FOLIE. Fable CCXXVII.

对这罪行来说，任何惩罚都不会太重。

伤害也必须补偿。

他们仔细思考

属于这个国家的大众利益，

最后，最高法院的结果是

判决疯狂

要替爱情作前导。

一六、乌鸦，羚羊，乌龟与老鼠

（ *Le corbeau, la gazelle, la tortue, et le rat* ）

——献给拉沙波利叶夫人 [①]

在我的诗篇里，我替你守护一座殿堂，

它同宇宙共长久。

我的手早已持续建立

这座众神发明的艺术，

人们会崇拜

这座以神为名的殿堂。

在正门上，我写下这些字：

献给彩虹女神的宫殿 [②]，

她只受雇于朱诺。

因为朱诺就是众神的主人，

她服务别人，对传递消息的

唯一荣誉深感自豪。

人们向着拱门顶礼膜拜之后，

在那儿，看到整个豪华的奥林匹克

光芒帱盖下安放着艾丽思。

四面墙壁覆盖着

她欣悦的生命气息，

但很少滋生出

造成国家颠覆的事件。

殿堂尽端就是她的肖像，

还有她的特征、微笑、魅力，

喜悦而不假思索的技艺，

向全世界致敬的装扮。

在她的双足下我看到了人类

---

① 拉沙波利叶夫人（Madame de La Sablière，1636—1693），拉封丹一生最著名最长久的保护人。

② 原文：PALAIS SACRÉDE LA DÉESSE IRIS；彩虹（Iris 艾丽思）是拉封丹对拉沙波利叶夫人的称呼。

LE CORBEAU, LA GAZELLE, LA TORTUE ET LE RAT. à M.^{de} de la Sablière. Fable CCXXVIII

和英雄，神化的人物，

还有神 ①，这是崇拜的世人

偶尔前来芬芳她的祭坛。

从她那闪烁自灵魂的眼神，我

拥有全部的财富，虽然并非尽善尽美，

因为这颗无限温柔活泼的心

都是为了她，否则不会如此；

因为她这种才智，源自苍天，

兼具男性的俊美与女性的娇艳，

无法同凡人一样说明出来。

哦！你，艾丽思，懂得迷住所有的人，

懂得最高层次的欢悦，

别人但愿你也同样喜爱他自己，

（应该说没有疑忌的爱情，

这是在你宫中被逐走的字眼，

那么就丢开它），请接纳

我一天的缪斯所完成的模糊底稿。

为了更感激，在友谊所给予的

这些字迹，此种代价的主题前，

我安排好理想与构想

让单纯的故事，在某个时刻，

能愉悦你的身心。

这不可能发生于国君之间，

我们所看到的是你认为

一个懂得去爱的国王，

这是一个懂得为朋友

牺牲生命的人。我很少看到四个

如此善良的一起生活的动物

前往给予教训的人类那儿。

---

① 指国王。

713

LE CORBEAU, LA GAZELLE, LA TORTUE ET LE RAT, a M.de de la Sabliere. Fab. CCXXVIII. 3.Pl.

羚羊、老鼠、乌鸦、乌龟

共同生活，好个和气的团体。

它们选择一处人迹罕至，

可以保证最大幸福的居所。

天啊！最后人类发现它们的隐居所。

虽在沙漠中，

水底，高空，或其他任何地方，

它们仍然无法避开人类秘密的陷阱。

羚羊无知地玩乐，

这时，一只狗，人类

带有野蛮乐趣的可恶工具，

来到草间，发现它的足迹。

它只得奔逃。老鼠在吃饭时刻，

对留下的朋友说："今天

我们只有三位宾客吗？

羚羊已经忘了我们吗？"

听到此话，乌龟嚷着

说："啊！如果我像

乌鸦拥有翅膀，

我就去看个究竟，

至少探查出是否遭遇了什么，

出了什么意外，阻止了

我们脚步轻灵的同伴。"

乌鸦于是展翅出发，

远远看见呆子羚羊落在陷阱里，状颇痛苦。

乌鸦立刻飞回来警告其他的同伴。

当大家问它何以这种不幸

竟落在羚羊头上时，

它却在紧急的时刻发表无益的演说，

LE CORBEAU, LA GAZELLE, LA TORTUE ET LE RAT. à M^{de} de la Sablière. Fable CCXXVIII. 2.e Pl.

如同那位迂腐的小学教师 [①] 所做的，

它有过多的意见。

乌鸦因此飞了又飞。

由于它的报告，三位朋友

开会。其中两位决定

及时地赶往

羚羊被捕的地点。

乌鸦说："乌龟，你的

步伐那么慢，何时才能到达呢？

莫非要到羚羊死了之后？"

话一说完，它们就马上前去援救那位

亲爱忠实的同伴，

可怜的羚羊。

乌龟跟着跑去。一路上

它诅咒腿太短，且命运注定

必须扛着它的房子走。

咬绳专家 [②]（老鼠博得此名）

咬断逮住羚羊套索的结扣，它们欢欣无比。

猎人走来，说："是谁羡慕我的猎物呢？"

老鼠 [③] 听到这话，就躲入洞口，

乌鸦藏在树上，羚羊隐入林中。

而猎人不知歹徒是谁，

气得快要发狂，

看到乌龟，才忍住怒火，

他说："我怎么这样慌张？

就以它作为代价来吃顿晚餐。"

他把它放进袋子。如果乌鸦

没及时向羚羊示警，乌龟

---

① 暗指《孩子与小学教师》。

② 咬绳专家（Ronge maille），二字组成一字，指老鼠。

③ 原文为"Ronge maille"。

就已经为这一切牺牲了。

于是羚羊离开树，

伪装跛子，走了。

猎人跟上去，扔下

所有的累赘，正好让老鼠

在袋子的结扣周围采取行动，

释放了另一位姐妹 ①，

那本来是猎人晚餐的本钱。

毕耳培说过一件同样发生的事。

即使这般微小，我想祈求阿波罗，

为了让你高兴，我将写出一部著作，

像《伊利亚特》或《奥德赛》一样长。

虽然说真的，每一位都是必要的角色。

但老鼠 ② 却将成为主要的英雄，

扛房子的公主 ③ 说了那些话，

乌鸦先生才出去

侦察，然后传令。

此外，羚羊敏捷，诱出

猎人，拨出时间给老鼠。

如此，每一位各得其所来

居间调停，产生影响及进行工作。

该赞美谁呢？要是我，我会说赞美心灵。

---

① 指乌龟（阴性名词）。

② 原文同前为"Ronge maille"。

③ 乌龟走得慢而严肃，就像西班牙或葡萄牙的公主（infante）。

一七、森林与樵夫

（*La forêt et le bûcheron*）

一位樵夫遗失了一个

装斧头的木柄。

这损失无法马上弥补，

因为森林中合适的木头所剩不多。

最后，这个人谦虚地

向森林要求

带走唯一的枝干

以便装制另一只木柄。

他说他将到别处去使用这个谋生工具，

他会留下橡树与柏树

这些人人尊重的老树与美丽的树。

无知、纯真的森林供给了它的手臂。

樵夫将木柄装在铁器上后，却使森林后悔莫及。

这个卑鄙的人以

他那重要的装饰品

剥削恩人。

每个时辰森林都在呻吟：

因为它的真心赠礼却导致了自己的折磨。

世界正是如此，其教训是：

人们从事善行来违抗他的恩人。

我厌倦于说教。但这温和的影子

却有这样凌辱的表现，

而无法向上天诉怨！

唉！我喊过且警告了这件琐事，

忘恩负义与谬见

仍然在世上流行。

LA FORÊT ET LE BÛCHERON. Fable CCXXIX.

一八、狐狸，狼与马
(*Le renard, le loup, et le cheval*)

一只年轻却狡猾无比的狐狸，

生平第一次看到马。

它对狼说："快过来，

有只动物在我们的草坪上吃草，

既高大又好看，我眼福不浅。"

狼笑着说："它比我们健壮吗？

请你谈谈它的模样。"

狐狸回答："如果我是画家或学者，

我会在你看到它之前

给你观赏的乐趣。

走吧！谁知道它是什么？也许

是命运之神送给我们的猎物。"

它们走过去，而吃草的马，

有点狐疑这对面貌类似的朋友的用意，

几乎想抄小路走开。

狐狸说："阁下，您的谦卑仆人

自动前来讨教您的大名。"

这匹马，不假思索地

对它们说："先生们，你们若想读我的名字，

皮鞋匠把它写在我鞋底的周围。"

狐狸辩称自己知识贫乏。

它说："我的父母没让我受教育，

它们是穷人，仅有一处洞穴。

这位狼先生，大户人家，读过书。"

狼，被这么一奉承，

向前靠去，它的虚荣

使它付出了四颗牙齿的代价：

因为马踢了它一脚，一溜烟走了。

LE RENARD, LE LOUP ET LE CHEVAL. Fable CCXXX

我们的狼倒在地上，
痛苦不堪，呻吟哀叫。
狐狸说："兄弟，总算
证实了有才智的人对我说的话：
这动物在你的颚上写着——
聪明人该提防所有的陌生人。"

一九、狐狸与火鸡

(*Le renard et les poulets d'Inde*)

为了对抗狐狸的突袭，

一棵树成为火鸡群的堡垒。

这个负义的狐狸绕了堡垒一圈，

看到每只火鸡都在站岗，

嚷道："怎么！这些人嘲笑我！

只有它们违背了普通法律！

不，所有神祇做证！不。"它实现了声明。

这时，月亮似乎对着

有心援助火鸡群的堡垒照射。

狐狸不是围攻这方面的新手，

而是依赖邪恶诡计的高手。

它假装想攀登，竖起它的腿，

然后伪装死去，然后再复活。

这位丑角不曾

扮演出如此多种的角色。

它举高尾巴，月光照亮了它，

耍出千百种玩笑，

搞得没有一只火鸡敢睡觉：

敌人以始终不变的同一物体

攫住它们的视觉使它们疲倦。

这些可怜的动物陷入长期的昏眩，

狐狸一直同样地耍，

将它们一个个弄倒，将近一半屈服了。

这个伙计把它们背回食物橱。

对危险过于注意，

最容易使人倒下。

LE RENARD ET LES POULETS D'INDE. Fable CCXXXI.

二〇、猴　子

（*Le singe*）

在巴黎，有只猴子，

人们给它娶了妻子。

事实上，猴子是每个人的丈夫，

它打她，这位可怜的夫人

最后，她忍不住悲叹。

它的儿子以奇怪的方式控诉它，

突然发出过多的哀鸣，

父亲笑了，母亲却死了。

它早有其他的爱情，

但别人认为它仍免不了要挥拳。

它常常上酒吧，总是喝醉，

不能期望模仿者会做好事，

不管他是猴子还是写书的人。

它是猴子，甚至它写了一本书。

两者之中，最坏的是作家①。

---

① 猴子善于模仿，有人考证，在这则寓言中，拉封丹指的模仿者似乎是他的好友费尔狄叶（Antoine Furetière，1619—1688）。

LE SINGE. Fable CCXXXII.

二一、西狄峨的哲学家

（*Le Philosophe Scythe*）

一位出生于西狄峨[①]的严肃哲学家，

打算要过更安闲的生活，

他前往希腊旅行，在某处看到

一位类似维吉尔老人的贤者，

这人几乎同国王或神仙一样，

显得满足与安详。

他的幸福就在花园的美化工作中。

那位西狄峨人在园中看到他，他正手拿柴刀，

无目的地砍着果树，

剪枝，修树，这儿、那儿地修剪，

到处整理得巧夺天工，

仔仔细细地从事此项工作。

西狄峨人问他：

"为什么这般凋零[②]？是否

聪明人也该残害这些可怜的居民[③]？

拿开你的柴刀，那破坏的工具；

让岁月的大镰刀去摇动，

它们太早漂泊到地狱岸边了。"

另一位说："我除掉并砍去多余的，

剩下的会比以前更有用。"

西狄峨人回到他忧凄的住处，

轮到他拿起柴刀，不分时刻地砍剪他的花树，

劝告邻居，命令朋友

也做这件永恒的堆积工作。

他在家里，除去最美的枝叶，

---

① 西狄峨，位于黑海北方的古国名。

② 指前面"没有目的地砍着果树"。

③ 指花、树等。

LE PHILOSOPHE SCYTHE Fable CCXXXIII

无理地砍掉果园，

不分季节，

不分满月或新月地工作。

一切都憔悴，一切都枯萎。

这位西狄峨人正好说明

任性的禁欲主义者是这样的：

他折磨灵魂，

压抑希望与情欲，善与恶，

甚至最天真的愿望。

至于我，我反对这样的人。

他们剥夺了我们内心最主要的活力，

他们在死之前就停止了生活。

二二、大象与朱庇特的猴子

(*L'éléphant, et le singe de Jupiter*)

从前，大象与犀牛

争论帝国的优先权与所有权，

它们想在圈囿的田野了结争吵。

一天，朱庇特的猴子

手持权杖 ①，自空中出现，

前来对它们说，一切准备就绪。

依据历史，猴子名吉尔。

大象立刻相信

猴子以大使的资格，

来晋见大象殿下。

这种光荣使它感到得意，

它等待吉尔先生，觉得吉尔先生

呈现信任状略嫌缓慢。

终于，当吉尔先生走过时

向这位阁下敬礼。

另一位准备当教皇大使，

但没说一句话，因为它

注意到众神还不至于关心到

它们的争吵这则新闻。

管它来自天上的

是苍蝇或大象？

因而一开始它就在斗室。

它说："我的表哥朱庇特

在至高的宝座上将观看一场精彩的战斗。

整个宫廷的神将有好戏可看。"

满脸严肃的猴子说："什么战斗？"

---

① 权杖（Caducée），墨丘利手拿的两条蛇交叉而成的权笏。

L'ELEPHANT ET LE SINGE DE JUPITER. Fable CCXXXIV.

大象回答:"什么! 你不知道

犀牛跟我争论优先权?"

"大象同犀牛的战争?"

"你知道在这些地方,它们都是名重一时的吗?"

吉尔先生回答:"是真的,我研读地名时

给弄糊涂了,人们丝毫不以

相同的理由来维护我们广大的疆界①。"

羞怒且惊奇的大象

对它说:"那你来我们之间干吗?"

"为了来保护几只蚂蚁间的一株小草,

我们对万物都细心。至于你们的事,

众神会议上提都没提。

在他们眼中,小的与大的一律平等。"

---

① 疆界,原文 lambris,指木制墙板或板壁的装饰。

二三、疯子与聪明人

(*Un fou et un sage*)

某个疯子丢石头追着聪明人 [①]。
这位聪明人转身对他说："朋友，
这行为正适合你，把这银子收下，
你的辛劳应可获得更多的代价。
据说一切的辛苦都得有报酬。
你看那边的那个人，他会支付给你的，
告诉他你的礼物，就有代价。"
被利益所诱，我们的疯子前去
对另一位市民做同样的攻击。
这一次，没有付他银子。
许多仆役跑过来，有人帮你捉住这个疯子，
有人帮你殴他，有人帮你揍他。

在国王身边，不乏类似的疯子。
他们借牺牲别人来讨好国王。
为了惩罚他们的饶舌，你
该虐待他们吗？你可能不是
相当有权势。应该恳请他们
向可以报仇的人请教。

---

① 聪明人（sage），或译作智者。

UN FOU ET UN SAGE   Fable CCXXXV.

二四、英国狐狸

（*Le renard anglais*）

——献给哈维夫人 [①]

在你身上，仁慈就是思想健康的同伴，

以及具备了足以被颂扬的百种长处，

心灵的高洁，统御的能力，

待人和气

坦率自由的脾气与友谊之情。

不管朱庇特 [②] 同样的事与动乱的时代，

所有的一切值得一篇华美的颂词，

但要显出你的天分，这还嫌不够，

因为华美令你不悦，颂词使你厌烦。

所以我要编个简短的寓言。我想

为了贵国的利益

再补缀一两句话，

你喜欢你的国家。英国人思维深远，

在这方面，他们的才智与气质过人。

研究事情，经验老到，

他们到处扩展科学的帝国 [③]，

我丝毫不是谄媚你。

你们国人的确领先别国，

甚至你们住家的狗，

也比我们的更为灵敏 [④]。

你们的狐狸最为聪明。我即将

描写其中的一只，它惯于采取策略，

[①] 哈维夫人（Madame Harvey），原名 Elisabeth Montagu，为英国驻君士坦丁堡大使丹尼尔·哈维（Daniel Harvey）的遗孀，英国驻法国（巴黎）大使蒙塔古（Lord Montagu）的姊妹。1683 年抵达巴黎，同拉封丹相识于布永公爵夫人府邸。

[②] 指法王路易十四的哈蔚夫人同失宠的马萨林（Mazarin）公爵夫人保持友谊。

[③] 这时，拉封丹已注意到英国在科学上的进步情形。

[④] 当时，英国正在精选狐狸狗。

LE RENARD ANGLOIS. Fable CCXXXVI.

它不用训练，全凭想象

即可脱逃，来加以证明我的话。

这只活宝贝，正置身生死关头，

被一群嗅觉灵敏的狗逼得噤声不语地

通过绞刑架附近。

那里的动物有

獾、狐狸、猫头鹰及有恶性倾向的动物，

当作给予路人绞死的例子。

它们同伴的吠声与死者之声无异。

我好像看到汉尼拔[①]被罗马人穷追，

却把他们的头目搞昏了头，或欺骗了他们，

知道以老狐狸的方式从他们手中脱逃。

猎犬头目们，追到

悬吊叛徒死刑的地方时，

空中满是叫声，因为主人打断它们，

虽然它们的吠声贯穿云霄，

他觉得这把戏无疑太精彩了。

他说："一些洞穴救了我的情人[②]。

我的狗在挂着许多正人君子的

圆柱那儿，叫不出来。

它回来了，这家伙！"它回来送死了。

现在，许多矮脚猎犬叫嚣着；

现在，我们的狐狸被抬起来送往坟墓。

被悬吊的主人认为这天，它

可以采用同样的诡计而讪笑着，

但这位穷人这次死定了，

他真的该改变策略。

猎人，寻觅真正安全的方法，

然而没有别出心裁的伎俩；

---

① 汉尼拔（Hannibal，约前247—前183），迦太基大将。

② 指狐狸。

不是才智缺乏所限，任何人都
坚决否认整个英国没有良好传统吗？
但是生活中的少许爱情
却妨碍了他们许多的机会。

我回头对你说，不是要提到
你的其他特色，
长篇颂词是我作诗的
丰富的构想，
我们少数的歌，少数的诗篇，
备受推崇而愉悦世界，
且广为外国人津津乐道。
一天，你的国王对你说
他喜爱一句爱情的美言
甚于四页的褒词。
请单独接受我献给你的礼物，
那是我的缪斯最近努力的成果：
是个小意思，
是未完成的作品。
然而，你不能对
脱离希垤岛的你那些
充满乡土气息的居民
做出同样的敬意吗？
在那里，你看到了我谛听
马萨林，爱情是保护女神。

二五、公证人法官，修士与隐士

(*Le juge arbitre, l'hospitalier, et le solitaire*)

三位圣徒，深切向往永久的幸福，

秉持同样的心智，朝向同样的目标。

他们踏上三条不同的路。

条条大路通罗马，因此我们这三位对手

认为能够选择不同的小路来达到他们的目标。

第一位，遇上了忧虑、延缓与阻碍，

他在封邑地看到随员诉讼，

没有任何偿还的判决，

根本不关心在世上建立幸福。

自从他研究法律，人类，为了罪，

承认用生命的一半在打官司。

一半？四分之三，甚至全部！

这位仲裁人认为他实现了

痊愈这种愚蠢讨厌的欲望。

我们的第二位圣徒选择医院。

我夸奖他能细心地抚慰病患，

我比较喜欢别人的慈善心。

当时的病人，同我们现在一样，

由穷苦的修士 ① 练习看护，

病人忧愁，烦躁，不断地埋怨：

"他对某些人特别细心，

因为是他的朋友，他不理我们。"

这些抱怨比起法官所处的

窘境，可说微不足道。

没有一个人满意，法官的宣告

双方都不接受，

---

① 修士（hospitalier），志愿服务，帮助穷人、病人及医院接收的路人的修道者。

LE JUGE ARBITRE, L'HOSPITALIER, ET LE SOLITAIRE. Fable. CCXLV.

他们说，法官从未拿过

公平的秤。

听到这些话，仲裁人发急，

跑到医院看院长。

他俩只收留了埋怨与嘀咕，

悲伤，被迫离开职业。

把他们的痛苦托付森林的寂静。

在那儿，粗糙的岩石下，清泉边，

微风尊敬太阳不熟悉的地方，

他们看到另一位圣徒。

他们的朋友说："应该随心所欲。

谁比你更了解你的需要呢？

学习认清自己是关心的首要之务，

以便负担最庄严的人类。

在居住的世界里你有自知之明吗？

人只有在全然宁静的地方才了解，

选择别处正是最大的错误。

搅浑这池水，你能看见你自己吗？

激荡这池水。"

"我们如何看得见自己？

泥沼是浓云，

与我们看到的水晶作用正相反。"

这位圣徒说："兄弟，撇开它，休息，

到时候，你就能看见你的影像。

为了更适合你沉思，你该住在沙漠。"

这位隐士如此说。

他相信，别人跟随这个有益的建议。

并不是职员不该受苦。

因为有人打官司、死亡、生病，

该有医生、律师

这一类救助，感谢上帝，并不缺乏我们，

光荣与利益，一切都令我信服。

然而，人们忘了这些普遍的需要。

而你们，取走所有的公众利益，

司法官、国君和部长，

你们搅浑千百件不祥的意外，

让痛苦倒下，让幸福败坏，

你们一点也不自知，你们目中无人。

如果这些思想家给你们某个好时刻，

某位奉承的人又将中断你们。

这教训就作为此著作的结尾：

愿它对未来的世纪有用！

我将之献给诸位国王，推荐给聪明人：

我知道由哪儿结束比较好。

补　遗

一、狐狸与松鼠

（ *Le renard et l'écureuil* ）

不该嘲笑穷人，

谁能保证自己永远幸福呢？

智者伊索在他的寓言中

为我们提供了一两个例子。

我不再引证，而某些小新闻

却供给了我更可靠的例子。

一天，狐狸嘲笑松鼠

说它会受到强风暴雨的侵袭，

它说："我看你准备进入棺材吧！

因为你的尾巴遮不住你的头。

你愈爬到树梢顶，

风暴愈会猛烈地击中你。

你找着高地却正好与雷电为邻，

你就这样受到攻击。我已经找到地洞，

我笑着等你变成粉末。"

就在狐狸嘲笑的同时，

它已经用奇袭方式

偷了许多小鸡。

天上的彩虹原谅了松鼠，

不再闪电，也不再打雷，

风暴停了，天气放晴，

一位猎人瞥见

狐狸洞穴周围的痕迹，

他说："你要因为抓了我的小鸡而受惩罚。"

一群猎犬立刻

替他揪出那个骗子。

松鼠望见狐狸奔逃，

猎犬紧紧在后面追着。

狐狸抓到小鸡的快乐现在一点也不值得了，
因为很快地松鼠看到狐狸死了。
它看见了，但没有笑，
它本性的可怜相将它训练成如此。

二、太阳与青蛙
（Le soleil et les grenouilles）
——模仿拉丁寓言

泥滩的女孩们接受星星国王的

援助与保护。

战争不是贫穷，也不同于灾害，

不会挨近这个国度。

它把整个世界分成一百个地区。

池塘王后，我说的是青蛙，

（因为这些动物值得

用光荣的名字呼叫吧？）

反对它的恩人居然敢进行阴谋，

关系变得很为难堪。

粗心、骄傲、忘恩负义，

善良的命运女神之子

立刻叱骂讨厌的这群，

说人们因他们无法安静睡眠。

如果有人相信它们的嘀咕，

它们就叫声

激昂，此起彼伏，

对抗大自然的眼睛。

听到这些话，太阳想消灭它们，

它迅速地武装起来，

去克服这支强大的军队。

它立刻做了一个决定：

派鸦鸣大使

到全国走走。

听听它们，全世界，

整个地球，

以利益旋转

四个吵闹的沼泽。
鲁莽的抱怨
还是延续着，然而
青蛙沉默了，
不再那样嘀咕。
因为太阳一怒，
它们即刻感觉出来，
水中之国
因而非常后悔。

三、老鼠联盟
（*La ligue des rats*）

一只鼹鼠惧怕一只

长期于路上窥伺的猫。

这情况该怎么处理呢？谨慎聪明的它

去请教邻居鼠大师。

它的公馆

是一间豪华套房，

听说它自夸过一百次，

它不怕猫或雌猫，

牙不打战，腿不发抖。

这位吹嘘者说："鼹鼠夫人 [①]，

其实，无论如何

我无法单独赶走威胁你的猫，

但是联合所有附近的老鼠，

我就可以给它来个恶作剧。"

鼹鼠表现了谦卑的尊敬，

而那只老鼠勤快地跑到

厨房，或叫作食品室的地方，

聚在那儿的老鼠

正痛快地享受上等佳肴。

它提到此一令人胆寒的事，

所有的老鼠都喘不过气。

老鼠中的一只说："你要我们怎么做？"

它回答："简单说，我在旅行时

答应帮助鼹鼠，

因为拉米纳果毕

在各处制造骚乱。

---

① 鼹鼠为阴性名词。

这只猫，是猫族中最可怕的，

如果它看上了鼹鼠，将会一起吃掉老鼠。"

每一只都说：

"那么加油啊！我们联合起来吧。"

几只老鼠掉下泪来，

不管怎样，如此高贵的计划不能停顿，

每一只都武装起来，

每一只在袋里放着一块乳酪，

最后每一只答应冒险行动。

它们一齐出发，仿佛赶赴庆典，

个个精神饱满，心情愉快。

这时，比它们更聪明的猫，

早已抓住鼹鼠的头部。

它们大步向前走

以便援助好友。

但是，猫并没有放弃它，

猫吼一声，走到敌军前面，

听到吼声，小心翼翼的老鼠们

生怕厄运临头，

不敢扩大想象中的骚乱，

决定光荣撤退。

每一只老鼠都回到它的洞里，

要是每一只都认命，还得当心这只雄猫。

四、狐狸与苍蝇 ①
（*Le renard et les mouches*）

狐狸跌入污泥，

一群苍蝇围过去吃，

朱庇特觉得非常奇怪

狐狸居然要忍受命运的凌辱，

我诗篇里的新角色

邻居刺猬

想从这群讨厌鬼救它出来。

狐狸沾沾自喜地护卫它们，一副聪明的样子。

它说："你没看到饥饿

引来另一群更讨厌的吗？

这一群已经不再那般贪婪而吃饱了。"

从这则寓言找出道德的意义

在我来说是相当容易的事。

人们能不费太多心力

对人类讲解例子。

在我们的世纪里可以看见好多的苍蝇，

这则伊索的寓言，亚里士多德曾提过。

---

① 此则寓言，类似于《鸢，国王和猎人》。

753

附　录

一、拉封丹寓言插图画家简介

莫渝按：由于资料所限，在此仅对几位画家进行简要介绍，并希望来日能做进一步的探讨。

秀涡（Francois Chauveau，1613—1676）

法国版画家，出生于巴黎。拉封丹第一次出版的寓言集中，有他的版画。

乌德里（Jean-Baptiste Oudry，1686—1755）

法国画家、版画家，出生于巴黎。他在布维（Beauvais，巴黎南方七十四公里的城镇）挂毯工厂厂长任内，画了许多卡通，他同时是高柏林（Gobelins）工厂的视察员。上述两家工厂于1936年合并经营（国营）。他留下不少人像画与静物画，最著名的静物画是《白鸭》。他也是法国有名的动物画家。1755年拉封丹寓言的插图，即出自他的手笔。

维涅（Carle Vernet，1758—1836）

法国画家与石印家，出生于波尔多。父亲约瑟夫（Joseph，1714—1789），儿子霍拉斯祖孙三代均为画家。他擅长绘制打猎、战争与通俗的风景画。

康德维（Jean Ignace Isidore，1803—1847）

法国图画设计家、讽刺画家，出生于南锡（Zancy）。他的画充满幻想，所表现的人类，犹如动物或昆虫。二十世纪的超现实主义画家奉他为先驱人物。

铎黑（Gustave Doré，1833—1883）

法国著名的插图画家，出生于斯特拉斯堡。他的插图人物、角色非常奇特。经他择画的著作超过一百二十余部，其中不乏有名的文学著作，如拉伯雷、巴尔扎克、但丁、塞万提斯等人作品，特别是拉封丹寓言。他也是木刻版画的大师。

二、拉封丹寓言佳句选

卷一

那么，你现在继续跳舞吧！

——一、蝉与蚂蚁

所有谄媚者

全赖听信他的人而存在。

——二、乌鸦与狐狸

所有的老百姓都想建大领主那样的府邸。

——三、青蛙想同水牛一样壮

自己的缺点都可原谅，别人的瑕疵绝不放过。

——七、褡裢

看得多的

获得的也多。

——八、燕子与小鸟

来了第三个贼。

——一三、小偷与驴

好死不如歹活。

——一六、死神与樵夫

惭愧使得狐狸就像斗败的母鸡。

——一八、狐狸与鹤

我可以屈服但不被击败。

——二二、橡树与芦苇

卷二

爱挑剔的人真可怜。

——一、反对有挑剔毛病的人

每一只老鼠都赞成族长的意见，

……

但是需要执行时

却找不到任何一个人。

——二、老鼠开会

小动物要忍受大动物愚蠢的行为。

——四、两只小公牛和一只青蛙

国王万岁！联盟万岁！

——五、蝙蝠与两只黄鼠狼

如果让他们一只脚伸入我们家中，

他们很快地就会伸进四只脚。

——七、母猎犬及其同伴

在家里，谁不做梦呢？

——一四、兔子与青蛙

拐骗骗子是一件双重快乐的。

——一五、公鸡与狐狸

卷三

满足全世界人的脑子是非常笨的。

——一、磨坊主人，其子其驴

我是吉略特，这群牲畜的牧羊人。

——三、狼乔装牧羊人

与下巴的胡须同等判断力的权力。

……

凡事须考虑后果。

——五、狐狸与雄山羊

它们太青涩了，只配下人吃。

——一一、狐狸与葡萄

756

疑心

是安全之母。

　　——一八、猫与老迈的鼠

　　卷四

爱情，爱情，当你握住我们时，

有人说得好："再见，小心。"

　　——一、多情的狮子

不要压抑我们的本能，

也用不着加以宽恕。

　　——五、驴与小狗

远看是一件东西，近看却一无可取。

　　——一〇、骆驼与浮木

正如梅林所说："自以为骗了别人的，

到头来常常是骗了自己。"

　　——一一、青蛙与老鼠

盗匪对盗匪，

彼此互相攻击，两败俱伤。

　　——一二、动物送给亚历山大的贡礼

　　购得一项好处，

却失去了其他的。

　　——一三、马向公鹿报仇

多美的头，可惜没有脑子。

　　——一四、狐狸与半身像

就在原地放块石头，

它也能给你同样的感受。

　　——二〇、丧失财宝的守财奴

观看事物莫如专家的眼睛。

　　——二一、专家的眼睛

唯一可信赖的只是你自己。

　　——二二、百灵鸟和它的小孩及麦田主人

　　卷五

一出互不相同的百幕大喜剧，

却以世界为舞台。

　　——一、樵夫与墨丘利

一条小鱼可以变成大鱼。

　　……

有人说："现在有一个比以后有两个好。

现在的一个是确定的，以后的两个却

不是。"

　　——三、小鱼与渔夫

一张嘴同时吹着

热气和冷气，滚蛋吧！

　　——七、牧神与路人

工作就是财富。

　　——九、农夫和他的小孩

贪婪会失去原先可得到的所有东西。

　　——一三、生金蛋的母鸡

千万不要嘲笑不幸的人。

谁能保证永远幸福呢？

　　——一七、兔子与竹鸡

　　卷六

柔胜于刚。

　　——三、太阳与北风

不要只从面貌上来分辨人们。

　　——五、小公鸡，猫与小鼹鼠

奔跑无济于事，应该适时动身。

　　——一〇、兔子与乌龟

上帝在旅行中保护我们吧！

　　……

自助者，天助也。

　　——一八、陷入泥泞的马车

在事情完成之前，

国王、驴子或我，可能死去了。

　　——一九、江湖郎中

在岁月的翅膀上，忧愁飞走了。

　　——二一、年轻寡妇

不该耗尽了所有物质，

我们只该摘取花朵。

　　——跋

卷七

它们不至于死亡殆尽，但都会受到打击。

　　…………

依据你的权位高或低，

法院判你是白或黑。

　　——一、因瘟疫致命的动物

他们要求智慧：

这是丝毫不受阻挠的财富。

　　——六、愿望

　　…………

同以前一样，我仍是个笨约翰。

　　——一〇、卖牛奶的女人与牛奶罐

人总有道理，而命运总是错误。

　　——一四、对命运忘恩与非义的人

卷八

死神不会让智者措手不及。

　　…………

因为最像死者的人死得最遗憾。

　　——一、死神与将死的人

向国王推脱不可能，是种错误。

　　——三、狮子，狼与狐狸

如果"驴皮故事"是我说的，

我会得到最高的快乐。

有人说世界太古老了，我相信，然而

它还应该同孩子一样欢乐。

　　——四、寓言的影响力

认为捉住了的有时反而会被捉。

　　——九、老鼠与牡蛎

说话是好的，沉默更好，

但这两种过分就不好了。

　　…………

没有比无知的朋友更危险的了。

　　——一〇、熊与花园爱好者

真正的朋友就是一件温馨的事！

　　——一一、两位朋友

他们会轻信甜言蜜语，你就成了他们的

朋友。

　　——一四、母狮的丧仪

在法国，自认为杰出人物是相当普遍之事。

　　——一五、老鼠与大象

大家应该互助，这是自然的法则。

　　——一七、驴与狗

六月穿的衣服和十二月穿的衣服一样。

　　——一九、知识的利益

谁保证

联盟的必要性呢？

　　——二二、猫与老鼠

无声的人是危险的。

　　——二三、激流与河流

卷九

你不在我身边是我最大的痛苦。

　　…………

我已过了恋爱季节吗？

　　——二、两只鸽子

758

上帝把它做的事情都安排得很妥当。

——四、橡子与南瓜

拿去吧，法庭各送你们一片不新鲜的贝壳。

——九、牡蛎与诉讼人

只需一种方法，但要精良。

——一四、猫与狐狸

就为恶的动物而言，这是太好的菜盘。

——一七、猴子与猫

卷十

跛子向来讨厌住在家里。

——二、乌龟与两只鸭子

只有少数的人能吃到甜头。

......

但是最短的著作

总是最好。

——一四、对拉罗什富科公爵先生的演说

卷十一

我会乐观地生活且无悔地死去

——四、一位蒙古人的梦

这把年纪还在种树！

——八、老头子与三位青年

陈述那么多的动物，

并把一切翻译成上帝的语言。

——跋

卷十二

年轻人自负且认为可以获得一切，

但老年人是无情的。

——六、老猫与年轻鼷鼠

该赞美谁呢？要是我，我会说赞美心灵。

——一六、乌鸦，羚羊，乌龟与老鼠

聪明人该提防所有的陌生人。

——一八、狐狸，狼与马

两者之中，最坏的是作家。

——二〇、猴子

他们在死之前就停止了生活。

——二一、西狄峨的哲学家

为了更适合你沉思，你该住在沙漠。

——二五、公证人法官，修士与隐士

译后记

寓言（fable，apoloque，parabole）是文学中饶富趣味的一种。趣味乃指其启发智慧的故事。聪明的作者（往往是人中智者，拉封丹寓言中多次提到智者伊索）把他想表现的道德含义编成故事，使读者沉湎于趣味性的故事，在欣赏之余进而领悟做人道理。

一般而言，寓言的文体都采用散文形式，唯一的例外大概就是法国的拉封丹，他以韵文（诗）体作为表现的工具。他的韵文体寓言两百余篇，虽然在灵感上源自不少前辈作家，但也有独具一格的创作，这些或模仿或独创的作品，早已成为法国本土的文学遗产，由于这些作品都是诗，他也成为当时（十七世纪）法国唯一的大诗人。

寓言文学中，伊索寓言因为年代久远（约两千年前），传播广而深，一直享誉国际，成为世界性的杰出文学。相反的，由于国内人士译介不多，拉封丹就不怎么为国人认识和了解。事实上，拉封丹是相当重要的一位寓言诗人，尤其是法国人，非常重视本国这份可贵的古典文学。除了文学史专论外，曾介绍这位法国作家的文章或译诗有：

1. 陆少薇编：《世界寓言选》（内收拉封丹寓言八首），大众书局，1960 年 10 月出版。

2. 卢月化著：《拉封丹》（附译诗三首），见《作家与作品》，自印，1962 年 6 月出版；1965 年更名为《西洋文学介绍》，列入商务印书馆，人人文库 2249-50 号。

3. 胡品清著：《拉封丹的诗》（附译诗二首），见《芒花球》，水牛出版社，1979 年

5 月 15 日初版。

4. 胡品清著:《法国的童话和童话作家》（附译诗一首），见《最后一曲圆舞》，水牛出版社，1968 年 3 月 5 日初版。

5. 施颖洲译:《蝉与蚂蚁》，见《古典名诗选译》，皇冠杂志社，1972 年 3 月出版。

6. 黄明译:《国语日报·儿童文学周刊》87 期（62、12、2）。黄明先生译《论寓言》一文中有一段介绍拉封丹，现摘录如下:"在众多长于说故事的人当中，有'寓言之王'之誉的是法人'姜方达'（1621—1695）。他以《伊索寓言》为主，并加上部分世纪的寓言及他自己的创作，用韵文的形式把故事说出来。他将故事发生的时间改为当代，把背景描绘得美如法国的风景名胜地，并以颇为温婉的口气，讽刺当代人们。把说故事变成一种艺术，他自然成为这一行的佼佼者了……姜方达的寓言故事是法国文学上的瑰宝，所有法国儿童都能像背祈祷文一样把他的故事熟记于心。"

7. 周节刚译:《拉风丁寓言诗选》（中法文对照），计 20 首 34 页。柬埔寨金边中华书局经销，1951 年出版。

8. 陆蠡译:拉封丹《寓言诗》数首（篇名未详），刊登《少年读物》杂志（陆蠡主编），1938 年，文化生活出版社发行。未见录入陆蠡任何作品内。

目前，寓言文学的动态，可分为外国寓言中译、中国古代寓言选辑或白话语译、现代寓言创作三类。有关上述三类的书目，我将手边或所知列于下面，供有心读者参考。

一、外国寓言中译。

1.《伊索寓言》:

林华译述（英汉对照），上海启明书局，1948 年 6 月出版。

陆少薇编（29 篇，书名《世界寓言选》），大众书局，1960 年 10 月出版。

罗天俊编著（70 篇，书名《伊索寓言新解》），1956 年 12 月出版。

王大海著（71 篇），全知少年文库董事会，1962 年 6 月 25 日再版。

孙毓修编（2 册，133 篇），台湾商务印书馆，1966 年 11 月台一版，本书原译名《伊索寓言演义》。

译者欠详（英汉对照，313 篇），文良出版社，1967 年 8 月出版。

林芙蓉译（附评介，313 篇），华明出版社，1969 年 4 月初版。

林海音译（80 篇），国语日报附设出版社，1976 年 12 月初版。

2.《托尔斯泰寓言》:

唐小圃译（2 册，31 篇），台湾商务印书馆，1966 年 11 月台一版。

何瑞雄译（14篇，书名《托尔斯泰珠玉全集》），开山书店，1972年1月出版。

3.《卡夫卡格言与寓言》：

张伯权译，枫城出版社，1975年3月初版。

4.《流浪者及其欣赏》（纪伯伦著）

林锡嘉译，浩瀚出版社，1975年10初版。

5.《雷斯特拉基寓言》：

郑晓村译，枫城出版社，1977年4月初版。

6.《寓言故事》（史蒂文生著）

谭继山译，志文出版社。

7.《土耳其幽默寓言选》：

郭芳赞译，未印单行本，1978年11月25日与1968年5月21日联合报副刊。

二、中国古代寓言选辑或白话语译。

1.《中国历代寓言选集》：

李奕定选辑，台湾商务印书馆，1966年7月初版。

2.《中国寓言选辑》：

张用寰编，远东图书公司，1977年3月二版。

3.《中国寓言》：

蔡义忠编，清流出版社，1976年9月1日出版。

4.《智慧的寓言》：

瞿毅编，大林出版社，1978年9月20日初版。

5.《中国民间寓言》：

谭成功编，曾文出版社，1974年8月出版。

6.《井蛙与海鳖》：

编者欠详，伟文图书公司，1978年9月初版。

7.《中国古代的寓言》：

德昌出版社编辑部编，德华出版社，1979年3月初版。

三、现代寓言创作。

1.《鱼汉寓言集》：

鱼汉（李奕定）著，水牛出版社，1969年5月25日初版。

2.《现代寓言》：

儿童月刊社主编（林钟隆等著），儿童图书出版社，1975年6月出版。

3.《新寓言》：

宋瑞著，励志出版社，1967 年 8 月初版。

4.《故事》：

林和贵著，未印单行本，1978 年 12 月 21 日及 1968 年 2 月 19 日联合报副刊。

以上，对目前有关寓言文学做了一份简单的书目，一方面是个人对寓言文学的兴趣，另一方面则为翻译拉封丹寓言所激起的回响，希望自己也能投入这项文学工作里面。

整整一年的时间（1978 年夏天至 1979 年夏天），我与拉封丹笔下的各类角色——人、神、植物及动物——为伍，我以能进一步触及他的文学心灵为荣，虽然先前我曾译介过他，且收入拙译《法国古诗选》之中。译毕此书，有几点需要声明的：

1. 本书译文根据版本为：

① La Fontaine, Oeuvres Complètes，

Éditions du Seuil，Paris，1965.

② La Fontaine, Fables，

Garnier Frères，Paris，1962.

③ La Fontaine, Fables choisies.

Librairie Larousse

第三册为选集。全书译本主要根据第一册。

2. 原诗中，所有动植物与代名词，均含阴阳性之别，译诗则尽量改依国人习惯，用"他"或"它"，少数依原诗性别。

3. 诗行排列，一律并高，不做原诗高低之分。

4. 对白时，将说话者引到话题前。

5. 名词复数时，尽可能不加"们"字。

6. 原诗为韵文体，译诗时韵脚已失，此点乞读者谅宥，也对这位作古的文豪深感歉疚。

感谢志文出版社张先生的鼓励与协助，感谢远在巴黎的杨雪梅小姐，代购上述二册拉封丹寓言的完整本，同时诚挚地期望读者赐教。

1982 年 8 月 20 日

译者志于板桥

拉封丹年谱

1621 年　1 岁　7 月 8 日，冉·德·拉封丹在夏都纪叶希接受洗礼。为长子。父亲查理·德·拉封丹为国王顾问兼水利林园主管，并担任夏都纪叶希公爵采邑狩猎队队长之职。母亲弗朗索瓦丝·毕都（Francoise Pidoux），原籍普瓦捷（Poitiers），曾分别在兰斯与夏都纪叶希求学。

1621—1641 年　1 岁—20 岁　这时期缺乏较详细的记载。似乎他求学于夏都纪叶希，接着到巴黎，与傅勒第叶是同学。

1641 年　20 岁　4 月 27 日，在巴黎进入欧哈铎教派（La congrégation de l'Oratoire，意大利此教派 1564 年创立，法国则于 1611 年成立）所辖的神学院就读。

1642 年　21 岁　10 月，离开欧哈铎神学院，回到家乡。大量阅读书籍，开始作诗。

1646 年　25 岁　到巴黎研习法律，获国会律师资格。经常参加宫廷青年诗人聚会，结识文人作家，如穆夸、佩利松（Paul Pellisson，1624—1693，路易十四时代的才子与文学家，财政大臣复盖失宠时，他曾被关入巴士底狱达 5 年之久）、卡松达、夏邦第叶（Francois Charpentier，1620—1702，法兰西学院终身秘书）等人。

1647 年　26 岁　11 月 10 日，与玛丽（Marie Héricart，时年 14 岁半）结婚，女方携来大量嫁妆。

1652 年　31 岁　担任夏都纪叶希采邑水利林园三年一任的主管。

1653 年　32 岁　长子查理出生。

1654 年　33 岁　出版剧本《侍人》（*L'Eunuque*，太监，模仿罗马诗人戴宏斯）。

1658 年　37 岁　父亲去世，承袭父亲的两项遗职。夫妻分居，离开家庭，定居巴黎，开始文人生活。晋见财政大臣复盖时，拉封丹以新作《阿都尼斯》呈献。

1659 年　38 岁　拉封丹获复盖奖的"诗奖"。撰写《伏河之梦》（*Le Songe de Vaux*）。重遇旧友穆夸、佩利松；认识女作家玛德琳·史居里（Madeleine de Scudéry, 1607—1701）。结识拉辛。大部分时间来往于巴黎与夏都纪叶希两地。

1660 年　39 岁　拉辛初抵巴黎，拉封丹与他保持联系。

1661 年　40 岁　8 月 17 日，参加国王的赐宴。9 月 5 日，大臣复盖遭捕，拉封丹顿觉失去依靠。撰写长诗《给伏河女仙的哀歌》（*Élégie aux nymphes de Vaux*）自况。

1662 年　41 岁　匿名出版《给伏河女仙的哀歌》，企图唤醒路易十四对复盖的宠信。

1663 年　42 岁　拉封丹随叔父詹纳特（Jannart，曾是复盖的代理人）被放逐到利摩日（Limoges，巴黎南方 375 公里，利姆詹首府）。在放逐地写信给妻子，以散文诗的形式书写，稍后集录冠以《利姆詹游记》（*Le Voyage en Limousin*）捎信给拉辛。

1664 年　43 岁　7 月，以贵族学者身份进入卢森堡宫廷。经常参加各种沙龙。认识谢维涅夫人、拉法耶特夫人、拉罗什富科。12 月，出版《薄伽丘与阿里奥斯托诗作改编的小说》（*Nouvelles en Vers tirées de Boccace et de l'Ariosto*）。

1665 年　44 岁　出版《韵文体故事小说集》（*Contes et nouvelles en vers*，第一卷第一部）。与布瓦洛联系。

1666 年　45 岁　出版《韵文体故事小说集》（第一卷第二部）。经常出入谢维涅夫人、拉法耶特夫人、拉罗什富科及布伊永公爵夫人的府邸。

1668 年　47 岁　出版《韵文体寓言选集》（卷一到卷六），空前轰动，一年之内印行三版。出版《小说故事》（第二卷）。

1669 年　48 岁　1 月 31 日，出版以散文诗形式写成的神话故事《莎姬与丘比特的爱情》（*Les Amours de Psyché et de Cupidon*）。

1671 年　50 岁　由布伊永公爵赎回拉封丹的所有职位，成为夏都纪叶希的领主。出版《韵文体故事小说集》（第三卷）。出版《新寓言与其他诗作》（包括未发表的八首寓言及四首悲歌）。

1672 年　51 岁　年老的奥列昂公爵夫人去世，拉封丹失去依靠。仅发表两首寓言诗：《太阳与青蛙》《教士与死神》。

1673 年　52 岁　2 月 17 日，剧作家莫里哀病逝，拉封丹替他撰墓志铭。拉封丹住进拉沙波利叶夫人的府邸。在此，他重晤并新识一些朋友，包括作家贝侯、旅行家贝尼埃（Francois Bernier，1620—1688，哲学家 Gassendi 的弟子）、医生门约特（Antoine Menjot）、数学家洛百瓦尔（Gilles de Roberval，1602—1675）。出版《圣·玛尔可俘虏的诗篇》（*Poème de la captivité de Saint-Malc*）。

1674 年　53 岁　替作曲家萨利（Jean-Baptiste Sully，1632—1687）撰写一出歌剧《达芙妮》（*Daphné*），但二人失和。出版《新故事集》（*Nouveaux Contes*），后因政治因素被查禁。

1676 年　55 岁　拉封丹出售夏都纪叶希祖屋，共得一万一千法郎。以此清偿自己及妻子的债务。

1678 年　57 岁　出版《第二集寓言集》（卷七到卷十一）

1683 年　62 岁　11 月 15 日，政治家柯尔贝尔去世，留下法兰西学院院士席次由多人角逐，拉封丹亦为候选人之一，因国王路易十四反对而落选。

1684 年　63 岁　拉封丹进入法兰西学院。5 月 2 日，宣读他的就职论文:《题献拉沙波利叶夫人》。

1685 年　64 岁　出版文集，包括十一卷寓言诗，五部故事集、民谣等。出入康迪亲王与旺多姆（Vendôme）公爵的沙龙。

1687 年　66 岁　1 月 26 日，贝侯宣读诗作《路易大帝时代》，薄古厚今。引发古代派的反对，掀起"古今文之争"。拉封丹撰文《给予叶的书简》（*Épîitre à Huet*），于 2 月 5 日发表，支持古文派。

1693 年　72 岁　拉沙波利叶夫人去世。拉封丹退隐于友人巴黎高等法院参事艾发尔夫妇的府邸。

1674 年　73 岁　出版《寓言集》（卷十二）。

1695 年　74 岁　4 月 13 日，病逝于巴黎艾发尔夫妇府邸。

图书在版编目（CIP）数据

拉封丹寓言：插图本 /（法）拉封丹著；莫渝译 . —
杭州：浙江大学出版社，2021.11
ISBN 978-7-308-21466-7

Ⅰ.①拉…　Ⅱ.①拉…②莫…　Ⅲ.①寓言—作品集
—法国—近代　Ⅳ.①I565.74

中国版本图书馆 CIP 数据核字（2021）第 113647 号

本书中文简体字译稿版权由志文出版社有限公司授权出版发行

拉封丹寓言：插图本
［法］拉封丹　著　莫渝　译

责任编辑	伏健强
文字编辑	田　千
责任校对	汪　潇
装帧设计	宽　堂
出版发行	浙江大学出版社
	（杭州天目山路148号　邮政编码310007）
	（网址：http://www.zjupress.com）
排　版	北京楠竹文化发展有限公司
印　刷	河北华商印刷有限公司
开　本	787mm×1092mm　1/16
印　张	50
字　数	737千
版印次	2021年11月第1版　2021年11月第1次印刷
书　号	ISBN 978-7-308-21466-7
定　价	288.00元